黒幕ゲーム 2

学園の黒幕ですが最強暗殺者の未来を救ってもいいですか？

久追遥希
(画)たかやKi

I'm the mastermind behind the school,
but can I save the future of the strongest assassin?

Shadow Game

CONTENTS

積《つみ》木《き》来《らい》都《と》
永彩学園の「黒幕」となった主人公。
未来視の能力を持ち、
光凛を救うため未来の改変を目論む。
一《いち》条《じょう》光《ひか》凛《り》
世界でも指折りのS級捕獲者。
来都と浅からぬ縁を持つ。

黒幕ゲーム２
学園の黒幕ですが最強暗殺者の未来を救ってもいいですか？

久追遥希

MF文庫J

積木来都（つみき・らいと）

才能名：限定未来視（セカンド）

心を寄せる一条光凛が殺される未来を改変するために秘密結社の「黒幕」となった少年。

一条光凛（いちじょう・ひかり）

才能名：絶対条例（エンペラー）

史上最年少のSランク捕獲者。とある事情から来都と浅からぬ関係がある。

天咲輝夜（あまさき・かぐや）

才能名：森羅天職（アームズ）

来都のクラスメイト。その正体はスリルを心から愛する超大物犯罪者の怪盗レイン。

不知火翠（しらぬい・すい）

才能名：不夜城（ミッドナイト）

一条光凛専属の捕獲助手（サポーター）。来都の真の目的を知る協力者の一人。

潜里羽依花（くぐり・ういか）

才能名：電子潜入（シグナル）

伝説的な暗殺者組織【K】の箱入り娘。天才的な技術を持つ一方で殺しの経験はない。

物延七海（もののべ・ななみ）

才能名：動物言語（アニマルボイス）

光凛のクラスメイトでＣＣＣの後輩でもあるBランクハンター。

音無遊戯（おとなし・ゆうぎ）

才能名：四次元音響（エコーノイズ）

国民を騙した元天才子役。嘘と演技を心から愛するドM。

柊色葉（ひいらぎ・いろは）

才能名：無色透明（スケルトン）

羽依花のクラスメイトではじめての親友。とある事情から事件を起こす。

深見瑠々（ふかみ・るる）

才能名：好感度見分（キューピッド）

来都のクラスメイトのギャル。その神髄は才能よりも発明家としての頭脳。

工藤忠義（くどう・ただよし）

才能名：偽装工作（ミスリード）

永彩学園の教師。生徒たちの実戦指導を担当する。

CHARACTER

捕獲者（ハンター）

世間に跋扈する才能犯罪者（クリミナル）を取り締まる才能所持者（ホルダー）を指す。捕獲者の志望者は捕獲者統括機関（ＣＣＣ）が運営する永彩学園で養成される。

才能（クラウン）

人類に目覚めた人智を超えた能力の総称。強力な力を発揮する一方でそれぞれの能力に応じた副作用もある。

殿堂才能（コアクラウン）

才能犯罪者を取り締まる上で欠かせない捕獲者共通の超強力な能力。特に瞬時に絶対的な有罪無罪を判別する《裁判(ジャッジ)》は現代の犯罪取り調べシステムの根幹を成す。

怪盗レイン

世界中で被害者が続出する神出鬼没の大泥棒。現在とある理由で世間から姿を消している。

暗殺者組織【K】

正体不明の最強マーダーギルド。実は【K】は潜里家（KUGURI）のKを意味する。

【ラビリンス】

永彩学園に魔の手を伸ばす才能犯罪組織(クリミナルギルド)。約３年後に一条光凜の暗殺という大事件を起こし、ＣＣＣが崩壊した世界を実現させる。

歴史的特異点（デスポイント）

「一条光凜の死の回避」という目的のために、来都と翠が割り出した【ラビリンス】が引き起こす事件群。来都たちが介入することにより未来が変わると見込まれている。

迷宮の抜け穴（アナザールート）

完全犯罪の達成を掲げる来都が結成した問題児だらけの秘密結社。その仲間たちは闇堕ちし、いずれ起こる一条光凜の暗殺の現場に居合わせることになるはずが……。

GLOSSARY

プロローグ　バッドエンド

Shadow Game

——〈side：[redacted]〉——

——間違えた。

暗い部屋、冷たいベッドの上で、全身の震えを抑えるために膝を抱える。

頭の中でぐるぐると渦巻いているのは後悔と、それから強烈な自己嫌悪だ。決定的に道を踏み外してしまった自分のことが嫌で嫌で仕方ない。ずしんと重たい自責の念に、今にも押し潰されそうになる。

どうして、あんな話を信じてしまったんだろう？

どうして、あんな罪を犯してしまったんだろう？

最初は、親友を——ういちゃんを守ろうとしただけだった。それが正しいと思い込んでいた。だけど、そのために取り返しの付かないことをしてしまった。

[redacted]に騙《だま》されて……ううん、違う。そんなのはただの言い訳だ。

「っ……」

あの事件の犯人はわたしで、それはもう変えられない。悪いのは全部わたしだ。絶対に許されないことを企《たくら》んで、みんなに迷惑を掛けて、何もかも失ってしまった。

もう済んだことだから。

終わってしまったことだから、今からじゃどうしようもない。

でも、やっぱり考えてしまう――。

夢みたいなことだけど、都合のいい妄想なのかもしれないけど。

この世界には夢みたいな《才能《ちから》》があるから、つい無責任にも願ってしまう。

「もう一回、やり直せたら……」

暗い部屋の中に、有り得ない願望が木霊《こだま》する。

「……誰かが、こんな最低な未来《おわり》を変えてくれたら良かったのに、なぁ……」

第一章　新たな標的、無謀なミッション

Shadow Game

＃1

「ぐッ……」

——横合いから飛んできた拳をギリギリのところで躱《かわ》す。

風圧、威迫、唸《うな》るような轟音《ごうおん》。もし直撃していたら、と背筋が凍ってしまうものの、そんなことに気を取られている暇はどこにもない。崩された体勢を立て直し、軸足に力を込めて正面を向く。

「今のを躱しますか……反射神経はそれほど悪くないようですね」

コキコキと手首を鳴らしながら淡々と呟《つぶや》くスーツ姿の男性。

傍《はた》から見れば〝少し陰のある長身のサラリーマン〟といった風情だけれど、それは大きな勘違いだ。彼が纏《まと》っているのは、耐熱・防刃・防弾・伸縮……等、あらゆる技術が詰め込まれた特注スーツ。この手の戦闘においては抜群の威力を発揮する。

ちなみに件《くだん》のスーツの開発元は、捕獲者統括機関《Crown Criminal Countermovement》——。

それはつまり、男が世界の悪を罰する〝捕獲者《ハンター》〟だという意味に他ならない。

「ですが——これならどうでしょうか」

パチン、と高らかに指が打ち鳴らされた。

この交戦の中で何度か見たお決まりの仕草……平たく言えば、彼が《才能《クラウン》》を行使する際のルーティーンだ。一部の人間が持つ魔法のような力こと《才能《クラウン》》。持ち主によって善にも悪にも転じてしまう、物理法則を完全に無視した異能。

【工藤忠義《くどうただよし》――才能名：擬装工作《ミスリード》】

【概要：対象の人間に任意の〝誤解〟を与えることができる】

……目の前の捕獲者《ハンター》が持つ《才能《クラウン》》はそんな代物《しろもの》だ。

あえて言うなら〝騙《だま》し討《う》ち〟に特化した《才能《クラウン》》。ただし応用の幅は非常に広く、対峙《たいじ》する相手に幻覚を見せたり虚勢やはったりで圧倒したり、逆に自分自身の脳を騙すことで本来の限界を超えた力を出すこともできるのだという。

だからこそ、

「そろそろ、崩させてもらいます――よッ！」

「っ……!?」

ダン、と異様な音と共に足が振り下ろされた直後、蜃気楼《しんきろう》の如《ごと》く揺らめいた男の影が一瞬にして近接戦闘《インファイト》の距離に迫っていた。俺の視界が欺《あざむ》かれていたのか、もしくは何かのリミッターを解除したのか。そんなのは分かりようがない。

分かるのは、瞬間移動じみた速度で突っ込んできた彼にその場で突き倒されたこと。

ぐるん、と視界が反転し、あっという間にマウントを取られたこと。

（やばっ……）

焦《あせ》る隙さえほとんどない。

今、俺の目の前にいるのは【CCC】所属のBランク捕獲者《ハンター》だ。組織ぐるみの才能犯罪《ク》に投入される指揮官級の精鋭にして、戦闘経験も折り紙付きの実力者。これまで無数の才能犯罪者《リミナル》を取り締まってきたのであろう拳が真っ直《ます》ぐ俺に狙いを定めて――

「――っ！」

「はい、終わりです。……まあ、動きとしては及第点といったところでしょうか」

命中《ヒット》の寸前で拳を止めた男が、ゆらりと立ち上がりながらそんな感想を口にした。

息を呑《の》み込《こ》んだ、瞬間。

「積木来都《つみきらいと》くん……でしたか。体力や反射神経は問題ありませんが、やや勝気すぎるかもしれません。対峙《たいじ》する才能犯罪者《クリミナル》が戦闘系の《才能《クラウン》》を持っている場合、まともに相手をするのは時間の無駄です。せめて、一定の距離は取りましょう」

「…………」

「……聞こえていますか？　それとも、本当に昏倒《こんとう》でも？」

「あ、いや……すいません。ありがとうございました、先生」

俺の言葉に「ふむ……」と頷《うなず》き、後ろ手を組んで静かに去っていく男――もとい教員。

日本初の捕獲者《ハンター》養成機関・永彩学園《えいさいがくえん》――。

俺、積木来都が通う高校はとびっきり特殊な学校だ。国や地方じゃなく【ＣＣＣ】お抱えの教育機関。生徒全員が《才能《クラウン》》を持っていて、誰も彼もがカリキュラムを通じて一流の捕獲者《ハンター》になることを目指している。もちろん教員の質も非常に高く、視線の先の工藤忠義《くどうただよし》や担任の射駒戒道《いこまかいどう》も含めてＣランク以下の捕獲者《ハンター》は一人もいない。

ここで、改めて。

〝捕獲者《ハンター》〟というのは、才能犯罪における警察と探偵と裁判官の役目を兼ねる存在だ。

……というと大袈裟《おおげさ》に聞こえるけど、実はそこまで外れてもいない。どんな《才能《クラウン》》でも欺《あざむ》けない絶対的正誤判定システムこと殿堂才能《コアクラウン》《裁判《ジャッジ》》を操り、既存の法や認識では決して対抗できない才能犯罪者《クリミナル》と真っ向からぶつかっていく。

そのためには、捜査だけでなく戦闘の技術も欠かせない――というわけで、永彩学園高等部一般クラスのカリキュラムには〝体育〟以外に〝交戦基礎〟の授業もデフォルトで設定されているのだった。

（警察学校で護身術を習う、みたいな話だと思うけど……）

テレビか何かで見た情報をぼんやりと思い出す。

さっきの大乱闘ももちろん授業の一環だ。単独で才能犯罪者《クリミナル》と交戦になった場合のシミュレーション。本当に発生していたら――色んな意味で――生きた心地がしないけど、あれはあくまで模擬戦。永彩学園では日常と言ってもいい。

――と。

「積木《つみき》さん、積木さん」

「ん……？」

その辺りで、不意に何者かの影が俺の顔をすっぽりと覆った。

位置取りとしては横合い、仰向《あおむ》けに寝転んでいる俺のすぐ左隣。永彩《えいさい》学園の校章が入った指定ジャージを纏《まと》ってしゃがみ込んでいるのは、揺らめく銀色の髪のお姫様――天咲輝夜《あまさきかぐや》その人だ。最高級のサファイアを思わせる澄んだ瞳。幻想的な花畑にでも迷い込んだみたいな、フローラルで華やかな香り。

「……ふふっ」

俺の体勢を一瞥《いちべつ》した彼女は、くすっと優雅に口元を緩めて小首を傾《かし》げる。

「こんな時間から堂々と寝転んでいるなんて、積木さんも意外と大胆な方ですね。ここだととっても目立ってしまいますよ？」

「いや……別に、サボりたくて寝てるわけじゃないからさ」

「そうだったんですか？　私、てっきり〝どこまで大胆なサボりならバレずに済むか〟を試している同志なのかと思ってしまって……」

「同志？」

「はい！　お手軽に興奮《ドキドキ》できるので、初心者の積木さんにもお勧めですよ？」

黒手袋に包まれた人差し指をピンと立て、上品に（または妖艶に）微笑《ほほえ》む天咲。

「…………」

永彩学園高等部1‐A内でも屈指の人気を誇る美少女であるところの彼女は、火遊び《スリル》をこよなく愛するという厄介な一面を持っている。傍《はた》から見ていると本当に危なっかしい限りだけど……まあ、それくらいなら可愛《かわい》い悪戯《いたずら》で済むだろうか。

「……あれ？　っていうか……」

無関係な思考を振り払いつつ、仰向けになったまま惰性で首を傾《かたむ》けた。

「何で中円校舎《こっち》にいるんだ、天咲？　戦闘系の《才能《クラウン》》を持ってる生徒《やつ》はグラウンドで授業を受けてるんじゃ……」

――一口に《才能《クラウン》》と言っても、その内容は千差万別だ。

そのため所属しているクラスが同じでも、全ての授業を一緒に受けるわけじゃない。習う項目に特化した《才能《クラウン》》を持つ一部の生徒には、学園側の判断でまさしく異次元のカリキュラムが割り当てられる場合もある。

中でも〝戦闘〟なんて分かりやすい例だろう。

俺たちがいるのは中円校舎――三重丸に似た構造を取る校舎のうち、真ん中に当たる建物だ。全階ぶち抜きでドーナツ状の巨大ホールになっており、管理している捕獲者《ハンター》の《才《クラ》能《ウン》》によって不定期に内部構造が書き換えられる。

廃墟《はいきょ》を模した空間になったり、マンションの一室になったり、更地《さらち》になったり。

誰が呼んだか、通称〝不思議のダンジョン〟……だけど、要は室内訓練場の一つだ。生徒の中には炎やら水やら電気を操る才能所持者《ホルダー》もいるわけで、全力で戦ったら一瞬で校舎が壊れる。いつもはグラウンドで実習を行っているはずだった。

「はい、その通りです」

俺の疑問を受けて、天咲《あまさき》がふわふわと広がる銀色の髪を微《かす》かに揺らす。

「今日もついさっきまで、他の方々と一緒に対才能犯罪組織《クリミナルギルド》を想定した実践演習を行っていました。ただ……積木《つみき》さんもご存知《ぞんじ》の通り、私は経験者ですから。控えめに戦っているつもりでも、すぐに出番が終わってしまって」

「…………」

くすっと妖《あや》しく微笑《ほほえ》む天咲輝夜《かぐや》——もとい【怪盗レイン】。

そう、俺の目の前にいる……というか（物理的に）俺を見下ろしている彼女は世界有数の才能犯罪者《クリミナル》だ。圧倒的に捕獲者《ハンター》有利の世の中で燦然《さんぜん》と輝くブラックリスト筆頭。あらゆる武器を操る《森羅天職《アームズ》》で、軍隊さえも軽々と蹴散らしてしまう。

「——ですから」

そんな天咲が不意に焦がれるようなサファイアの瞳で俺を見て、同時にそっと手を伸ばしてきた。手袋越しの指先がツンと俺の頬《ほお》を突《つつ》く。

「やっぱり物足りないです。早く、私を満たしてください――団長《ボス》」

陶酔したような表情。熱っぽくて吐息交じりの、切ない声音。

（っ……）

捉えようによっては淫《みだ》らな誘いを受けているようにも感じてしまうけど……今の発言を正しく解釈するとこうだ。永彩《えいさい》学園のカリキュラムなんかじゃ物足りない。早く、本物の大事件を起こして非日常《スリル》を味わわせてくれ、と。

天下の大怪盗は、他でもない俺にそんなお願いをぶつけている。

「……そうだな」

その理由は単純だ。

俺と天咲は、完全犯罪組織【迷宮の抜け穴《アナザールート》】の仲間だから。永彩学園に潜む秘密結社の共犯だから。そして【迷宮の抜け穴《アナザールート》】において、俺の立場はいわゆる黒幕《リーダー》。組織の行動方針を決めるのも、そもそも彼女をスカウトしたのだってこの俺だ。

何せ、

【積木来都《らいと》――才能名：限定未来視《セカンド》】

【概要：特定の人物に関わる特定の未来を、就寝時の〝夢〟として見る（自動発動）】

俺は〝未来〟を知っている――。

三年後に発生する未曽有《みぞう》の大事件が世界を崩壊させてしまうことを知っている。

それを食い止めるためには、当の事件を企《たくら》んでいる連中――【ラビリンス】の邪魔をし続けなきゃいけない。【CCC】を挑発することで才能犯罪組織《クリミナルギルド》に対する警戒をひたすら強めつつ、俺たち自身は捕まらずに〝暗躍〟を続けなきゃいけない。

あまりにも長い道のりだけど。

世界を、そして彼女を――一条《いちじょう》さんを救う方法は、きっとそれ以外にないから。

「………」

そんなことを考えながら、俺は。

「安心しろよ、天咲《あまさき》。……そう急《せ》かさなくても、次の作戦はもうすぐだから」

微《かす》かに口角を上げて。

同時に、ついさっきまで組み合っていた捕獲者《ハンター》の背を遠くから見つめてそう言った。

#2

例の宿泊研修からおよそ三週間が過ぎ去って、五月の下旬。

念のため補足をしておくと、俺たち【迷宮の抜け穴《アナザールート》】のデビュー戦はひとまず完全勝利に終わった。狙い通り【ラビリンス】の刺客Xから俺たちの情報が漏れることはなく、疑われていた俺や音無友戯《おとなしゆうぎ》も形式的な事情聴取を受けただけで無罪放免。【CCC】のデータベースに才能犯罪組織《クリミナルギルド》の名前が一つ追加されるに留《とど》まった。

まあ、要するに。

極夜事件に繋《つな》がる歴史的特異点《デスポイント》の一つがこっそりと書き換えられたわけだ。

「…………」

ちなみにクラス内の変化を挙げるなら、追川蓮《おいかわれん》は授業を全くサボらなくなった。

評価pt2000オーバーの元やさぐれ系御曹司。そもそも単なるサボリではなく自主練だったのだけど、態度から改めることにしたらしい。……ただし、その分の勉強を深夜に回しているせいか、元から鋭かった目付きはさらに悪くなっている。

色々ひっくるめてストイックさの塊、だ。

『あー……いいか、お前ら』

そして現在、教壇に上がっているのは我らが担任・射駒戒道《いこまかいどう》――。

追川とは対照的に四月から気怠《けだる》げな雰囲気を崩さない彼が受け持つのは《才能《クラウン》》関連の授業かクラス単位のHRで、この時間は後者だ。帰りのHRなんて普段ならちょっとした連絡事項の共有だけで終わるのだけど、今日は重要なトピックがあった。

『今日の日付は五月二十四日。永彩《えいさい》では今からちょうど一ヶ《か》月後……六月二十四日の月曜から金曜までの五日間で、一学期末の定期試験が開催される』

「「……ごくり」」

真剣に唾を呑《の》む音が方々《ほうぼう》から聞こえる。

永彩《えいさい》学園では大抵の高校と同じく各学期の中間・期末でそれぞれ〝定期試験〟が実施される。ただし中間試験の方はいわゆる五教科の筆記試験《ペーパーテスト》だけで、学園の性質上あまり重視されない。何なら宿泊研修の翌週にさくっと終わっている。

（だけど……）

残念ながら、期末試験に関してはそうもいかない。

『知っての通り、永彩《ウチ》の定期試験――中でも期末は捕獲者《ハンター》としての資質を問う実技だ。評価ｐｔの獲得基準値《テーブル》も普段のカリキュラムとは比べ物にならねぇ。この前の宿泊研修と同様、本腰を入れて挑む必要がある』

『今回の試験内容は、端的に言えばスコアアタック――』

『試験の期間中、上級生たちが〝犯人役〟として学園敷地内で大量の事件を起こす。それを解決することでスコアを稼ぐ、って方式だ』

ルールの詳細は各自デバイスから確認してくれ、と付け加える射駒《いこま》先生。

定期試験の内容は年によって大きく変わり、そのため毎回ルールをまとめた資料が一新されるらしい。ちょっと信じがたい手間だけど、設立当時からの伝統みたいだ。もちろん今回もその例に漏れず、既に詳細ルールが配布されている。

（……っと）

周りのクラスメイトに倣《なら》って、俺も机の上にデバイスを出してみる。

学園内ではカリキュラムの補助《サポート》としても活用されている捕獲者《ハンター》専用端末。才能犯罪者《クリミナル》に対する強力な武器である殿堂才能《コアクラウン》が秘められているだけじゃなく、校内限定のＳＮＳやチャット機能なんかも搭載されている。

さらには授業と連動して様々な機能が拡張される仕様になっており、つい数分前にも定期試験に関する臨時アップデートが入ったばかりだった。

「ん……」

これ見よがしに配置されている校章アイコンを選択。

直後、滑らかな演出と共に起動したのはどうやら試験専用アプリのようだ。基本項目として【臨場要請】や【チーム管理】、【累計スコア】など気になるメニューが並ぶ中、まずは言われた通りに【ルール詳細】をタップしてみる。

——曰《いわ》く、

【永彩学園高等部一年一学期末定期試験——通称：《星集め》】

【《星集め》の期間中、学園敷地内では様々な種類・規模の〝課題事件〟が発生する。これらを解決することで、参加者は事件の脅威度に対応したスコア（★）を獲得する。

試験終了時、獲得した★は一定のレートで評価ｐｔに換算される】

【《星集め》の実施期間は、六月二十四日(月)から二十八日(金)までの五日間。

ただし、各日程の午後七時から翌午前九時までは一年生全体の外出禁止時間とし、寮内の自室から出ることを禁止する（見つかった場合は強制送還の処置を取る）】

【ここで永彩《えいさい》学園所属の二年生、および三年生は、同期間中に別のカリキュラムに従って学園敷地内を自由に探索している。そして彼らには〝試験期間中に一つ以上の課題事件を実行するノルマ〟が与えられている。

つまり《星集め》において、彼らは課題事件の〝目撃者〟にも〝容疑者〟にもなる】

【各課題事件の脅威度は〝ノーマル〟と〝ハード〟に大別される。
・ノーマル：脅威度★～★★★★★の事件全般。
犯人役の申告により容疑者が数人程度に限定される。
・ハード：脅威度★６以上（上限なし／大規模テロで★20相当）の事件全般。
容疑者の限定はなく、解決時には設定された★数の二倍がスコアとして加算される】

【一年生は単独《ソロ》または二人組《ペア》のチーム単位で《星集め》に参加する。

　各チーム、犯人の指名が行えるのは一つの事件につき一度まで。スコアはチーム内で常に共有し、同じチームに所属する生徒が異なる事件に臨場することはできない。また全ての課題事件は解決された時点で直ちに〝終息〟したものとする（早い者勝ち）】

【補足①：ルール上、コアクラウン01《裁判《ジャッジ》》は使用不可。代わりにデバイス内の指名機能を使用し、正誤判定や臨場状況管理は学園側がリアルタイムで実行する。

　コアクラウン02《解析《アナライズ》》は通常通りに使用可能。

　また校内実施という性質上コアクラウン03《選別《リスト》》では容疑者を絞れないため、犯人役から学園側に容疑者候補を申告し、これを該当事件に臨場した生徒全員に通達する。ただし脅威度〝ハード〟の課題事件に関しては申告義務なし】

【補足②：《星集め》の期間中、敷地内にいる人間は常にダミータグを所持する。

　ダミータグが壊れた場合は〝死亡〟の判定。この性質を利用した事件はもちろん、真相に近付いた捕獲者《ハンター》を排除するといった犯人役の抵抗も全て可とする。

　死亡した生徒および教員はその時点で《星集め》から離脱する。直ちに寮へ強制送還の処置を取り、それ以降（どんな方法でも）他の生徒とコンタクトを取ってはならない】

『……一通りの確認くらいは済んだか、ひよっこ捕獲者《ハンター》ども？』

眠たげな視線で教室内を見回してから、射駒《いこま》先生がゆっくりと言葉を継《つ》いだ。

『細かいことは試験が始まるまでに理解しておいてくれりゃいい。……というか、別に難しいことは何もねぇよ。二年、三年の先輩たちが大量の事件を起こすから、お前ら一年生はとにかくそれを解決すりゃいいだけだ』

『で……』

『「永彩《えいさい》学園の定期試験が重要な位置付けなのは間違いねぇが、さすがに一ヶ月《か》前の告知は早すぎるだろう」――そんなお前らの疑問に応えてやる』

『準備期間が要《い》るんだよ。何せ、この《星集め》はチーム制の試験だからな』

とん、っと教卓に置かれる手。

チーム制――それは、デバイス上に表示された【ルール詳細】の中でも触れられている項目だ。今回の定期試験こと《星集め》はチーム戦。俺たち一年生は、誰かと二人組《ペア》を作って課題事件の解決に挑む必要がある。

単独《ソロ》参加も可だけれど、身軽に動けること以外の利点は特にない。

『こいつは、実際に捕獲者《ハンター》として活動することを見越したシミュレーションだな』

低い声が淡々と紡がれる。

『それなりに規模が大きい事件に臨場する場合、俺たち捕獲者《ハンター》はまず単独で動いたりしねぇ。リスクを考えりゃ当然の話だ。犯人側は本気で証拠を隠滅しようとするし、場合によっては捕獲者《ハンター》を殺してでも《裁判《ジャッジ》》から逃れようとする』

『やつらに〝常識《ルール》〟を求めるのは間違いだ』

『何しろ捕まったら一巻の終わりだからな。面倒な《才能《クラウン》》を持つ才能犯罪者《クリミナル》がいつでも俺たちと同じ土俵に上がってくれる、なんて幻想はさっさと捨てた方がいい』

「「……っ」」

脅迫めいた忠告。……多分、似たような局面を何度も経験しているんだろう。1－A担任・射駒戒道《かいどう》は経歴をざっと調べるだけで日が暮れてしまうくらいの歴戦の捕獲者《ハンター》だ。俺たちの知らない過去だって無数にあるに違いない。

『だから、最初は存分に作戦を練ってくれ』

そうして再び、気怠《けだる》げな視線が持ち上げられた。

『《才能《クラウン》》に画一的《かくいつてき》な強弱はねぇ。色んな事件が起こるんだから、色んな対処法が必要になる。どんな《才能《クラウン》》でも使い道がゼロってことは有り得ねぇ……まずは、相方探しに専念することだ。短所を補い合うのがお勧めだが、それが絶対の正解ってわけでもねぇ。敵対する才能犯罪者《クリミナル》によっちゃあ一点突破以外に勝ち筋がねぇ場合もある』

『ま、最終的にはお前ら次第だがな。……別に、今は失敗しても構わねぇ。ただ、何の戦略もなく適当に挑むのだけは勘弁だ』
『授業の成果ってやつを……ぼちぼち、期待しといてやる』
狙い澄ましたかのように鳴り響いたチャイムの音を背に――。
射駒《いこま》先生は、眠たげながらワイルドで渋くて格好《かっこう》いい、不敵な笑みを浮かべてみせた。

#3

「――驚いちゃったね、来都《らいと》」

「ん……？　って、ああ。御手洗《みたらい》か」

濃い内容の割に時間通り終わったHRの少し後。

デバイスの画面を何気なく眺めていた俺に声を掛けてきたのは、寮の隣室に住む男子生徒だった。永彩《えいさい》学園における俺の友達第一号・御手洗瑞樹《みずき》。多少は顔見知りが増えてきた今も、教室内での雑談頻度は間違いなく彼がトッププランナーだ。

中性的で穏やかな印象の友人は、指先で頰《ほお》を搔きながらそっと溜《た》め息《いき》を吐《つ》く。

「もう定期試験の準備をしなきゃいけない時期なんだ。ボク、すっかり油断してたよ」

「あっという間だよな。……っていっても、まだチーム決めの段階だけど」

「あはは。来都、そうやって油断してると痛い目見ちゃうかもよ？」

おどけるように口元を緩めて。

俺の机に左手を突いた彼は、もう片方の手でピンと人差し指を立ててみせる。

「そのチーム決めが大問題、なんだってば。相方には誰を選んでもＯＫ。対象者は一年生全員で、クラスも男女も問わない。ただしチームの掛け持ちは禁止」

「……？　一応、全部知ってるけど……それが、どうしたんだ？」

「強い《才能《クラウン》》を持ってる実力者《エース》には早く声を掛けとかなきゃダメ、ってことだよ」

ほら、とばかりに御手洗が教室前方へ視線を投げる。

と——そこでは、１‐Ａにおける最強の捕獲者《ハンター》こと追川蓮《おいかわれん》が早くも数人のクラスメイトに取り囲まれているのが見て取れた。Ａランクの父と姉を持つ優秀な才能所持者《ホルダー》。いわゆるサラブレッドである彼がお世辞を嫌うのは周知の事実……だけど、追川に対する信頼はもはやお世辞でも何でもないので仕方ない。

「しつけぇな……だから、検討しとくって言ってるだろうが。……ったく」

剣呑《けんのん》な口調であしらう追川の方も、心から嫌がっているわけではなさそうだ。

「——ね？」

そんな様子を遠巻きに見て、御手洗が苦笑交じりに肩を竦《すく》める。

「もちろんどんな事件が起こるか分からないから一概に誰が強いとか弱いなんて言えないけど、自分の評価ｐｔに直結する問題だからね。他のクラスに偵察とか聞き込みに行ったり、あとはデバイスで募集を掛けてる人も多いみたい」

「募集……そっか、そういう手もあるのか」

相槌《あいづち》を打ってから再び視線を下へ向ける。

そうしてデバイスの画面に表示させたのは基本機能の一つ、校内SNSだ。普段は緩やかな交流や情報共有が行われているくらいのはずだけど、ほんの数分前から一年生のタイムラインが急激な賑《にぎ》わいを見せている。

たとえば、

〈1－B所属、評価pt72の追跡調査系です！　相方《ペア》募集！〉

〈後方支援希望《オペレーター》の人いませんか？　男女問わず〉

〈機動力高い才能所持者《ホルダー》同士でごっそり★集めるチーム！　興味あればDMくれ〉

——など、など。

よく見てみれば御手洗《みたらい》の言う通りだ。誰も彼もが、先を争うようにしてチームメイトを探している。……いや、多分〝ように〟じゃないんだろう。一ケ月《かげつ》の猶予があっても相方《ペア》募集は早い者勝ち。出遅れてしまったらろくな相手がいなくなる。

（まあ……）

とりあえず気の合う友人と組んでおく、というのも一つの手だとは思うけど。

「ちなみに、御手洗は？」

「え。……もしかして、ボクを誘ってくれてるの来都《らいと》？」

きょとんと目を丸くする隣人。

やがて、御手洗は手入れの行き届いたさらさらの髪を緩やかに振る。

「気持ちは嬉《うれ》しいけど、あんまりお勧めはできないかな。来都の《限定未来視《セカンド》》もボクの読心術も〝支援型〟だから、メインで動ける人がいなくなっちゃうよ」

「あー……まあ、確かに」

「あはは。どうしてもって言うなら心中してもいいけどね」

来都は大事な友達だし、と言って冗談っぽく口元を緩めてみせる御手洗。

心中云々《うんぬん》はともかく、彼の意見はもっともだ。定期試験《星集め》は平たく言えばスコアアタック、俺と御手洗の二人組《ペア》では圧倒的に早さが足りない。……まあ、御手洗の《才能《クラウン》》は《解析《アナライズ》》の対象外だから、全ては〝自称〟なんだけど。

――それはそうと、

「強い相方が欲しいってことなら……そういえば、選抜クラスはどうなるんだ？」

ふと新たな疑問が降ってきた。

永彩《えいさい》学園の高等部には、俺たちが所属する〝一般クラス〟の他に、中等部からの繰り上がりがメインの〝選抜クラス〟が存在する。

授業教室は三重丸の最も内側――小円校舎の中にあるものの、全員が【ＣＣＣ】の主力級捕獲者《ハンター》に当たるため、そもそも集団授業の類《たぐい》はほとんど行われていない。学園側は設備や環境、時には実際の事件を提供し、あくまでも自主的な成長をサポートする。生徒は生徒でも、能力や経験値が軒並み〝見習い《ランク外》〟の比ではない。

全世界の至宝、じゃなくてSランク捕獲者《ハンター》・一条《いちじょう》さんを筆頭に、今年度入学の一年生はたったの九人。紛《まご》うことなきエリートクラスというやつだ。

当然、定期試験で同じチームになれれば圧倒的な優位を得られるだろう。

「えっと……選抜クラスの人は、ちょっと特殊な扱いみたいだね」

懐から自身のデバイスを取り出した御手洗《みたらい》が、詳細ルールのさらに奥底に記されていた細則とやらを視線で追っていく。

「**【選抜クラスの生徒は捕獲者《ハンター》としての実績を評価基準とするため、今回の《星集め》に関しては自由参加とする。チーム内に選抜クラスの生徒が含まれる場合は、その捕獲者《ハンター》ランクに応じて★と評価ptの換算レートを下方に調整する】**……だってさ」

「へえ？　要は、誘ってもいいけどハンデがあるってことか」

「そうみたい。……残念だったね、来都《らいと》。この条件だとSランク捕獲者《ハンター》は一番ハンデが重いから、一条さんと組むのはちょっと難しいかも」

「いやいや、そんな畏《おそ》れ多いこと考えるわけないだろ……俺が一条さんの半径三メートル以内で呼吸し続けるなんて、それだけでほぼ有罪《ギルティ》だって」

「あはは。相変わらず一途《いちず》だね、来都」

俺の突っ込みを受けて、御手洗が降参の意で両手を上げる。……例の特別カリキュラムで多少はプラスになったけど、俺の評価ｐｔは未《いま》だに２０弱だ。悪の組織云々《うんぬん》を差し引いても、捕獲者《ハンター》としての格が違い過ぎて話にならない。

（それにしても……）

ともかく。

そこで俺は、何気なく教室内を見回してみる――さっそくチーム作りに奔走しているクラスメイトたち。真面目《まじめ》な鳴瀬小鞠《なるせこまり》と硬派な岩清水誠《いわしみずまこと》が今回もめらめら燃えていたり、強力な戦闘系の《才能《クラウン》》を持つ天咲輝夜《あまさきかぐや》にちらほら声が掛かっていたり、中二病な久世妃奈《くぜひな》がいつもの黒ローブ姿で〝闇の眷属《ペア》〟を募集していたり。

「…………」

賑《にぎ》やかなことこの上ない、けど……まあ、それも当然の話だ。

俺たち一年生は、夏明けまでに〝評価ｐｔ１００〟が最低基準のＥランク捕獲者《ハンター》に到達していなきゃいけない。二学期以降も永彩《えいさい》学園に居続けるためにはそれが絶対条件だ。この１－Ａで言うなら追川《おいかわ》は元々余裕で、鳴瀬も前回の研修で無事に１００超え。逆に言えば、彼ら以外の生徒はまだまだ稼ぐ必要がある。

（……でも）

それは、確かにそうなんだけど。退学になるわけにはいかないんだけど。

俺にはもっと重要な行動指針があった——何しろ、だ。少し前の宿泊研修で追川蓮《おいかわれん》が闇堕《お》ちさせられそうになったのと同じように、定期試験という非日常的なイベント期間は才能犯罪組織《ミナルギルド》【ラビリンス】にとって非常に仕掛けやすいタイミングなんだから。

「ふぅ……」

俺だけが知っている〝未来〟を脳内で反芻《はんすう》しながら——。

熱気を帯び始める教室の中で、俺は一人、みんなとは別の理由で気合いを入れていた。

#4

その日の放課後、もとい夜。

今日、五月二十四日はカレンダー上で金曜日だ。永彩《えいさい》学園は土日に授業を行っていないため、気軽に夜更かしをしていいタイミングと言ってもいい。

「……ごくり……」

そんな中、俺は〝外〟にいた。

いや、外と言っても学園の敷地外というわけじゃない。

男子寮の裏手、茂みに覆われた何でもない空間。

滅多《めった》に人が通らなくて、建物と木々が織り成す濃い影のせいで視界が悪くて、防犯カメラの撮影範囲からも微妙に外れていて、さらには不知火翠《しらぬいすい》——【CCC】に所属する俺の協力者によれば教員側の巡回が一切入らない場所。

地面を踏み締めていた足が、不意にカツンと高い音を立てる。

（……っと、ここか）

膝を折って軽く土を払ってやると、そこには地面と全く同じ色の〝蓋《ふた》〟があった。

辺りを警戒しながら蓋に付けられた取っ手を引っ張り、続けて現れた闇色の空洞に全身を捻《ね》じ込《こ》む――細長い筒のような、縦型のトンネル。壁には金属製の梯子《はしご》が取り付けられていて、そのまま真下へ移動できるようになっている。

「ふぅ……」

ガタン、と頭上の蓋を閉め直して。

改めて息を吐き出した俺は、ゆっくりと梯子を下りていく。……暗い地下。目印になるものが何もないから、どれだけ深いのかもよく分からない。いっそ奈落の底へ吸い込まれていくような錯覚すら抱いてしまう。

それでもやがて梯子は終わりを迎えた。

もちろん、トンネル自体がそこで途切れているわけじゃない。今度は真横に向かって立派な大穴が掘られている。時折見かける排水設備や心許《こころもと》ない電球。それらを横目にひたすら直進していくと、ほんの数分で分厚い扉に行き当たった。

――コンコン、と。

そんな扉をノックしてみると、横合いのインターホンから朗らかな声が聞こえた。

『はーい！　お待たせだんちょ──じゃない！　違う違う、その前に合言葉《アイコトバ》をどーぞ！』

「……合言葉？」

鸚鵡《おうむ》返しに尋ねてしまう。

「確かにそんな話は出てたけど、結局まだ何も決まってなかったような……」

『そうだけど、でもやっぱりタダで開けるわけにはいかないじゃん？　ミキミキとそっくりな声の不審者《フシンシャ》かもしれないし』

「いや、そう言われても……ちゃんと本物の俺だって」

『じゃあ問題！　ミキミキはある捕獲者《ハンター》の大ファンですが、その名前と豆知識《マメチシキ》を──』

「──名前は一条光凛《いちじょうひかり》、史上最年少のSランク捕獲者《ハンター》だ。これまでに解決した事件の総数と壊滅させた才能犯罪組織《クリミナルギルド》の数はずば抜けてて、歴代【CCC】の捕獲者《ハンター》ランキングでもずっと一桁台に入ってる。これは一条さんが毎日のように臨場要請を受けてるからなんだけど、それって凄《すご》いことなんだよ。だってSランクなんだからもう評価ptを稼ぐ必要なんかないし実力だってとっくに認められて──」

『す、ストップ！　ぎぶぎぶぎぶ！　分かった、もうホンモノで大決定！』

俺が一条さんの武勇伝を語っていたところ、インターホンの向こうの声が慌てたように遮ってきた。豆知識というならあと二時間は欲しかったけど、大決定なら仕方ない。消化不良のまま待つこと数秒、ガチャリと扉が開かれる。

そうして現れたのは一人の少女だ。

鮮やかなピンクレッドの髪を肩口でくるんと内側に巻き、キラキラのメイクやネイルで整った容姿をさらに高い次元へ跳ね上げている一軍女子。1‐Aの大人気美少女《クラスメイト》であるところの深見瑠々《ふかみるる》が、にぱっと警戒心の欠片《かけら》もない笑顔で俺を迎え入れる。

「おかえり、だんちょー」

——そう。

この場所は、他でもない俺たち【迷宮の抜け穴《アナザールート》】のアジトだった。

世界には色々なタイプの才能所持者《ホルダー》がいる——。

企業に属して新技術の開発に携わる人、アスリートとして規格外な新記録を打ち立てる人。もちろん才能犯罪者《クリミナル》を追う【CCC】の捕獲者《ハンター》もその一例だ。

さらには〝裏稼業〟と称される職を持つ人もいる。

いわゆる才能犯罪者《クリミナル》ではなく、彼らの手助けを生業《なりわい》とする一種の職人。……このアジトを突貫《とっかん》工事で作ってくれたのはその手の人間だ。トンネル掘りのなんちゃら、という異名を持つ有名人らしく、天咲《あまさき》もとい【怪盗レイン】経由で仕事を依頼した。

位置取りとしては永彩《えいさい》学園の斜め下。

男女の寮の裏手にそれぞれ設置された入り口から真《ま》っ直《す》ぐ地下に降りて、それからしばらく真横へ進んだ辺りだ。直線距離にすると校舎から数百メートルは離れているため、大概の探知系《才能《クラウン》》には引っ掛からない。……はず、だ。

中の構造に関してはそう複雑なものじゃない。

深見《ふかみ》に開けてもらった扉を抜けると短い廊下があって、すぐに広めの会議室（らしき場所）に突き当たる。まだ完成したばかりだから最低限のモノしかないけれど、奥にはいくつかの個室やキッチン、シャワールームなんかも備え付けられていた。

「……って、ん？」

会議室に足を踏み入れたところで不意に首を傾《かし》げる俺。

というのも、部屋の真ん中に漆黒の長机がドスンと横たわっていたからだ——思わず目を疑ってしまう。先週、どころか昨日も（特に用もないのに）ここへ来ているけど、机なんかあった覚えは全くない。

「こんなの、どこから……？」

「ふっふーん！　凄《すご》いでしょ、だんちょー！」

自然と零《こぼ》れた疑問に対し、満面の笑みを浮かべながらくるりとターンを決めたのは深見瑠々《るる》だ。同時にふわりと淡い果実のような香りが鼻を撫《な》で、白いカーディガンと短いスカートの裾がひらりと揺れる。

あらゆる仕草が華やかな少女は、うむうむと胸元で緩く腕を組んで。

「やっぱ、秘密結社って言ったらまずは会議室《カイギシツ》だもん！　通販で中古の机買ってきて、汚れが目立たないようにバッチリ色も塗り替えちゃった」

「おお、そりゃ凄い……っていうか、よく持ってこれたな」

「まあね！　組み立て式で、天板のところも折り畳めるタイプだったから。あとほら、意外と頼れる男手《オトコデ》もあったし」

「男手？」

得意げに頷《うなず》く深見の発言を受け、視線を少し彷徨《さまよ》わせてみる。机の両サイドに並んだ椅子には誰も座っていないようだけど――と、

「え」

……長机の死角、壁際、床の上。

そこには組織の仲間である音無友戯《おとなしゆうぎ》が座って……もとい、へたり込んでいた。

「やあ、ライト……」

ベージュ色の髪を微《かす》かに揺らす美形な彼は、その体勢のまま小さく肩を竦《すく》める。

「運が悪かったね。もう少し早く来てたら、君もルルちゃんに扱《こ》き使われてひたすら足蹴にしてもらえたのに……何だか、僕だけが得しちゃったみたいだ」

「し、してないし!?　ちょっとユーギ、ミキミキに変な嘘《うそ》吹《ふ》き込まないでよ！」

「嘘《うそ》かどうかは僕のやつれ具合で分かるんじゃないかなぁ。……ああ、足蹴じゃなくて椅子にされてたんだっけ？　もしくはフットレストとか」

「どっちもしてないから！　普通《フツー》に手伝ってもらっただけじゃん！」

「大丈夫だよ、ルルちゃん。僕にとってはどれもご褒美だから」

「それはそれで超キモいんだけど⁉」

恍惚《こうこつ》の表情で軽口を叩《たた》く音無《おとなし》と、ぷくぅと頬《ほお》を膨らませて文句を言う深見《ふかみ》。

二人は、俺や天咲《あまさき》と同じく【迷宮の抜け穴《アナザールート》】のメンバーだ。嘘と演技をこよなく愛する音無友戯《ゆうぎ》は、史上最強の詐欺師候補生。そして好奇心と探求心の塊である深見瑠々《るる》は天才マッドサイエンティスト予備軍。どちらも三年後の〝未来〟では一線級の才能犯罪者《クリミナル》として世間に名を轟《とどろ》かせている。

「……ん……」

ただ、少なくとも今のところは、それなりに真っ当な捕獲者《ハンター》見習いだ。

それでも顔を合わせる度にこんな言い合いをしているんだから、単に相性が悪い——もしくは抜群に良《い》い——んだと思う。

とにもかくにも、完成したばかりのアジトで〝模様替え〟を率先してやってくれているのは他でもない深見だった。幼い頃から『魔法少女☆フェアリーライト』の影響で秘密結社への憧れを持っていた彼女だからこそ、理想や希望がいくらでもあるらしい。

（そのうち壁紙とかも変わってそうだけど……）

今はまだ武骨な壁面を見遣《みや》って内心でポツリと呟《つぶや》く。……どうせなら、思いきり格好《かっこ》良くしてしまった方がいいような気もする。

黒い垂れ幕で全方位を覆うとか、各席の後ろの壁に組織のロゴマークを刻むとか。

「だ、だんちょーから中二病《チューニビョー》の波動を感じる!?」

「そんなんじゃないよ。……って、わけでもないんだけど」

秘密結社の黒幕を名乗っておいて中二病を全否定するのも難しい。

というか、実際〝アジト〟なんてワクワクするのが当たり前というものだろう。地下の秘密基地というだけでも余裕で満点なのに、できたばかりだから改造し甲斐《がい》がいくらでもある。さっき深見が言っていたような合言葉だって作りたい。

「……お」

そんなことを考えていると、不意にコンコンと新たなノックの音が響いた。

途端、たたっと誰よりも早く扉へ駆け寄る深見瑠々。さっきの俺と似たようなやり取りを何往復か挟んでから、彼女は満足げに「本物《ホンモノ》認定！」と言い放つ。

――そして、

「はふぅ……すみません、遅くなってしまいました」

「……ん、む……ついた？」

扉の向こうから姿を現したのは、天咲輝夜《あまさきかぐや》——だけじゃなく、その背中にもう一人のメンバーが乗っていた。マスコットめいた童顔の少女、潜里羽依花《くぐりういか》。彼女は扉が開くや否《いな》やしゅたっと天咲の背から降り、ペタペタと素足でこちらへ駆け寄ってくる。

さらさらの黒髪、お餅みたいに白くて柔らかそうな頬《ほお》。

じっ、と満天の星空みたいな黒白《こくびやく》の瞳が、相当な至近距離から俺を見上げて。

「ただいま、らいと」

「へ……？　お、おう」

甘えるような第一声に少しドキッとしてしまう——じゃ、なくて。

「なんで、潜里が天咲に背負われてたんだ……？　もしかして怪我《けが》でもした、とか？」

「いいえ」

当然の疑問を口にしてみると、後ろ手で扉を閉めた天咲が上品な仕草で銀色の髪をふわりと揺らした。彼女は口元を緩めながらサファイアの瞳を潜里に向ける。

「女子寮を出るところでたまたま一緒になったのですが、羽依花さんが道中の梯子《はしご》をとても怖がっていたので……途中から、ずっとおんぶしてきました。やっぱり、仲間として困った時は助け合わないといけませんから」

「む……破魔矢《はまや》は、うそつき」

「破魔矢ではなく輝夜ですが、何が嘘《うそ》なんでしょうか？」

「わたしは、暗殺者組織《まーだーぎるど》【K】の天才暗殺者《すーぱーまーだー》……はしごくらい、よゆうもよゆう。かぐやのぐらぐら攻撃《あたつく》で、酔っただけ……ぶーぶー」

「いいえ、最初に揺らしたのは羽依花さんの方です。胸が大きいせいでどうしてもつっかえてしまう、なんて嘘八百の挑発までして……」

「それは、じじつ。そっちは、うそ。……ね、らいと？」

「えっ」

言い合い《ディベート》の途中で再び俺に向けられる純真な瞳。

潜里羽依花――天下の暗殺者組織《マーダーギルド》【K】に所属する落ちこぼれ暗殺者は、見た目だけで言えばとても可愛《かわい》らしい女の子だ。常にローテンションのダウナー系で、表情はほとんど変わらないものの感情が仕草や言動に出るタイプ。

そして何より、胸が大きい。

「………………」

一条《いちじょう》さん推しの俺でも認めざるを得ないくらい、圧倒的な存在感を誇っている。

（いや、でも……あのトンネルは割と余裕がある造りだ。窮屈だとも思えない。そもそも潜里はかなり小柄な方だし、つっかえるなんてさすがに……）

「……あの、積木《つみき》さん？」

無言で悩んでいると、フローラルな香りがふわりと鼻腔《びこう》をくすぐった。

見れば天咲輝夜《あまさきかぐや》が一歩こちらへ踏み込んで、責めるようなジト目を俺に向けている。

「気持ちは分からないこともないのですが。ただ……羽依花《ういか》さんの身体《からだ》を舐《な》めるように見つめながら黙り込むのは、あまりお行儀が良くないですよ？　えっちです」

「へ!?　や、えっと、その……そうじゃなくて」

「ぴーすぴーす。らいとは、胸派。それならわたしの、だいしょうり」

「だから違うんだって！」

不名誉（？）な称号を背負わされないようにぶんぶんと首を横に振る俺。

その後も深見《ふかみ》や音無《おとなし》が茶々を入れてきたせいで一向に話題が収束せず、ざっと十分近く弄《いじ》られ続けたことだけは補足しておく。

#5

「──さて、と」

完全犯罪組織【迷宮の抜け穴《アナザールート》】アジト、会議室。

まだ定位置なんてものが固まる段階には至っていないけれど、配慮なのか譲り合いなのか押し付けなのか、俺はいわゆるお誕生日席をもらっている。

俺から見て左手側は、手前に天咲、奥に深見。

そして右手側は、手前──というか俺のすぐ脇に潜里《くぐり》、奥に音無という配置だ。

(こうやって見ると本当に〝悪の組織〟っぽいな……いや、本当に悪の組織なんだけど)

自分の感想にセルフで突っ込みを入れる。

このアジトが完成したのはつい先週のこと。そこから数日は思い思いに集まって模様替えなり探索なりしていたのだけど、今日は俺から連絡してメンバー全員を集めていた。理由はもちろん、秘密結社らしく〝作戦会議〟をするためだ。

そんなわけで俺は、すぅと一つ息を吸い込んで。

「今日みんなを呼んだのは、他でもない――授業後のHRで、先生から話があったのを覚えてるか？　来月の二十四日から始まる定期試験のことだ」

「はい、もちろんです積木《つみき》さん」

ふわり、と銀色の髪を揺らして頷《うなず》く天咲輝夜《あまさきかぐや》。

彼女は黒手袋に覆われた指先をそっと頰《ほお》に添え、確認するように言葉を継《つ》ぐ。

「課題事件をたくさん解決して、ひたすら★を集めるスコアアタック……追われる方ならともかく、追う方ではあまりドキドキしませんが」

「感性が独特すぎる。……でも、まあそうだな。定期試験があるってだけの話なら、わざわざ【迷宮の抜け穴《おれたち》】が動く理由はない」

天咲の意見を部分的に肯定する。

俺たちは永彩《えいさい》学園に潜む完全犯罪組織だ。最終的な目標は【ラビリンス】が引き起こす極夜事件を未然に防ぐこと。退学を避けるために最低限の評価ｐｔは必要だけど、他のクラスメイトたちと違って試験に全力を注ぐ動機はそもそもない。

そう――ただの定期試験なら。

「これは、宿泊研修の時と同じやり方で掴《つか》んだ情報なんだけど……」

言いながら俺が取り出したのは、デバイスだ。

スマホの完全上位互換である捕獲者《ハンター》の専用端末。……ただし、今回使うのは最新技術の類《たぐい》じゃなく単なるメモ帳だ。そこには俺の《限定未来視《セカンド》》と協力者・不知火翠《しらぬいすい》の副作用を駆使して手に入れた情報がズラリと並んでいる。

それらを一瞥《いちべつ》してから、俺は顔を持ち上げて静かに切り出すことにした。

「来月の定期試験で一つの〝事件〟が起こる。……ああいや、課題事件が大量に起こるのは元々の仕様なんだけど、そういうことじゃない。試験の枠組みの外にある事件――もっと言うなら、不正事件みたいなことだ」

「不正《フセー》……不正って、あの不正？　カンニング的な？」

「ジャンルだけならそんな感じかな」

不正とは無縁そうな深見《ふかみ》の問いに頷きを返す。

永彩学園高等部一年一学期末定期試験――通称《星集め》。この試験では期間中、学園敷地内で無数の課題事件が引き起こされる。★《星》というのは、それらに割り振られた〝脅威度〟と〝解決時の獲得スコア〟を共に示すものだ。この★を集めれば集めるほど、試験終了時の評価ptが高くなる。

——その上で、

「今回【ラビリンス】に唆《そそのか》される生徒は女子二人、それぞれ一年生と三年生。このうち三年生の方が課題事件を装って〝連続殺人〟を起こす……もちろん、実際にはダミータグを壊すだけだけど。でも、扱いとしては殺人だ」

「……？《星集め》ってそういう試験《シケン》なんじゃないの？」

「まあ、ここまでは何もおかしくない。問題なのはターゲットだ——この三年生が狙ったのは、脅威度★6以上の課題事件を計画してた上級生だけなんだよ」

「むむ、む……む？それって、つまりどゆこと？」

「えっと、そうだな。要するに——」

「——スコアの独占、ですね」

分かりやすく眉を顰《ひそ》めて鮮やかな赤の髪を左右に揺らす深見《ふかみ》に対し、端的な言葉で状況を説明してくれたのは天咲《あまさき》だ。

彼女は左隣に座る深見の方へ身体《からだ》を向け直し、そよ風みたいな声で続ける。

「定期試験《星集め》では、手に入れた★の総数がそのままスコアになります。そして脅威度★6以上の課題事件は〝ハード〟扱い……解くのが難しい反面、解決時のスコアが脅威度の倍に設定されています」

「う、うん。そこまではオッケー」

「さすがは瑠々《るる》さんです。では、その状況下で積木《つみき》さんの言ったような〝連続殺人〟が起きたとしましょう――ダミータグを壊された方は外出を禁じられますから、仮にどんな大事件を企てていたとしても、その犯行はもはや実現できません。つまり、定期試験の最中に起きるはずだった高スコアの課題事件が一つ〝消滅〟します」

「ぁ……た、確かに！」

とんっと長机に両手を突いて立ち上がる深見。

赤とオレンジで構成されたキラキラの太陽みたいな目がいっぱいに大きくなる。

「それで、最後に一年生のコがその連続事件を解決すれば★を独占《ドクセン》できる！　……え、めっちゃズルくない!?」

「だから不正事件、なんだって」

素直で純粋な少女が零《こぼ》したストレートすぎる感想に苦笑を浮かべる俺。

天咲と深見の言う通りだ――来月の定期試験で行われる不正事件の内容は、ざっくり言えば評価ｐｔの独占。他のチームに流れるはずだった★を〝課題事件自体を殺す〟ことで潰し、最終的に大量の評価ｐｔを稼ぐといったものだ。課題事件の脅威度に上限はないため、この方法なら一つの連続事件にだけ★が集中することになる。

なかなかに大胆で好戦的な犯行だ。

「で……関わってる生徒は二人なんだけど、三年生の方は単なる〝共犯者〟って感じみたいだ。【ラビリンス】に接触されて事件を計画するのは一年生の女子。そいつが、途中で全部の不正を暴かれて自己嫌悪で〝闇堕《お》ち〟することになる」

「おおお……。それが、今回のでーとすぽっと？」

「ま、そうなるな」

デートスポットじゃなくて歴史的特異点《デスポイント》だけど。

「ふふっ、確かに響きは似ていますね」

と——そこで潜里《くぐり》の小ボケ（?）を掬《すく》い上《あ》げたのは天咲《あまさき》だ。お姫様みたいにふわふわの銀糸を揺らした彼女は、サファイアの瞳を改めてこちらへ向け直す。

「ちなみに、積木《つみき》さん。一年生の女の子ということは、もしかして私たちのお友達が関わっているのですか？」

「……鋭いな」

天下の大怪盗なんてやっているだけあって、天咲の頭の回転は相当に早い。とはいえ永《えい》彩《さい》学園の一年生なんて全部で百人もいないんだから、まあ妥当な推測か。

ともかく。

「天咲がどうかは知らないけど、少なくともこの中の一人は関わりが深いはずだ。今回の試験で【ラビリンス】メンバーに干渉されて、闇堕ちする予定の一年生……そいつの名前は、柊色葉《ひいらぎいろは》。1－B所属の捕獲者《ハンター》見習いだよ」

「……む？」

瞬間。

俺が〝彼女〟の名前を出したところで、すぐ隣にぴったり椅子をくっ付けていた潜里羽《う》依花《いか》がピクリと反応した。垢抜《あかぬ》け切っていない黒のショートボブがさらりと揺れて、冬の夜空にも似た大きな瞳が真《ま》っ直《す》ぐ俺を見る。

「らいと、らいと。今……いろはって、言った？」

「ああ、言った。……お前の友達だよな、潜里？　確か、前に教室で抱き着いてたし」

記憶を辿《たど》りながら尋ね返す。

そう――柊色葉というのは、他でもない。潜里を【迷宮の抜け穴《アナザールート》】にスカウトするべく教室を覗《のぞ》き見《み》していた際、当の彼女にダル甘で抱き着かれていた同級生だ。

セミロングの黒髪がよく似合う、穏やかな雰囲気の女の子。

その後も似たような場面は何度も目撃しているから、仲は良《い》いに違いない。

「んむ……」

果たして潜里は、俺の腕を取りながらこくこくと首を振っている。

「いろはは、わたしの親友……1－B《くらす》で、いちばん抱き着き甲斐《がい》がある。べたべたしても怒らない……やさしさの、かたまり」

「親友、か。……にしても、どうやって仲良くなったんだ？　俺が最初に見た時って、まだ入学から一週間とかだったと思うけど……」

「？　らいとは、わたしといろはに興味津々《しんしん》？」

「まあ、それなりに」

目の前で流れる黒髪にドキリとしつつ肯定する。……入学から二ヶ月《か》近く経《た》った今ならともかく、最初からあれだけ仲良しだったのには理由くらいありそうだ。

そんな俺の疑問を受けて。

「――いろはは、わたしにとって初めてのともだち」

床に付かない足をパタパタと揺らしながら、潜里《くぐり》が淡々とした口調で語り始めた。

「最初のであいは、じゅけんの日……帰り道で、いろはがナンパされてた」

「ナンパ？　あ〜……確かに、街の方とか出ちゃうと多いかも」

「るるるは、スーパー美少女だから慣れっこ……でも、いろはは大人しいから。ことわれなくて、あわあわしてた」

「美少女で言えばくーちゃんもよっぽどだと思うけど……？」

むぅ、と羨ましげな視線をくーちゃん（潜里のことだ）の胸元に向けつつ唸《うな》りにも似た相槌《あいづち》を打つるるる（こっちは深見《ふかみ》のことだ）。

「…………」

下手に触れるとまた火傷《やけど》しそうなので、さっさと話題を進めることにする。

「なるほど。じゃあ、そこをお前が助けたのか」

「そういうこと。相手のおとこを、やつざき……にはしなかったけど。気絶させて、いろはを救出。そのあと二人でお茶して、からおけもして、遊びまくり……」

「へえ、随分と張り切ってるな。フルコースって感じだ」

「パパから電話がきてなかったら、あやうく徹夜するところ。はじめての学校で、ちょっとだけ浮かれてた……かも？　てれてれ」

「ん……」

舌っ足らずな声で紡がれる言葉をゆっくり頭に刻んでいく。

一見すれば、ちょっとトラブルがあっただけの些細《ささい》なエピソードかもしれない。

だけど、それを語る潜里の表情が普段より心なしか明るくなっていることを踏まえればすぐに分かる──暗殺者組織《マーダーギルド》【K】の一員なんて特殊すぎる生まれと経歴を持つ彼女にとって、普通の友達は柊色葉が初めてだったんだ。

そして柊《ひいらぎ》にとっても、危機から救ってくれた潜里羽依花《ういか》は大切な恩人だった。

「だから、わたしといろはは大親友……入学前からのつきあい。でばいすのＩＤを交換したのも、お泊りしたのも、いろはがはじめて。……らいと、嫉妬した？」

「しないって」

「せーふ。らいとが独占系彼氏じゃなくて、ひとあんしん」

「そもそも彼氏じゃないんだけど」

ふう、とばかりに額の汗を拭うモーションを取る潜里《くぐり》に突っ込みを入れておく。

「…………」

けれど――その傍《かたわ》らで、俺の視線はデバイスの画面に落ちていた。メモ帳に書かれているのは、ついさっきみんなに伝えた〝不正事件〟の顛末《てんまつ》だ。ただしそこには、決定的な情報が一つだけ欠けている。否《いな》、意図的に隠している。

（なるほど、な……）

聞いたばかりのエピソードを頭の中でもう一度なぞって、俺は。

（だから――潜里《おまえ》も、ここで闇堕《お》ちしちまうのか）

……得心と共に、ぎゅっと下唇を噛《か》み締《し》めていた。

――《side：積木来都《つみきらいと》（回想）》――

「――最悪ですね」

夢から覚めた途端、耳朶《じだ》を打ったのは不機嫌な少女の声だった。

俺が横たわるベッドの縁《ふち》にちょこんと腰掛けた小柄な少女。青空をそのまま写し取ったかのような水色のショートヘアが綺麗《きれい》な秘密の協力者・不知火翠《しらぬいすい》。

これ見よがしな嘆息と共に胡乱《うろん》なジト目が飛んでくる。

「……えっと」

何というか、起き抜けの一言にしては気が利かない。

「まだ何も言ってないんだけど、俺」

「今回はそうですけど、ある程度の情報は既に集まっているのでどうせ〝最悪〟だということは分かり切っています。一応訊《き》いておきましょうか、来都さん？」

「……まあ、最悪だった」

「ほら」

やっぱり、と言わんばかりに両頬《りようほお》を膨らませて、苛立《いらだ》ちを中和するかの如《ごと》くお気に入りの小粒チョコをぱくりと口へ放り込む不知火。

やたら荒《すさ》んでいるけれど、分からないでもない。……というのも、だ。ここ数日、俺と彼女は睡眠薬と強制覚醒を並行した疑似ループで〝とある情報〟を調べていた。

「………………」

俺の《限定未来視《セカンド》》は未来が視《み》える――。

加えて不知火《しらぬい》の《不夜城《ミッドナイト》》は、睡眠を取る必要が一切なくなる代わりに〝自分自身に行動規制を掛ける〟類《たぐい》の副作用を持っている。要するに、不知火が自身に課した約束事《ルール》は明日《あした》も明後日《あさって》も確実に守られるんだ。これを逆手に取ることで、俺たちは（部分的にではあるものの）現在《いま》にいたまま未来の情報を探ることを可能にしていた。

そこまではいい。……寝る度に世界の崩壊と一条《いちじょう》さんの死を目撃する俺の精神的負担を除けば、コストだってほとんど掛からない。

だけど、それでも。

「——今回の相手は、宿泊研修に絡んできたXよりよっぽど卑劣で狡猾《こうかつ》だ」

ズキズキと痛むこめかみに指先を押し当てながら口を開く。

宿泊研修に続く、第二の歴史的特異点《デスポイント》——才能犯罪組織《クリミナルギルド》【ラビリンス】の勢力拡大に直結し、三年後の極夜事件発生に重大な影響を与える危険な出来事《イベント》。それが、もうすぐそこまで迫っている。

「コードネーム【人形遣い】……【ラビリンス】構成員《メンバー》の中でも指折り、ってくらいの危険人物。間接的に人を動かすのが得意で、大量の捕獲者《ハンター》を〝闇堕《お》ち〟させてるはずなのに極夜事件の真っ最中まで一回も表に出てこなかった」

「はい。それで三年後の【CCC】が【人形遣い】などと洒落《しゃれ》た二つ名を付けたのでしょう。そんな暇があるなら早々に捕まえて欲しかったですけど」

「そう簡単にいかないから厄介なんだって」

唇を尖《とが》らせる不知火に苦笑する俺。

――【人形遣い】。

いずれそんな異名で呼ばれる才能犯罪者《クリミナル》は、来月の定期試験で1－Bの柊色葉《ひいらぎいろは》という少女に近付き、自身の《才能《クラウン》》を用いて不正事件を〝起こさせる〟……だけど、それは目的じゃなくて手段だ。何しろこの歴史的特異点《デスポイント》で闇堕ちするのは柊色葉じゃない。

正確には、柊色葉だけじゃない。

「っ……」

暗殺者組織《マーダーギルド》【K】所属の天才暗殺者・潜里羽依花《くぐりういか》――。

つい先日俺と仲間になったばかりの、今はまだ誰も殺したことがない落ちこぼれの暗殺者。柊色葉は彼女の友人、だそうだ。そして定期試験を通じて柊がズタズタに傷付けられることで、連鎖的に潜里羽依花も〝闇堕ち〟する。……詳しい関係は本人に聞いてみないと分からないけれど、構図としてはまず間違いないだろう。

来月の定期試験《星集め》は、今の潜里羽依花が冷徹無比な暗殺者に至る第一歩。

だからこそ、絶対に改竄《かいざん》しなきゃいけない〝歴史的特異点《デスポイント》〟というわけだ。

「全く、敵ながら周到な手口ですね……」

唇を噛《か》む俺のすぐ隣で、不知火が紺色の瞳をそっと手元のデバイスに落とす。

開かれているのはコアクラウン02こと《解析《アナライズ》》だ。登録されている才能所持者《ホルダー》の名前や容姿、さらには所持している《才能《クラウン》》の詳細なんかも確認できる殿堂才能《コアクラウン》。中でも例の不正事件で〝犯人〟となる二人の情報が並んで表示されている。

まず一人が、潜《くぐり》里の友達であるという柊《ひいらぎ》色《いろ》葉《は》。

【柊色葉――才能名：無色透明《スケルトン》】
【概要：触れたものを視認できない状態にする。この効果は一度だけ〝感染〟する】
【副作用：自身の思考や内心が特定の相手に垂れ流される（常時型）】

そしてもう一人が、哀れにも巻き込まれてしまった三年生の更家《さらいえ》先輩。

【更家有希《ゆき》――才能名：自家製勇者《ホームメイドヒーロー》】
【概要：関連したアイテムを持つことで創作上のヒーローの力を部分的に獲得する】
【副作用：自身の思考や内心が特定条件で他人に伝わってしまう（常時型）】

「……ふむ」

不知火《しらぬい》の零《こぼ》した溜《た》め息《いき》交じりの吐息が耳朶《じだ》を打つ。

「一時的に高い戦闘能力を得る《自家製勇者《ホームメイドヒーロー》》と、アイテム経由でその姿ごと不可視に変えられる《無色透明《スケルトン》》の組み合わせ……確かに〝完全犯罪〟は狙えます。ただ、評価ｐｔの絡む柊さまはともかく、先輩の方にそんなことをする動機はありません」

「普通なら、な」

頷《うなず》く代わりに相槌《あいづち》を打つ。ニュアンスとしてはもちろん逆接だ。才能犯罪組織《クリミナルギルド》【ラビリンス】が絡んでいるんだから、その時点でもう普通じゃない。

鍵になるのは二人の副作用だった。

「《解析《アナライズ》》のテキストだけだとはっきり分からないけど……柊色葉と、更家先輩。この二人の頭の中は、もう何年も前からずっと繋がってる」

「はい。主にわたしの弛《たゆ》まぬ調査の結果、柊さまの副作用にある〝特定の相手〟は更家先輩のことで、先輩の副作用にある〝他人〟とは柊さまのことだと判明済みです。……【CCC】には伏せていたみたいですけど」

「明らかにレアケースだからな。気持ちは分かる」

誰だって、進んで面倒ごとに巻き込まれたくはない。

とにもかくにも——柊色葉と更家先輩の二人は、調べれば調べるほど【人形遣い】にとって都合がいい存在だった。潜里は柊の友人で、先輩はそんな柊と深い繋《つな》がりがあるにも関わらず周りには知られていない。事件に適した《才能《クラウン》》も持っている。

言ってしまえば最適な組み合わせ、だ。

「そうやって不正を起こさせて、試験が進むにつれて騒ぎが大きくなって、最後には罪を暴かれて自己嫌悪。柊の精神《メンタル》はボロボロになって、潜里も……か」

「……来都《らいと》さん。あの、むしゃくしゃするので殴らせてください。グーで」

「別にいいよ、って言いたくなるくらいには俺もムカついてる」

はぁ、と二人して溜《た》め息《いき》を吐《つ》く。

だって——他人事じゃないんだ、これは。

俺が何度も夢に見ている三年後の潜里羽依花《くぐりういか》は冷徹無比な暗殺者であり、一条《いちじょう》さんの命を奪う主犯格だ。潜里がいなければ極夜事件の筋書きは大きく変わる。

ただムカつくだけじゃなく、ただ反吐《へど》が出るだけじゃなく。

この不正事件は、才能犯罪組織《クリミナルギルド》【ラビリンス】にとって極めて重要な作戦なんだろう。

「——とりあえず」

気を取り直すように不知火《しらぬい》が再び口を開いた。

「今回の最終目標は【人形遣い】の罪を暴いて捕まえること……ただ、慎重に手順を踏む必要があります。もう少し調査を重ねてミッションを整理しましょう」

「だな。どこかで【迷宮の抜け穴《アナザールート》】のメンバーとも打ち合わせしなきゃいけないし」

「そうしてください。……ただし」

「おわっ!?」

ぐい、と不意打ち気味に不知火の顔が近付けられて。

さらりと揺れる水色の髪から清涼感のある透明な香りがして。

「もちろん、潜里さまが狙われていることは誰にも言ってはいけません」

――至近距離から突き付けられたのはそんな忠告だった。

「それを明かしてしまったら大変です。来都《らいと》さんが組織メンバーに選んだ落ちこぼれ暗殺者が闇堕《お》ちして〝本物〟になるというなら、もしかして自分も……とならない方が不思議ですから。来都さんの意図が大バレします」

「分かってるよ。その辺はどうにか上手《うま》くやるって」

「………来都さんが言うなら、まあ」

「顔と言葉が合ってなさすぎる」

ジト目と棒読みで繰り出された信頼の返事に思わず頬《ほお》を引《ひ》き攣《つ》らせながら。

俺は、さっそく頭の中で作戦を練り始めるのだった。

#6

「……ん」

しばしの回想を終えて頭を上げる。

そう――【迷宮の抜け穴《アナザールート》】メンバーには口が裂けても話せないのだけれど、この歴史的特異点《デスポイント》では柊色葉《ひいらぎいろは》だけでなく潜里羽依花《くぐりういか》も闇堕ちしてしまう。いや、もっと言えば柊の方は〝餌〟でしかなく、本当に狙われているのは潜里羽依花ただ一人。

とびきり卑劣で、とんでもなく狡猾《こうかつ》なやり方だ。

——と。

「ねえ、ライト。一つ訊《き》いていい？」

そこで言葉を発したのは右手側の奥にポツンと座る音無友戯《おとなしゆうぎ》だった。

元大人気子役ならではの整った顔立ちを俺の方へ向けた彼は、色素の薄いベージュに染まった髪を微《かす》かに揺らして疑問を紡ぐ。

「前回——宿泊研修の時は、確か【ラビリンス】が初めて動き出す大事件って触れ込みだったよね？　それに、僕たちが名乗りを上げるっていう意図もあった」

「ああ、そうだな」

「じゃあ、今回は何が〝大問題〟なの？　ウイカちゃんの親友だから助けなきゃ、っていうのは、ちょっと個人的な動機が過ぎる気もするけど……」

僕はそれでもいいんだけどねぇ、と好戦的に口元を歪《ゆが》める音無。

（来たか……）

予想していた質問に内心でそっと息を吐く。

これこそ、不知火《しらぬい》が忠告してくれたポイントだ。俺からすれば〝潜里羽依花が闇堕ちする〟という超重要な歴史的特異点《デスポイント》でも、それを伏せているんだから事の深刻さはイマイチ伝わらない。当たり前と言えば当たり前だろう。

けれど実際のところ、犯行動機という意味では他にもとびっきりの情報があった。

「確かにな。ここまでの話だと、傍目《はため》には大した事件に思えないかもしれない。でも残念ながらそうじゃないんだ。さっきも言った通り、この事件には【ラビリンス】のメンバーが関わってる」

「……？　それは、前もそうだったんじゃない？」

「前回のXは末端も末端の構成員だっただろ。いつ切られてもいい便利な手駒だ」

だから彼は何の情報も持っていなかった。

でも、今回の敵は違う。

「来月の歴史的特異点《デスポイント》に関わってるのは、三年後の未来で【人形遣い】って異名で呼ばれてる才能犯罪者《クリミナル》だ。【ラビリンス】内でも中枢に近い幹部級の人間。早い段階で学園に潜り込んで、捕獲者《ハンター》が闇堕《お》ちするきっかけを大量に作ってた」

「！　へぇ……そんなところまで掴《つか》めてるんだ、ライト？」

「掴めてる、って言っていいかは微妙なところだけどな。俺の見た夢だと、そいつは極夜事件が起きるまで一回も疑われてないんだから」

世界を崩壊させる事件の直前まで潜伏していた凶悪な才能犯罪者《クリミナル》。

……だけど。

俺は——《限定未来視《セカンド》》で〝ネタ晴《ば》らし〟を見ている俺は、もちろん知っている。

「その【人形遣い】ってのは、一年生の戦闘系授業を担当してる工藤先生のことだ」

「え。……えええええ!?」

深見《ふかみ》の素っ頓狂な声が地下空間に響き渡る。

だけど、反応としては当然だった——工藤《くどう》先生、フルネームを工藤忠義《ただよし》。それはつい数時間前、俺が手も足も出せずにやられてしまった永彩《えいさい》学園の教員だ。担当は交戦基礎。主に戦闘系の《才能《クラウン》》を持たない一年生に護身術を教えている。

かっちりとしたオーダーメイドの黒スーツ、ゆらりとした長身。

どこか陰のある彼こそが【人形遣い】の正体だ。

（だから、もうとっくに【ＣＣＣ】の中にも手が伸びてるんだよな……）

……永彩学園の教員は、誰もが【ＣＣＣ】から派遣された捕獲者《ハンター》に他ならない。

そんな彼が【ラビリンス】の構成員なんだから、少なくとも彼らは【ＣＣＣ】の内部情報を知り得る立場にある。いや、もしかしたらそれどころじゃないかもしれない。何しろ極夜事件の当日には、殿堂才能《コアクラウン》《裁判《ジャッジ》》が完全に機能停止させられていた。

終焉《しゅうえん》の準備は、今も着々と進んでいるはずだ。

「うへぇ……そっか、そうなんだ」

思わず、といった様子でまたもや立ち上がっていた深見瑠々《るる》が、すとんと柔らかな椅子に座り直してからピンクレッドの毛先をくるくると指に巻き付ける。

「意外――って思ったけど、よく考えたらそうでもないかも」

「？　それってどういう意味だ、深見《ふかみ》？」

「んっと、ウチ自身は特に何とも思ってないんだけど……前に《才能《クラウン》》使ってみた時、割とみんなのこと嫌いなんだな～って感じの数字だったんだよね。特定《トクテイ》の誰とかそーゆーのじゃなくて、捕獲者《ハンター》全体を憎んでる……的な」

後付けかもだけど、と遠慮がちな小声で付け足す深見。

「……なるほど」

得心して一つ頷《うなず》く。

彼女の持つ《好感度見分《キユーピッド》》という《才能《クラウン》》は、人から人に対する感情を〝好感度〟という指標で測るものだ。工藤《くどう》先生、もとい【人形遣い】から生徒たちに対する好感度が低いという事実は、彼が【ラビリンス】メンバーであることと符合する。

……と。

「それで――積木《つみき》さん？」

そこへ、左手側の天咲《あまさき》が身を乗り出すような形で俺に視線を向けてきた。話が大きくなるに従って、好奇心からワクワクと輝きを増すサファイアの瞳。ふわりと揺れるお姫様みたいな銀糸と共にこてんと小首が傾《かし》げられる。

「《森羅天職《アームズ》》を持つ私は残念ながら積木さんとカリキュラムが違うので、あまり面識がないのですが……【人形遣い】さんは、どのような才能所持者《ホルダー》なのでしょうか？」

「ああ、そうだった」

手元でデバイスの画面を切り替える。

そうして起動したのは、コアクラウン02こと《解析《アナライズ》》だ。とびきり厄介な才能犯罪者《クリミナル》の場合は■■■《アンノウン》表記になっていることもあるけれど、今回の敵は他でもない捕獲者《ハンター》。何なら授業の時にも確認したことがある。

【工藤忠義《ただよし》――才能名：擬装工作《ミスリード》】

【概要：対象の人間に任意の〝誤解〟を与えることができる】

「――【人形遣い】の《才能《クラウン》》はこんな感じだ」

斜めに立てたデバイスを天咲の方へ差し出しながら補足を加える。

「相手に幻覚を見せたり、自分の脳を騙《だま》してリミッターを解除したり……【ＣＣＣ】でも永彩《えいさい》学園でも、基本的には似たような使い方しかしてない。他の捕獲者《ハンター》とチームを組む時も、大体は戦闘要員になるみたいだ」

「ふむふむ、なるほど。……ですが、これって」

「そうなんだよ」

早くも怪訝《けげん》な顔を向けてくる天咲に対し、俺は嘆息と共に〝答え〟を告げる。

「《擬装工作《ミスリード》》は確かに戦闘にも応用できる。でも、別の使い方もできるんだ——たとえば誰かに何かしらの〝誤解〟を植え付けて、自分の思い通りに動かすとか」

「はい。戦闘要員どころか、真《ま》っ直《す》ぐ〝黒幕〟側の《才能《クラウン》》ですね。積木《つみき》さんが前に言っていた〝洗脳〟とはまた違うようですが……」

「まあそうだな。勘違いさせるだけだから、別に感情を弄《いじ》ってるわけじゃない」

ニュアンスは少し似てるけど。

そもそも——【CCC】のデータベースを眺める限り——洗脳を筆頭とする〝精神干渉系〟はとんでもなくレアな《才能《クラウン》》だ。そうそうお目に掛かれない。干渉どころか乗っ取りに相当する一条《いちじょう》さんの《絶対条例《エンペラー》》が〝最強〟と称されるのも頷《うなず》ける。

——ただ、

「だからって《擬装工作《ミスリード》》が弱いわけじゃないんだよ。むしろ、だから、だからこそ厄介だって言ってもいい。……なあ、潜里《くぐり》」

「む？　なに、らいと？　……そろそろ、はつじょうした？」

「してねえわ」

むしろ、右サイドからちょくちょく制服の裾を引っ張られたり指先を絡められたり、むぎゅうと腕に柔らかな塊を押し当てられている割には頑張っている。

「じゃなくて——お前の友達、柊色葉《ひいらぎいろは》は優しくて大人しい性格なんだよな？」

「そのとおり。やさしさ、ぜんいち……のーべる平和賞、当選かくじつ」

「そこまでの偉人だとは知らなかったけど……まあ、そんなやつが何の事情もなく不正をするわけがないからな。柊は《擬装工作《ミスリード》》で何かしらの思い込みを植え付けられて、それで大々的な事件を起こしたんだ。不当に評価ｐｔを稼ごうとした」

……もっと言えば。

柊に与えられた〝誤解〟とは、他でもない潜里羽依花に関することだ。【人形遣い】は永彩《えいさい》学園の教員である自身の立場と《擬装工作《ミスリード》》を駆使して柊を焚《た》きつけた。

曰《いわ》く――

〈五月初旬の宿泊研修を放棄した潜里羽依花《ういか》は退学の危機にある〉

〈来月の定期試験で規格外の評価ｐｔを獲得できない限り、存続はまず見込めない〉

〈それには彼女とチームを組んだ上で〝不正〟に手を染めるしかない――〉

――と、そんな呪いのような思い込みを。

「っ……」

思わず唇を噛《か》んでしまう。潜里と柊の関係を利用し、優しさを踏みにじってズタズタに傷付ける卑劣なやり方。……けれど、不知火《しらぬい》にも釘《くぎ》を刺されている通り、この辺りの事情は誰にも明かせない。胸の内に留《とど》めておくしかない。

「……厄介なのは、そこだ」

だから俺は、あくまでも平静を装って首を振る。

「《擬装工作《ミスリード》》は相手に動機を与える〝だけ〟の《才能《クラウン》》なんだよ。来月の定期試験で言えば、不正事件そのものは最初から最後まで柊《ひいらぎ》一人が計画してる」

「むぅ……それは、そう。いろはは、頭もいい」

「そうなんだろうな。だけど、そのせいで【人形遣い】の存在が表に出てこない。共犯者の先輩が事件を起こしまくって、騒ぎが大きくなって、不正がバレて、勘違いを解かれた柊が自己嫌悪から闇堕《お》ちして、そこで幕引きだ。裏で糸を引いてるやつがいるなんて、俺が調べた限りじゃ誰も疑わなかった」

それこそが《擬装工作《ミスリード》》の、そして【人形遣い】の最も手強《てごわ》い部分だ。

定期試験での騒動には間違いなく彼が関わっているものの、不正を計画したのは柊色葉《いろは》だし、厄介なことに柊にはその自覚がある。自分がやったと思い込んでいるから、自分が悪いと思い込んでいるから――だから、闇堕ちしてしまう。

そんなわけで。

「今回の歴史的特異点《デスポイント》、定期試験での最終目標は〝【人形遣い】を捕まえる〟こと……あいつを放置してたら【ラビリンス】の勢力が勝手に増えていくから、待ってる暇なんかない。表舞台に引《ひ》き摺《ず》り出して《裁判《ジャッジ》》で〝有罪《ギルティ》〟を食らわせる」

「はい、積木《つみき》さん。本物の凶悪犯との一大決戦……ふふっ、ドキドキしますね？」

「……まあ、うん。ドキドキの意味はちょっと違うと思うけど」

天咲《あまさき》が〝高揚《ドキドキ》〟なら俺はシンプルに〝緊張《ドキドキ》〟だ。

大胆不敵でギリギリの危険《スリル》を愛するお姫様には迂闊《うかつ》に同意しちゃいけない。

「で……とにかく、そのためにはいくつかの段階を踏む必要がある。相手が狡猾《こうかつ》な黒幕だから、普通のやり方じゃ追い付けない」

「確かに。……じゃあたとえば、柊ちゃんを誘拐《ユーカイ》するとか!?」

うぅむ、と唸《うな》った末に深見《ふかみ》が繰り出してきたのは、なかなかに突飛で豪快な発想だ。

「ほら、そうすれば不正も起きなくなるし！　割とカンペキじゃん？」

「！　るるるは、外道……でも、悪の組織だからわるくない。いろはを、げっと」

「うんうん！　実は『魔法少女☆フェアリーライト』第三十二話にもそんな感じの展開があったんだよね〜。せっかくアジトも完成したし！」

「どうせなら、いろはを改造……ニューいろはに、究極進化《しんか》。……でしょ、らいと？」

「……盛り上がってるところ悪いけど、ちょっと違うな」

親友を改造人間に仕立て上げるのはマッドサイエンティストが過ぎる。

というか、だ。

「今回はそれで良くても、どうせ【人形遣い】は次の手を打ってくるだろ？　しかも、もっと俺たちのことを警戒してさ」

「うーん、そうだねぇ。となると、今が絶好のチャンスなのかもしれない」

頭の後ろで手を組みながら飄々《ひょうひょう》とした口調で零《こぼ》す音無《おとなし》。

彼の意見は、正しい――【人形遣い】が厄介な相手だからこそ、彼を捕まえることができるのはきっと今回が最初で最後のチャンスだ。下手に【迷宮の抜け穴《アナザールート》】を警戒されてしまったら、もう二度と手が届かなくなる。

……だからこそ、

「俺の考えは、こうだ」

会議室に並ぶ組織メンバーをぐるりと見回して、俺は改めて切り出した。

「まずは柊《ひいらぎ》と先輩に予定通り〝不正事件〟を起こしてもらう……ここには下手に手を出さない。でも、そのままだと【人形遣い】が思い描いた通りのルートに入る」

「はい、そうですね。そうなったらお終《しま》いです」

「ああ。だから、それを途中で奪うんだ――柊たちの犯行を食い止めて、代わりに俺たちが事件を続行する。【人形遣い】にバレないように犯人だけを入れ替える」

――一息で言い切る。

それこそが俺たちの作戦の根幹だ。このまま柊色葉《いろは》と更家《さらいえ》先輩に事件を起こさせたら最悪の結末が待っている。それは全力で食い止めなきゃいけないのだけれど、ただ妨害するだけじゃ何の解決にもならない。だからこそ不正事件そのものは成立させて、むしろ逆手に取って、結末だけを別のルートに持っていく。

何故《なぜ》なら、事件の主導権を握っているのは常に〝犯人〟の方だから。

「ふんす。やる気、じゅうぶん……いろはは、わたしが守る」

親友の危機、ということもあり、右隣の潜里《くぐり》は（淡々とした無表情ながら）しゅっしゅっとシャドーボクシングの構えを取っている。……暗殺術との関係性はよく分からないけれど、言葉通りバッチリと気合いは入っているようだ。

「ん……」

そんな姿を見ながら、俺は密《ひそ》かにそっと息を吐く。

理由は単純明快だ。

（潜里は今の〝夢〟で一条《いちじょう》さんを殺す主犯格……極夜事件の鍵だ。なら、この歴史的特異《デスポイン》点《ト》を改竄《かいざん》すれば、未来が大きく変わるかもしれない……！）

……独特な緊張感に全身が包まれる。

完全犯罪組織【迷宮の抜け穴《アナザールート》】を結成した前回の宿泊研修も、極夜事件の妨害という意味では非常に大きな出来事だった。だけど今回はさらに直接的な干渉だ。潜里が闇堕《お》ちしなければ一条さんを殺す人間がいなくなる——かも、しれない。

「………」

そのためなら。

最悪の未来を改変するためなら、悪の組織の〝黒幕〟として俺はどんな手だって使う。

──と、

「積木《つみき》さん、積木さん」

俺が内心でそんな覚悟を固めていたところ、すぐ左手からフローラルな甘い香りがふわりと近付いてきた。見れば、お伽噺《とぎばなし》のお姫様もとい天咲輝夜《あまさきかぐや》が微《かす》かに首を傾《かし》げている。サファイアの瞳に映っているのはからかうような好奇の色だ。

そよ風みたいな声が紡がれる。

「柊色葉《ひいらぎいろは》さんから不正事件を奪い取る、という方針はよく分かりました。そのミッションをクリアするために、私たちも色々な準備をしなければいけません」

「？　まあ、そうだな」

いくら優秀な才能所持者《ホルダー》だらけの秘密結社といっても、何の準備もせずに完全犯罪を成し遂げることはできない。やらなきゃいけないことは大量にある。

「ふふっ。では……」

そうやって頷《うなず》く俺の目の前で、天咲は見惚《みと》れるくらい可憐《かれん》な笑みを浮かべて。

「その一環として、積木さんが、一条さんと、チ、ー、ム、を組むというのはいかがでしょう？」

「――……は？」

とんでもない提案、あるいは爆弾発言に一瞬で脳が処理落ちしてしまい、ただただポカンと口を半開きにすることしかできない。

そんな俺の顔を横合いから覗《のぞ》き込《こ》むようにして、天咲はにこやかに続けた。

「先ほどのお話を聞く限り、次の定期試験で私たちはとても大胆な犯行計画を立てることになります。その際、最も厄介な障壁になり得るのは……つまり、永彩《えいさい》学園高等部一年に在籍する最もランクの高い捕獲者《ハンター》は一体どなたでしょうか？」

「それは――……もちろん、一条《いちじょう》さんだけど」

「はい、大正解です」

誘導尋問を成功させてくすっと口元を緩めるお姫様。

可憐な仕草と共に銀色の髪が微かに揺れる。

「戦場の花、無垢《むく》なる金姫、一方的終焉《ミス・ワンサイド》……史上最年少のSランク捕獲者《ハンター》がノーマークで歩いていたら、そこで完全犯罪を狙うのは〝危険《スリル》〟というより〝不可能〟です。さすがの私でも、ちょっと不貞腐《ふてくさ》れながら自粛します」

「……【怪盗レイン】が言うと凄《すさ》まじい説得力だな」

さすがは一条さん。

そして、天咲の言い分は大いに理解できる。俺たちが完全犯罪組織だからこそ、一条さんの存在は脅威になりかねない。……だけど同時に、Sランク捕獲者《ハンター》は【人形遣い】に対する抑止力であり切り札《ジョーカー》だ。試験から遠ざけるわけにもいかない。

「だからこそ、です」

目の前でピンと人差し指が立てられた。

「その点、積木《つみき》さんが一条《いちじょう》さんと二人組《ペア》になってくれたらどうでしょう？　臨場先を誘導できるかもしれませんし、少なくとも現在地はずっと追跡できます」

「そ、そうだけど、でも――」

「――積木さん？」

ふわり、と整った顔が間近に迫る。

そうして天咲《あまさき》は、黒手袋に包まれた人差し指で俺の鼻先をちょんっと突いて。

「積木さんが一条さんに憧れているのは知っています。ですが、ここは完全犯罪組織【迷宮の抜け穴《アナザールート》】の黒幕として冷静に考えてみてください」

「う……」

「私の意見は、筋が通っていませんか？　積木さんが憧れの女の子と急接近して、ついでに作戦も進めやすくなる……という、一石二鳥で素敵な手だと思うのですが」

くす、とからかうように、けれどあくまで理性的に紡がれる言葉。

「――――」

いっそ魔性と表現したくなるような甘い香りと畏《おそ》れ多い提案内容に頭がくらくらとしそうになるものの、微《かす》かに残った理性はとっくに認めて……否《いな》、降参してしまっている。何せ、どんな手でも使うと決めたんだ。天咲の案は確かに理に適《かな》っている。

と、いうわけで。

【ミッション①：定期試験で一条光凛《ひかり》とチームメイトになること】

俺に課せられた最初の任務は、間違いなく過去最大難度のそれと相成った——。

【ミッション①：定期試験で一条光凛とチームメイトになること】——進行中

ESUME

Sランク捕獲者《ハンター》の助手にして積木来都の密かな協力者

不知火《しらぬい》翠《すい》

誕生日：11月5日

才能《クラウン》：《不夜城《ミッドナイト》》

健康的な生命活動の維持に際して睡眠という行為を一切必要としない

第二章　定期試験《星集め》開幕！

Shadow Game

#1

——土下座という文化を知っているだろうか。

三文字全てに濁音が含まれる厳《いか》めしい響き。礼、と称される行為全般の最上位。情けなくも潔く清々《すがすが》しい、そんな伝統的な姿勢。

「頼む、不知火《しらぬい》——どうか、一条《いちじょう》さんの勧誘を手伝ってくれ」

「…………、はぁ」

硬い床に額を擦《こす》り付ける俺の懇願を受け、頭上から溜《た》め息《いき》が零《こぼ》れ落ちてきた。

定期試験《星集め》の開始まで三週間余り、時刻は夜更けもいいところ。俺の協力者にして一条さんの捕獲助手《サポーター》であるところの少女——不知火翠《すい》が、護衛の隙を縫って俺の部屋まで訪ねてきてくれている。要は深夜の密会だ。……言葉だけだと淫《みだ》らな響きだけど、それ自体は疑似ループを繰り返す中で数え切れないくらいに行っている。

ただし今回は、少しばかり事情が違う。

「急に呼び出してきて、何かと思えば……」

土下座している俺の視界には入っていないものの、おそらくベッドの縁《ふち》に腰掛けて不遜に足を組んでいるのであろう不知火《しらぬい》。

そんな彼女の傍《かたわ》らには、買収のために用意した大量のお菓子が積んである。

「《星集め》のチームメイトに光凛《ひかり》さまを誘いたい、ですか。……一体どういう風の吹き回しですか？　近くにいるだけで緊張してしまう、と言っていたはずでは」

「あ、ああ。まあ、それは今でもそうなんだけど……」

「もしや、光凛さまの色香にとうとう耐え切れなくなってしまったのですか？」

「へ？　いや、いやいやいやいや。そんなわけないだろ」

「これだけ光凛さまのポスターを飾っている人に言われても、という感じですけど」

「うっ」

室内を見回しているらしい不知火に一撃で黙らされる。……俺にとって一条《いちじょう》さんは尊敬の対象であって、色香が云々《うんぬん》とかいう次元じゃないんだけど。

（いやでも、見た目とか立ち振る舞いって意味でももちろん五億点なんだから、それを考えると否定はできないっていうか……えっと……）

「……あの。わたしを放って勝手に思考の迷宮に入らないでください、来都《らいと》さん」

むっとしたような声音で俺の混乱を遮ってくる不知火。

パキ、と板チョコか何かで軽快な音を鳴らしながら、彼女は嘆息交じりに続ける。

「永彩《えいさい》学園高等部一年、一学期末定期試験《星集め》……」

状況を再確認するかのような呟《つぶや》き。

「六月二十四日から五日間かけて行われるスコアアタック。犯人役の上級生が起こす課題事件を単独または二人組でチームで解決する、というのが基本形式になります。真面目《まじめ》に挑むにしろ密《ひそ》かに暗躍するにしろ、このルールには沿わなければなりません」

「……ああ」

フローリングの床に向かって相槌《あいづち》を打つ俺。

今まさに、永彩学園の一年生は相方《ペア》募集に精を出している頃だ。そして、それは大規模な完全犯罪を企《たくら》んでいる【迷宮の抜け穴《おれたち》】も例外じゃない。何しろ《星集め》の実施期間中は、相方以外の生徒と一緒に行動しているだけで普通に不自然だ。

潜里《くぐり》に関しては、従来の予定通り柊色葉《ひいらぎいろは》と二人組《ペア》。天咲《あまさき》は深見《ふかみ》と共に実働部隊の二人組《ペア》、音無《おとなし》は小回りの利く遊撃隊として単独《ソロ》での参加。

そして俺の相方だけが今のところ〝空白〟になっている。

「……まあ、来都さんの思惑は分かりますよ？」

そこまで考えた辺りで、再び透明な声が降ってきた。

「例の歴史的特異点《デスポイント》――【人形遣い】に関する諸々《もろもろ》。来都さんたちが〝完全犯罪〟を行うにあたって、光凛さまを放置しておくのは大変危険です。この話がなければ、わたしから提案するつもりでした」

「！　な、なんだ……そうだったのか」

少しだけ安堵《あんど》してゆっくり顔を持ち上げる。

構図としてはまるで映画のワンシーンだ——まず視界に入ったのは黒のソックスに包まれた足。次いでスカートに覆われた太もも。華奢《きやしや》な身体《からだ》が徐々に大写しになり、最後に水色のショートヘアと併せていかにも難しそうな渋面が目に入る。

「ですが、大きな問題が一つ」

「う。そう、だよな……」

ピンと立てられた人差し指に、何か重いものが圧《の》し掛かってきたような感覚を受ける。

だけど、考えてみれば当然の話だ。

「永彩《えいさい》学園どころか【ＣＣＣ】の、何なら世界のスーパーヒロイン一条《いちじよう》さん……定期試験の仕様じゃ★《星》と評価ｐｔの換算レートが低くなるみたいだけど、そのハンデを差し引いても超人気になるはずだ。俺が選ばれるとは思えない」

「…………、いえ」

「ん？」

「そこだけは、何の問題もないと思いますけど」

どこかはっきりとしない口振りで俺の懸念を否定する不知火《しらぬい》。

何の問題もない、なんてことはないはずだけど……もしかして、そこは自分に任せてくれ、という太鼓判なのだろうか。自信の表れなのだろうか。

だとしたら頼もしいことこの上ない。

「俺の協力者がお前で良かったよ、不知火」

「……何を勘違いしているのか知りませんけど、勝手に美化しないでもらえますか？　そんなんじゃありませんから。断じて。絶対に」

ぷい、っとそっぽを向かれてしまう。

そんな優秀で謙虚で照れ屋な協力者に対し、俺は改めて首を傾《かし》げることにした。

「でもさ、だったら何が〝問題〟なんだよ？」

「はい。それは――来都さんの言動について、です」

ベッドの縁《ふち》から身を乗り出すような格好《かっこう》で顔が近付けられる。次いで、青空を写し取ったかのような水色のショートヘアが重力に従ってさらりと揺れた。

「いいですか？　光凛《ひかり》さまは言わずと知れたSランクの捕獲者《ハンター》です。来都《らいと》さんに対する警戒の目は――とある事情で――大幅に緩くなっている可能性がありますが、それでも洞察力や直感の鋭さ、単純な場数において光凛さまの右に出る方はそういません」

「……？　それはまあ、知ってるけど」

「《星集め》でチームを組むということは、そんな光凛さまと行動を共にするということです。五日間ひたすら接し続けるということです。……本当に、ボロを出さずにいられるんですか？　完全犯罪組織【迷宮の抜け穴《アナザールート》】の新米リーダーさんは」

「……う……」

もっともな問い。

確かに、一条《いちじよう》さんの隣というのは才能犯罪者《クリミナル》からすれば世界一危険な場所だ。そして一条さんを例の不正事件から遠ざける〝だけ〟なら、他にもきっとやりようがある。ここまで突き抜けたリスクを取る必要は全くない。

（でも……）

自分で立てた作戦を振り返る。

残念ながら、この歴史的特異点を書き換えるためには一条さんの協力が要る。決して天咲《あまさき》に唆《そそのか》されたから仕方なく、というわけじゃないんだ。歴史の表に出てこなかった【人形遣い】を嵌《は》めるためには、潜里羽依花《くぐりういか》の闇堕《お》ちを回避するためには最強の捕獲者《ハンター》の力が要る。できるできないじゃなく、やるしかない。

それに、だ。

「……大丈夫だよ、不知火《しらぬい》」

首を振りながら静かに呟《つぶや》く。と、水色のショートヘアが目の前で揺れた。

「？　ええと、何が大丈夫なんですか？」

「ボロを出すも何もない、ってことだよ。俺が一条さんを大好きなのも、尊敬してるのも憧れてるのも何もかも、全部本当の話なんだから」

「…………」

精神論に近い無謀な大見得《おおみえ》――それを受けて、不知火はしばらく黙り込んでいた。何とも形容しがたい複雑な表情。ベッドの縁《ふち》に腰掛けたままの彼女はその場で眉を寄せたり腕を組んだり首を振ったり、七変化の如《ごと》く困惑を体現して。

「……はぁ」

やがて板チョコの包みをもう一つ開けて、不服そうに呟いた。

「急に惚気《のろけ》ないでください。……苦いチョコの在庫は、あまり多くないようなので」

＃2

定期試験《星集め》の開始まで残り二週間を切った頃――。

もうすっかり慣れてしまったけれど、永彩《えいさい》学園の校舎は特殊な形状をしている。

三つの円形校舎が吹き抜け式の環状廊下を挟んで連なる〝三重丸〟の構造。最も小さい円、すなわち小円校舎には選抜クラスの授業教室が設置されていて、俺たち一般クラスの生徒からするとほとんど縁がない。

そして、小円校舎のさらに内側には背の高い塔が一つある。

学長室や【ＣＣ】関連の施設がいくつか入っているレトロな外観の塔。中に立ち入ったことはないものの、塔の周りはちょっとした中庭のようになっていて、植え込みが整備されていたりお洒落《しゃれ》なベンチがあったりする。

そんな、やたらと趣のある場所で。

「……っ……」

ドキ、ドキ、ドキ……と。

自分でもはっきり分かるくらい、心臓の音がうるさく鳴っている。

激しい緊張、動悸《どうき》、興奮、その他諸々《もろもろ》。何日も前から散々シミュレーションはしていたのに、いざこの場に立ってみると何も考えられなくなってしまう。比喩でも何でもなく頭が真っ白になってしまう。

でも、それも当たり前だ。

だって俺の正面には、現世に顕現した至高の女神が立っているんだから。

(あ、あまりにも……あまりにも、可愛《かわい》すぎないか？？？)

──一条光凛《いちじょうひかり》。

陽光を受けて複雑な煌《きら》めきを見せるブロンドの長髪。優しげで澄み切っていて吸い込まれそうなくらいに大きい碧《あお》の瞳。息を呑《の》むほど綺麗《きれい》で整っていて、それでいてわずかにあどけない部分も残す顔立ち。神々しさすら感じる立ち振る舞い。

「くっ……」

見慣れているはずだった。……何せ、俺は一条さんの大ファンだ。関連書籍は一つ残らず持っているし、ネット記事なんてブックマークするだけに飽き足らず印刷して保管している。寮の部屋にはポスターだって何枚も貼っているから、一条さんの顔を見ない日なんかない。数年単位で、ただの一日だって思い当たらない。

それなのに、こうも鼓動が落ち着かない。

（うわ、うわ……ヤバすぎるだろ、これ）

握った手のひらにはとっくに汗が滲《にじ》んでいる。

「…………」

ちなみに、補足をしておくと……一条さんの後ろには、彼女の捕獲助手《サポーター》である不知火翠《しらぬいすい》が素知らぬ顔で立っているのも見て取れた。周りにギャラリーが集まっていない辺り、不知火が事前に人払いを済ませてくれたんだろう。やっぱり頭が上がらない。

――と、そんな折。

「あ、あの……積木《つみき》くん？」

世界一美しい音色の楽器、すなわち一条さんの声がそっと紡がれる。

「翠に、積木くんから話があるって言われたのだけど……その、どうしたのかしら？　えっと、私に何か用だった？」

「っ……」

……ただ、少し前屈《まえかが》みの体勢になっただけ。

ただ、ナチュラルな上目遣いでこちらを覗《のぞ》き込《こ》んできただけ。

冷静に考えればそれだけの話でしかないのに、とんでもない破壊力だ。胸元で軽く握られた手も不思議そうな表情も全てが可愛《かわい》い。まるで告白みたいな……なんて、そんなことを考えていたら身が保《も》たないから、早々に気合いを振り絞って。

「あ、あのっ！」

もはや、必要なのは勢いだけだった。

「一条《いちじょう》さん！　良かったら、定期試験で俺のチームメイトになってくれませんか⁉」

……がばっと頭を下げながら最後まで言い切る。

今日の呼び出しに際して、不知火《しらぬい》がどこまで便宜を図ってくれたのかは正直なところよく分からない。デバイスを介して日時指定のメッセージを貰《もら》っただけだ。それでもさっきの質問を踏まえるに、少なくとも内容までは伝わっていなかったんだろう。

つまり一条さんが俺の勧誘を知ったのは、まさしく〝今〟で。

今まさに、じっくりと吟味してくれているのかもしれなくて。

（あ、頭を下げてるせいで一条《いちじよう》さんの顔も見えない……どんな反応されてるんだ？　呆《あき》れられてる？　それとも、もしかして軽蔑とか……!?）

バクバクと速度を増す自分の心音に身を引き裂かれそうになる。

いっそのこと『冗談でした』とでも言って逃げ出したいくらいの気分だった。でもこれは俺だけの問題じゃなくて、未来を変えるためのミッションの一つで、ここで逃げたら他でもない一条さんを失ってしまうかもしれなくて。

「……ッ……」

だから俺は逃げられない。覚悟だけはきっちり決めてきた。

そんなことを考えた──瞬間、だった。

「ぁ、ぅ…………ぁ」

（……？）

地面しか見えていない俺の耳に、そよ風に乗って微《かす》かな声が飛び込んできた。

聞き間違えるはずもない、一条さんの可憐《かれん》な声。戸惑ったような困ったような、あるいは何かを押し隠すような、ほとんど吐息に近い囁《ささや》きの声。

「えっと……？」

ゆっくり顔を持ち上げてみれば、再び天使の姿が目に入る。

一条さんの表情は──少なくとも、不機嫌そうには見えなかった。日差しのせいかほん

の少し顔が赤らんでいて、鮮やかなブロンドの毛先を人差し指でくるんくるんと弄《いじ》ってい
て、碧《あお》の瞳を俺に向けたり逸《そ》らしたり不知火《しらぬい》へ投げたりと忙しい。

「……あの、一条さん？」

「！　え、えっと、えっと……違うの！」

高速で〝何か〟が否定された。

「その、別に積木《つみき》くんに誘ってもらえたのが嬉《うれ》しすぎて意識が飛びかけてたとかじゃない
し、逆に告白みたいなシチュエーションだからほんのちょっとだけ期待しちゃってたとか
でも全然なくて、ただ色んな感情が混ざっちゃっただけだから！」

「色んな感情……ですか？」

「そう、そうなのっ！」

こくこくこくっ、と連続で首を縦に振る一条さん。

「────」

普段は凛々しいSランク捕獲者《ハンター》である彼女のどこか幼い仕草に一瞬で脳天をぶち抜かれ
る俺の目の前で、聖なる天使こと一条さんは改めて視線を持ち上げて。

「……そ、それで」

澄んだ碧の瞳で、俺を見る。

「《星集め》のチームメイトに私を誘いたい……って、そういう話で合っているかしら？」

「は、はい。捕獲者《ハンター》ランク的には、どう考えても不相応なんですけど……」

「そんなのは別に……でも、知ってるの？　選抜クラスの生徒とチームを組むと、最終的な★と評価ｐｔの換算レートが低くなっちゃうわ。もし〝戦力〟として期待してるってことなら、私より――」

「だとしても一条《いちじょう》さん以外いません！」

「――ひゃうっ⁉　わ、私以外……いないの？　……ほんとに？」

「本当の本当に、です」

打算は絡んでいるけれど、これぱっかりは嘘《うそ》じゃない。

換算レートが低いとはいえ一条さんと組めば断トツの成績を残せるはずだし、そもそも俺にとって評価ｐｔというのはそこまで重要な指標でもない。一条さんじゃなきゃ意味がないんだ。だから、いくら突っ込まれても１００％の〝真実〟で返せる。

「そ、そう。……そっか、うん。……それならいいのだけど」

俺の答えを受けて、一条さんは納得したようにこくこくと頷《うなず》いていた。都合のいい欲目かもしれないけど、どこか嬉《うれ》しそうな仕草と安堵《あんど》に満ちた声音。彼女が頷く度にブロンドの髪が微《かす》かに揺れて、降り注ぐ太陽の光をキラキラと眩《まばゆ》く反射する。

――そして、

「じゃあ……一つだけ、条件を出してもいい？」

控えめに紡がれた問い。

いわゆる交換条件――だけど、それは言ってしまえば条件付きの〝肯定〟だ。何を要求されるにしても、俺が一条さんのお願いを断るはずがない。

「はい、もちろんです」

だからこそ迷うこともなく軽率に頷く。

「何をしたらいいですか、一条さん？」

「それ」

……びし、っと人差し指が突き付けられた。

思わずきょとんとする俺の対面で、一条さんがわずかに頰《ほお》を膨らませる。

「積木《つみき》くんって、他の子とはもっと気軽に話してるでしょ？　タメ口っていうか、もうちょっとラフな口調で。でも、私にだけはずっと敬語だわ」

「え。それは……当たり前じゃないですか？」

ファンだし。

「いいえ、そんなことないわ」

真顔で眉を顰《ひそ》める俺に対し、眼前の一条さんは静かに首を横に振る。ふるふると風に舞うブロンドの髪。断固とした物言いだ。

「私と積木くんは同い年で、昔は同じ小学校に通っていて、今もこうして同級生。どう考えたって対等な関係だと思わない？」
「いや、全然対等じゃないような……」
「ふぅん？　……これから、チームメイトになるのに？」
拗《す》ねたような問い。
「う……」
確かに、言われてみればその通りだ。俺の私情を一切抜きにすれば、俺が〝一条《いちじょう》さんに
だけ〟敬語を使い続けているというのはやや異様にも思える。Sランク捕獲者《ハンター》と捕獲者《ハンター》見
習いが対等なわけはないけれど、だったら誘うなという話になってしまう。
でも、それは、だって。
「それに……ね？」
俺がしばらく言い淀《よど》んでいると、対面の一条さんがそっと言葉を継《つ》いだ。わずかに躊躇《ため》
うような間。ちら、と物言いたげな上目遣いがこちらへ向けられて。
「なんだか、ちょっとだけ。無理に遠ざけられてる気がして………寂しい、かも」
「っ――!?」
頭の中でズシャアと派手な効果音が鳴り響く――クリティカルヒット、だった。拗ねた
ような顔をした一条さんが可愛《かわい》すぎるというのは当たり前だからさておき、自分の感情な
んていう些細《ささい》な事情で一条さんを悲しませてしまった俺が許せない。

（……何やってんだ、バカ）

もちろん、俺としては純粋な敬意のつもりだったけど。

それでも一条さんが望むならあえて拒否する理由はない。ごくりと唾を呑《の》み込《こ》んで、覚悟を決め直して、憧れの女の子と向かい合う。

「じゃあ、それを呑んだら……俺と、組んでくれますか？」

「…………、ぷい」

「……組んで、くれるのか？」

染み付いた敬語で繰り出した質問に（気が遠くなるほど可愛い擬音を伴って）明後日《あさって》の方角を向いてしまった一条さんに対し、不格好《ぶかっこう》な言葉遣いで問い直す。

「うむ、よろしい。……じゃなくて、ありがとう積木《つみき》くん。それで条件クリアだわ」

冗談っぽく頷《うなず》いてから柔らかく笑む一条さん。

「ん、と……」

そんな彼女は——何やらじっと考え込んでいたかと思えば——不意に俺の方へと歩み寄ってきた。長いブロンドをふわりと風に舞わせて、ドキドキするくらいの距離にまで近付いて、それからそっと右手を差し出してくる。対する俺は、突然の所作に何を求められているのか分からないまま、とりあえず素直に右手を持ち上げてみる。

——すると、刹那。

差し出した手のひらに、温かくて柔らかな感触が伝わった。

「……へ？」

視線を下げて、上げて、もう一度下げて。

ようやく状況を把握してから顔を上げてみれば、そこでは――一条《いちじよう》さんが、世界で一番大切な女の子が、俺の手を取りながら微《かす》かに頬《ほお》を赤らめていて。

可憐《かれん》な声が〝返事〟を紡ぐ。

「……ふ、不束者《ふつつかもの》ですが……これから、よろしくね？」

「――――――」

鮮やかなブロンド、澄み切った碧《あお》の瞳、しっとりと濡《ぬ》れた桜色の唇、わずかに染まった赤い頬。視覚だけでも大変なのに握手なんてされてしまったものだから、圧倒的な情報量で打ちのめされそうになる。幸せの脳内麻薬が出まくりだった。

……あの一条さんが。

一条さんが、俺と――

「――話は聞かせてもらいましたっ！」

「「!?」」

そんな折だった。

醸成されかけていた雰囲気《ムード》を一瞬で塗り替えるかのようなカットイン。予想外の闖入者《ちんにゅうしゃ》に、俺も一条さんも不知火《しらぬい》でさえも唖然《あぜん》と目を見開く。

……いや。いや、もちろん。

人払いされているとはいえ永彩《えいさい》学園の敷地内なんだから、誰が通りすがったって不思議な話ではないだろう。確かにさっきは『もしかしてこの世界って俺と一条さんのためにあるんじゃないか？』と思ったけれど、そんな馬鹿なことはない。

それでも俺たちが度肝を抜かれたのは、彼女の登場が普通じゃなかったからだ。

「とうっ！　……しゅたっ！」

小円校舎の二階――。

大きく開け放った窓の縁《ふち》を片足で蹴り飛ばすようにして、彼女は空から降ってきた。

（は……？）

さすがに一条さんと繋《つな》いでいた手を放し、着地した少女に身体《からだ》を向け直す俺。……名残惜しい、なんて言っている場合じゃない。まあ名残惜しいか否《いな》かと訊《き》かれれば当然ながら前者だけど、黙って無視するには異変が異変すぎる。

「てて……足がじんじんしますが、完璧な飛び降りですね！　さっすが七海《ななみ》ちゃん☆」

墜落地点で立ち上がっては謎のドヤ顔を見せる少女。

端的に言うなら、奇天烈《きてれつ》な女の子——という表現が正しいだろうか。初夏だというのに制服の上からロングコートを着込み、どこぞの探偵が使っているような両鍔《りょうつば》の帽子をぼふっと深く被《かぶ》っている。帽子の下は明るい薄紫のサイドテール。コスプレを補強するためなのか、右手には（まるで煙の出ていない）茶色の喫煙具《パイプ》を持っている。

極め付きに、肩には一匹のハムスターが乗っていた。

「……ハムスター？」

「おお！　よく気付きましたね、そちらの方！」

分かりやすい探偵コーデの中で明らかに浮いた小動物に反応してみたところ、少女が嬉《うれ》しそうにぱぁっと顔を明るくした。

そうして、肩に乗せた相棒（？）を軽く撫《な》でてから右手の喫煙具《パイプ》を突き付けてくる。

「この子は七海《ななみ》ちゃんのお友達です。そして同時に、強《した》かな打算の結果でもあります☆」

「打算？」

「はい！　ほら、分かりませんか？　肩に小さくて可愛《かわい》い動物を乗せている女の子はさらに可愛く見えるんです！　通称ピカ○ユウ効果！　七海ちゃんの場合は元がとっても可愛いので、魅力ポイントは留《とど》まるところを知りません！」

「………………」

「ぷぷぷ！　つまりは七海ちゃんのハイパー可愛い計画の一環ということですね。あなた

もいずれ七海《ななみ》ちゃんの虜《とりこ》に――ひゃ！」

煽《あお》るように言っている途中でハムスターに頬《ほお》を舐《な》められ、でへへと思いきり相好を崩す少女。……確かに、可愛《かわい》いかもしれない。どこまで打算なのかは知らないけど。

まあ、とにもかくにも。

「――七海？」

そんな少女に歩みを寄せたのは俺じゃなくて一条《いちじょう》さんの方だった。前屈《まえかが》みの体勢で視線の位置を少し下げ、心配そうに問い掛ける。

「大丈夫？　いきなり二階から飛び降りるなんて……運動神経がいいのは知っているけれど、別にそういう《才能《クラウン》》を持っているわけじゃないのに」

「平気です、光凛《ひかり》先輩！　七海ちゃんはとっても頑丈ですから☆」

「……もう。すぐ無理するんだから」

呆《あき》れたように、けれどどこか親しげな声音で囁《ささや》く一条さん。

緩やかに首を振っていた彼女は、それから改めて俺の方へと向き直った。最高級のガラス細工みたいに透き通った碧《あお》の瞳がおよそ一分ぶりに俺を見る。

「びっくりさせてごめんね、積木《つみき》くん。この子は物延《もののべ》七海さん……高等部選抜クラスの一年生。要するに、私と同じクラスのお友達ね」

「な、なるほど……でも、それじゃ〝先輩〟っていうのは？」

「光凛先輩が先輩だからです！」

とん、っと軽やかに一歩を踏み込んで返事を横取りする少女、もとい物延七海。

大袈裟《おおげさ》な仕草を受けてロングコートの裾がふわりと翻《ひるがえ》る。

「【ＣＣＣ】に所属した順番ですね。七海ちゃんが捕獲者《ハンター》になってすぐのころ、色々と手ほどきしてくれたのが光凛先輩だったので……つまり七海ちゃんは、最強のSランク捕獲者《ハンター》こと光凛先輩の愛弟子《まなでし》なのです☆」

「ああ、そういう……」

教官が一条さんだなんて羨ましいにも程がある。

とはいえ、一条さんが【ＣＣＣ】所属の捕獲者《ハンター》になったのは小学生の頃の話だ。学校中が大盛り上がりになっていたからよく覚えている。

それを考えると、物延の方もそれなりに経験豊富な捕獲者《ハンター》ということになるけれど。

「……ちなみに、ランクは？」

「ぷぷぷ！　積木さん、でしたっけ？　もしかして、もう可愛い七海ちゃんに興味津々《しんしん》な感じですか〜？　ま、分かりますけどね！　とびっきり可愛いですし！」

「…………」

「あ、あ、あ〜！　七海ちゃんのこと無視して勝手にデバイス見ないでくださいっ！」

全力のブーイングに晒《さら》されながらも殿堂才能《コアクラウン》《解析《アナライズ》》を開く。……物延七海という少女がとびきり可愛《かわい》いことは百歩譲って認めてもいいけれど、最推しである一条《いちじょう》さんの前で露骨な煽《あお》りに負けるわけにはいかない。要はプライドの問題だ。

まあ、ともかく。

（選抜クラスなら最低でもDランクとか、下手したらCランクって可能性も……）

ごくりと唾を呑《の》みながら検索を掛けてみる――と、

【物延七海《もののべななみ》――捕獲者《ハンター》ランク：B。評価ｐｔ：５８２３】

【才能名：動物言語《アニマルボイス》】

【概要：あらゆる動物とコミュニケーションを取ることができる】

「ランクＢ……!?」

思わず声に出して呻《うめ》いてしまう。

衝撃的な登場からイロモノの印象が強かったけれど……捕獲者《ハンター》ランクＢというのは【ＣＣ】全体でも相当に数が限られる実力者だ。永彩《えいさい》学園で言えば教員レベルであり、解決した大事件の数はきっと両手の指じゃ収まらない。

「全くもう……」

当の物延はぷくぅと頬《ほお》を膨らませては不満を露《あら》わにしている。

「七海ちゃんが目の前にいるのにわざわざ《解析《アナライズ》》を使うなんて、積木《つみき》さんはとっても奥手な方ですね。もしくはムッツリさんです☆」

「どっちでもないよ。素直に教えてくれれば調べなかったのに」

「ムッツリさんはみんなそう言うんです！　ほら、この子――ハム太さんだって忠告してくれていますよ？　キュキュ、キュ－って！　キュキュキュキュのキュ、って！」

「……なんて？」

「可愛い七海ちゃんの貞操が大ピンチ、だそうです！　ぜ～んぶお見通しですから☆」

「…………」

　肩のハムスターを撫《な》でながら胸を張る物延と、それに無言のジト目を返す俺。……ただまあ、お見通しかどうかはさておき、今のやり取りはまるっきりデタラメというわけじゃないんだろう。《解析《アナライズ》》の結果を見る限り、彼女の《動物言語《アニマルボイス》》はあらゆる動物とのコミュニケーションを可能とする。本当の意味で〝相棒《ともだち》〟というわけだ。

「――それで！」

　そんな風に、俺がこっそり感心している傍《かたわ》らで。

　物延七海は前後に鍔《つば》のある帽子をくいっと持ち上げて、近くにいた一条さんにととっと詰め寄った。大きく翻《ひるがえ》るロングコートと、帽子の下で微《かす》かに揺れるサイドテール。可愛らしいハムスターと並んだ瞳には、燃えるような〝闘志〟の色が宿っている。

　そうして紡がれたのはこんな言葉だ。

「光凛《ひかり》先輩、もしかして今度の定期試験に参加するんですか!?」

興味津々《しんしん》な問い掛け。

まあ、妥当な流れではあるだろう——何しろ〝話は聞かせてもらいました〟だ。物延《もののべ》は俺の勧誘をどこからか聞いていて、そこへ割り込んできたことになる。

「え、ええ」

曖昧ながらも綺麗《きれい》な所作で頷《うなず》く一条《いちじょう》さん。

「元々、哨戒《しょうかい》ついでに単独《ソロ》で参加する予定だったけど……せっかく積木《つみき》くんに誘ってもらったから。ちゃんと課題事件にも挑むつもりよ」

「なるほどです！　つまり、そこの男に唆《そその》かされて……」

「おい」

「ぷぷぷ！　怒らないでください、積木さん☆　可愛《かわい》い七海《ななみ》ちゃんのことですから！」

左手の指先をぷにっと頬《ほお》に押し当てて絶妙に腹の立つポーズを決める物延。

——そして、

「じゃあ、七海ちゃんも参加しないわけにはいきませんね——定期試験！」

肩に乗せた相棒のハムスターと共に、物延七海は断言する。

「何しろ七海ちゃんは、あの光凛《ひかり》先輩の愛弟子《まなでし》にしてライバルですから！　たとえ火の中水の中！　光凛先輩のいるところに七海ちゃんあり、なのです！」

「ライバルって、お前……」

「可愛さでも評価ｐｔでもライバルです！　光凛先輩は七海ちゃんの一大目標なので☆」

一条さんへの対抗意識をメラメラと燃やす探偵気取りの少女。

「…………」

これは、少し後の話になるけれど――。

ひとまず一条さんの同意が得られたことで、俺たちのミッションは一つ進行した。歴史《デス》的特異点《ポイント》を書き換えるための〝暗躍〟が少しだけ前進した。

ここで、大前提として《限定未来視《セカンド》》が見せてくる三年後の未来は俺の行動によって多少なりとも変化する――一条さん、そして物延七海が《星集め》への参戦を表明したことで、夢の内容が変わっている可能性も大いにあった。

けれど不知火《しらぬい》と疑似ループを重ねた限り、目立った変化は特になし。

俺とチームメイトになった一条さんはもちろん、物延七海も不正事件とは別のところで活躍しており、全ての未来で柊色葉《ひいらぎいろは》は闇落ちした。……つまりは作戦に支障なし、ということだ。だったら放置していても問題ない。他にやることは無限にある。

――ただ、もっと後にして思えば。

この時の俺は、Ｂランク捕獲者《ハンター》・物延七海の参戦を深刻に受け止めるべきだったんだ。

【ミッション①：定期試験で一条光凛《いちじょうひかり》とチームメイトになること】――正規達成《コンプリート》

#3

「……準備いい、だんちょー？」

ごくり、と唾を呑《の》む音がクリアに聞こえる。

定期試験《星集め》を約一週間後に控えたある日の放課後、永彩《えいさい》学園地下。完全犯罪組織【迷宮の抜け穴《アナザールート》】のアジト内に作られた実験室はやけに薄暗い。

俺の正面に立っているのは、マッドサイエンティスト候補生――深見瑠々《ふかみるる》。

鮮やかなピンクレッドの髪は肩口でくるんと内側に巻かれ、赤とオレンジで構成された大きな瞳は太陽の如《ごと》く輝いている。手慣れたメイクで完璧に仕上げられた容姿。制服の上から纏《まと》った白のカーディガンもよく似合っていて可愛《かわい》らしい。

ただしそれとは関係なく、室内に流れているのは厳かな緊張。

デバイスの時計を眺めていた深見瑠々が、おもむろに片手を持ち上げる。

「ごぉ、よん、さん……」

順番に折り曲げられていく綺麗《きれい》な指先。

深見の慎重なカウントダウンが〝ゼロ〟に達した――瞬間、だった。

「おわっ⁉」

俺が握っていた小型の人形、もといダミータグが微《かす》かな異音を発し、みるみるうちに膨張していく。抵抗する余裕なんて全くないくらいの速度感。もこもこもこ、っと全身が分厚い生地で包み込まれ、まるで身動きが取れなくなる。

あっという間に完成したのは――もちろん俺には何も見えないけど――以前の宿泊研修で鳴瀬《なるせ》や潜里《くぐり》が纏っていたのと同じ〝着ぐるみ〟だった。

「よっし！」

直後、着ぐるみの外から籠もったような遠い声が聞こえてくる。

「大成功だよ、だんちょー！　時間の誤差もなかったし、効果も本物《ホンモノ》のダミータグと完全に一緒。ウチらのミッション、もうカンペキに達成かも！」

「…………」

「だんちょー？　あれ、ミキミキ？　せっかく成功したんだからもっと喜んでよ～」

「…………」

「もう……って、冗談冗談！　そんなの着てたら喋《しゃべ》れないよね」

にひひ、と押し殺したような笑いと共に後ろへ回り、ダミータグ産の着ぐるみを脱がしてくれる深見。ポンポンと背中を撫《な》でる優しい手の感触の後に視界が晴れて、それから追い掛けるような形で呼吸も楽になる。

「ふう……」

――俺たちが何をしていたのか、と言えば。

潜里羽依花《くぐりういか》の闇堕《お》ちを防ぎ、歴史的特異点《デスポイント》を改竄《かいざん》するための一大任務……中でも定期試験《星集め》で柊《ひいらぎ》の不正事件を肩代わりする、という行動方針。

これを達成するためには、少なくとも俺たち自身が件《くだん》の〝連続殺人（比喩だけど）〟を起こし続ける手段を完璧に確立している必要がある。

まあ、一度や二度なら大層な作戦なんて必要ない――何しろ【迷宮の抜け穴《アナザールート》】には天下の大悪党【怪盗レイン】や暗殺者組織《マーダーギルド》【K】所属の無垢《むく》なる天才暗殺者がいる。実際の殺人が絡まないなら潜里も躊躇《ちゅうちょ》する理由はない。

けれど、今回求められるのはあくまで〝連続犯罪〟であり〝完全犯罪〟だ。

定期試験《星集め》はその仕様上、被害者が増えれば増えるほど〝スコア〟に当たる脅威度が跳ね上がり、臨場する捕獲者《ハンター》の数も増えていく。実際、柊色葉《いろは》は《才能《クラウン》》を上手《うま》く使った犯行計画を立てていたものの、最終的には捕まっ、て、い、いるんだ。絶対に失敗できない俺たちとしては、もっと工夫を凝らさなきゃいけない。

それこそが【ミッション②：定期試験における完全犯罪の種を仕込むこと】……だったのだけれど。

「にしても、凄《すご》いな深見《ふかみ》。まさか【CCC】の特注アイテムを弄《いじ》れるなんて……」

効果を発揮し終えたダミータグを見下ろして感心の声を零《こぼ》す。

ついさっきの実演――あれは、要するに俺が〝被験者〟となって深見の研究の成果を試していたんだ。数日間に亘《わた》る実験を締《し》め括《くく》る最後の検証。そして小さな人形は、望んだ通りの仕様に改変されていた。

いわば、ダミータグの改造版。

……定期試験《星集め》において、殺人事件とは要するに〝ダミータグ破壊事件〟に他ならない。だからこそ、一度も疑われずに完全犯罪を成し遂げるには、その部分に都合のいい細工を加えるのが最善手になるわけだ。

「ふっふん！　でしょでしょ？」

両手を腰に遣《や》った深見は満足げに頷《うなず》いている。

その拍子に、桃のような香水の匂いがふわりと漂った。

「ウチ、めっちゃ頑張ったんだから。くーちゃんと一緒に【ＣＣＣ】の研究資料を漁《あさ》ったり《才能《クラウン》》の比率も調べたり、本物をバラバラに分解《ブンカイ》して弄ってみたり……」

「……深見って、実はめちゃくちゃ頭いいよな？」

「ま〜ね。英国社は０点だけど理数は満点、って感じ」

異常に偏った成績を披露して「たはは」と恥ずかしそうに頬《ほお》を掻《か》く深見。……理数以外の科目が壊滅的なのは、多分ずっと寝ているからだ。彼女は《好感度見分《キューピッド》》の副作用により、興味のあるなしが人より何倍も激しい。

「――でも、こういうのは大好きだって胸を張って言えるから」

実験室の机に腰を預けて。

純度の高いキラキラの瞳で俺を見つめた深見瑠々《ふかみるる》は、真っ直《ま す》ぐな声音で言う。

「地下のアジトで研究するとか、定期試験で人知れず暗躍《アンヤク》するとか……ワクワクしてたまんないもん。だんちょーと一緒なら何でもするよ、ウチ？」

「何でも……」

「ん、ん！　……って、べ、別に変な意味じゃないからね⁉　ウチそんな軽い女じゃないっていうか、ミキミキならとかそんなこと思ってないから！」

「分かってるよ」

髪色と同じくらいに頬《ほお》を赤らめる純情ギャルに対し、苦笑交じりに首を振る俺。

揚げ足を取ろうとしたわけじゃなくて、普通に嬉《うれ》しかっただけだ。【迷宮の抜け穴《アナザールート》】のメンバーは、俺にとって〝味方〟であり〝敵〟にもなりかねない存在だけど……今はこうして、全力で仲間になろうとしてくれているから。

と――そこへ、

「らいと、らいと。……どこ、らいと？」

実験室の扉を両手でスライドさせて、一人の少女が入ってきた。

潜里羽依花《くぐりういか》――ボブカットの黒髪をさらりと揺らす、星空のような瞳とお餅みたいな白

い頬《ほお》が特徴的な少女。マスコット的な可愛《かわい》らしさを持つ彼女はとてとてと効果音付きで歩いてくると、そのまま俺の制服の裾をきゅっと掴《つか》む。

次いで舌っ足らずな声が紡がれた。

「もう限界……らいとがいないと、むり。るるる、まだダメ？　がまん？」

「そか。だんちょーのこと独占《ドクセン》しちゃってごめんね、くーちゃん。もう大丈夫！」

パチンと胸元で両手を合わせる深見瑠々《ふかみるる》。

……俺が被験者としてこの部屋に連れてこられたのはつい十五分前かそこらだけど、潜里《くぐり》は〝一人でいる時間が長くなればなるほど強烈な孤独を感じる〟という副作用を抱えている。そろそろ我慢ができなくなってきたんだろう。

「んむ……」

離れていた時間が少しだけ長かったからか、人懐っこい落ちこぼれ暗殺者はいつもよりぎゅっと俺に身体《からだ》を寄せてきている。ダウナーでローテンションな表情は普段と変わらないけれど、それでも何かをねだるようで。

「……にゃふ」

ぽん、とさらさらの髪に手を乗せると、お餅みたいな頬がふにゃっと緩んだ。

——アジト内最大の部屋、すなわち会議室へ移動する。

今日、このアジトに来ているのは俺と深見と潜里の三人だけだ。深見は何日も前から例の研究に明け暮れていて、俺は改造版ダミータグのお試し係。それを踏まえれば、潜里だって何の意味もなく遊びに来ているわけじゃない。

「むふん。準備、ばんたん……」

俺の隣、ではなく膝の上に座った彼女が目の前にデバイスを置く。

「…………」

アジト内最大の部屋、と言っているのに何故《なぜ》か省スペースを極めた体勢。いくら小柄な体躯《たいく》とはいえ人間一人分の体重はあるはずだけれど、あまり重さは感じない。抱き心地が良くて、肌触りも良くて、ミルクみたいな甘い匂いがして、ひたすらに柔らかい。

生殺し、という意味では最強の拷問だ。

俺が一条《いちじょう》さん一筋じゃなければ、さすがに耐えられなかったかもしれない。

「……何で膝の上なんだ、潜里？　いつもはせいぜい隣だろ」

「充電中……らいと成分が、たりなかった。今だけ、とくべつ……きゃんぺーん」

「そっか」

特別キャンペーンなら仕方ない。

「うにゃ、む……」

曖昧に頷《うなず》く俺に上機嫌なぺちぺち（素足）を返しつつ、潜里はさっそく手元のデバイスを操作し始めた。傍目《はため》には何か特殊なことをやっているようには思えないけれど、小さな画面の中は既に見慣れたそれじゃない。

【潜里羽依花《くぐりういか》――才能名：電子潜入《シグナル》】
【概要：あらゆる電子機器に意識を接続し、自由自在に操ることができる】

――彼女の《才能《クラウン》》は電子機器に特化したモノだ。

機械全般に強いのはもちろん、ＰＣやデバイスを介せばインターネットの海を泳ぐこともでき、特にハッキングには高い適性を持つ。おそらく知識や技術を駆使した通常の侵入方法とは全く違うのだろう。今もデバイスの画面上には謎の真っ暗闇しか映っていないものの、潜里は鼻歌交じりに進んでいく。そして、

「――……ついた」

「もう⁉」

才能犯罪界のスーパーハッカーこと潜里羽依花がほうっと息を吐いたのは、デバイスを触り始めてからたった三十秒後のことだった。

（はっや……そりゃ、寮の電子錠くらい楽勝で破れるわけだ）

あまりにも迅速で鮮やかな手口。……ただ、画面は相変わらず暗いままだ。

「今、どういう状況なんだ？」

「はっきんぐ、成功……いろはのデバイスに、接続中。向こうのマイクで拾える音を、ぬ

すみぎきしまくりの巻……いぇい、ぴーすぴーす」

「改めて聞くと犯罪すぎるな……」

まあ犯罪なんだけど。

とはいえ、これは歴史的特異点《デスポイント》を書き換えるための重要な任務――【ミッション③：柊《ひいらぎ》色葉《いろは》の犯行計画を崩すこと】の一環だった。

深見《ふかみ》の尽力もあり、俺たち【迷宮の抜け穴《アナザールート》】が完全犯罪を起こす手筈《てはず》はほとんど整っている。ただ、仮に俺たちが事件を起こせても、柊の犯行が続いてしまったら困るんだ。犯人役をすり替えるためには〝妨害〟だってしなきゃいけない。

そのための調査は既に最終段階へ突入していた。

「柊の共犯者――三年生の更家《さらいえ》先輩は、何かしらのアイテムを持つことで一時的にヒーロー化する《自家製勇者《ホームメイドヒーロー》》って《才能《クラウン》》を持ってる」

デバイスのメモ帳に記した情報を眺めながらそっと口を開く。

副作用《テレパス》によって柊色葉と繋《つな》がった共犯者、更家有希《ゆき》。

彼女の《自家製勇者《ホームメイドヒーロー》》は、関連アイテムを所持することで〝創作上のヒーロー〟の力を部分的に得られるという性能《モノ》だ。レプリカの聖剣を持てば勇者になれるし、手裏剣を持てば忍者になれるし、変身ベルトを持てば仮〇ライダーにだってなれる。状況に応じて戦い方を変えられる戦闘系の《才能《クラウン》》。

不知火《しらぬい》の調査では、ここに柊《ひいらぎ》の《無色透明《スケルトン》》が組み合わさったとされている。

「ただ……《自家製勇者《ホームメイドヒーロー》》は、強力だけど足が付きやすい」

考えてみれば当然の話だろう。

何しろ〝犯行を続けるにはアイテムが必須〟なんだ。課題事件の捜査で部屋を調べられたらすぐに物証が見つかってしまう。

「だから、関連アイテムを保管してるのは柊のはずなんだよ。容疑者は上級生だけだから柊の部屋が捜索されることはない。定期試験が始まったら副作用《テレパス》で連絡を取りつつ、隙を見ながら《無色透明《スケルトン》》を付与して渡す算段……多分、ここまでは間違いない。それをどこに隠してるか、盗聴《これ》だけで分かれば楽なんだけどな」

「ん。あとは、ねいきも激レア……えっちなやつは、らいとにあげる」

「要《い》らないから」

それに関しては大義名分すらない。うっかり手に入っても困る。

とにもかくにも――それからしばらくの間、俺と潜里《くぐり》は全力で柊のデバイスから聞こえる音に耳を傾け続けた。……といっても、一人暮らしの寮室だ。微《かす》かな物音こそするものの、都合よく凶器《アイテム》の隠し場所なんて呟《つぶや》くはずがない。

(先輩と思考が繋《つな》がる〝副作用〟の方も、別に声を出す必要はないんだろうし……)

さすがに空振りか、と。

そんな風に結論を下しかけた、瞬間だった。

『っ……』

――声が、聞こえた。

いや、正確には〝声〟と称していいかも分からないくらい、押し殺した吐息のような何かだ。もちろん意味なんて通っていない。言葉になんてなっていない。

それでも俺と潜里が思わず息を潜めたのは、その声が湿っていたからだ――自分の中だけに留《とど》めようとして、懸命に抗《あらが》おうとして、わずかに零《こぼ》れてしまった悲痛。ともすれば泣き出しそうなくらいに歪《ゆが》んだ感情。

潜里羽依花《ういか》の《電子潜入《シグナル》》が、デバイス越しに柊色葉《いろは》の独白を余さず拾う。

『わたしが、やらなきゃ……わたしが、わたしが………ぜんぶ、頑張らなきゃ』

『っ……怖いよ』

『誰か、助けて……いやだ、よぉ……』

そこから先は、ただただ啜《すす》り泣《な》くような声がしばらく続く。

「「…………」」

シン、と重たい沈黙が地下の会議室を支配した。

知っていたことだ。分かっていたことだ。柊色葉が【人形遣い】の標的になり、彼にとって都合のいい〝誤解〟を植え付けられていることくらい、知っていた。

それでも実際に突き付けられると重みが違う。

当たり前だ——俺たちみたいに開き直った悪党でもない限り、不正事件を起こすなんて尋常じゃない。つまり柊《ひいらぎ》は、それを是《ぜ》とするほど残酷な〝虚構〟を真実だと思い込まされているんだ。引き裂かれそうなくらいの恐怖と迷いを抱えながら、それでも動こうとしているんだ。親友を助けるにはそれしかない、と呪いを掛けられているから。

……そして。

葛藤も責任も全て柊に押し付けた【人形遣い】は、舞台の裏でただ嘲笑《あざわら》っている。

「む……」

上半身を器用に捻《ひね》らせて、潜里《くぐり》羽《う》依《い》花《か》が黒白《こくびやく》の瞳でじっと俺を見た。

「にんぎょうつかい……もう、とっちめていい？　今すぐ、ぼこぼこの刑……」

わきわきと両手の指を広げる落ちこぼれ暗殺者。

冗談めかした言い方にも聞こえるけれど、腹に据えかねているのは本当のことなんだろう。柊色葉《いろは》は潜里にとって初めての友達と言っていいくらいの存在で、そんな彼女がボロボロにされている。黙って見逃せというのも酷な話だ。

だけど、

「ダメだよ、それじゃ。……そんなんじゃ、足りない」

ぽん、と再び黒髪に手を乗せて、潜里と俺自身の衝動をどうにか和らげる。

多分――きっと、目の前の少女と同じくらいに俺も怒っていた。苛立《いらだ》っていた。柊色葉のことはよく知らないけど、彼女は潜里を助けようとしているだけだ。【人形遣い】はそれを踏《ふ》み躙《にじ》って、利用して、挙句の果てには極夜事件を引き起こそうとしている。世界の秩序を崩壊させて、一条《いちじょう》さんを殺そうとしている。

あんまりだ、そんなのは。

「そんな未来は許しちゃいけない……だから、もう少しだけ耐えるんだ。もうすぐ準備が整う。【人形遣い】を嵌《は》めて歴史を塗り替える準備が、さ」

「ぶいぶい。らいとが言うなら、そうする……あと、いろはに多めに抱き着いておく」

「そうしてくれ」

それが柊のためになるのかどうかは分からないけど。

こくこくと決意を露《あら》わにする潜里に対し、俺は苦笑と共に首を振った。

【ミッション②：定期試験における完全犯罪の種を仕込むこと】――正規達成《コンプリート》

【ミッション③：柊色葉の犯行計画を崩すこと】――進行中

##

それからというもの、定期試験までの一週間はあっという間に過ぎた。

事前準備はほとんど大詰め。第三のミッションについても大まかな調査が終わり、肝心の決行タイミングは《星集め》の初日に設定した。最初から組織単位で動く初めての事件になるため、細かいシミュレーションも済ませている。

ちなみにこの間、俺の頭を最も悩ませたのは一条《いちじょう》さんとのメッセージだ。

(き、気の利いた言葉が何も出てこない……!?)

チームメイトになったからには、ということでデバイスのIDを交換したのはいいのだけれど、最初の挨拶を送るだけで二時間以上かかったことは補足しておく。

……とにもかくにも。

六月二十四日、月曜日。午前九時ちょうど。

【迷宮の抜け穴《アナザールート》】と【ラビリンス】、双方の思惑が絡み合う定期試験が始まった——。

#4

【課題事件:脅威度★★——肖像画交換事件】

【臨場チーム:累計三班(うち二班は指名失敗で撤退済み)】

——永彩《えいさい》学園大円校舎三階・音楽室。

定期試験《星集め》の一日目、午前十一時二十五分頃。該当教室の後方に飾られていた音楽家たちの肖像画が、一枚だけ色鉛筆で再現されたニセモノにすり替えられるというイタズラ（もとい課題事件）が発生した。

　本事件は音楽室で発生した別の事件の捜査中に、つまり人目のあるところで引き起こされており、中でもすり替えの瞬間を目撃した三年生の生徒によれば〝誰かが触ったわけでもなく一瞬で絵が変化した〟とのこと。

　事件の規模や複雑さから設定される〝脅威度〟は★★（ノーマル）。

　また、犯人側から申告された容疑者は計七名。

　ここに先の証言を加味すれば、主な容疑者は〝瞬間移動〟系の《才能《クラウン》》を持つ二年生男子と〝映像投影〟系の《才能《クラウン》》を持つ三年生女子の二名に絞られる……。


「――っていうのが、真犯人の描いたシナリオね」

　臨場要請を確認して現場へ急行し、事件の概要を知ってからほんの数分。

　大前提として、見習い捕獲者《ハンター》である俺はまだ事の全貌すら掴《つか》めていない段階だ――【肖像画交換事件】。定期試験《星集め》では殿堂才能《コアクラウン》《選別《リスト》》が使えない代わりに犯人側から数名の〝容疑者〟が申告されるため、その中に犯人がいることだけは確定している。逆に言えば、今はそれくらいしか分からない。

　だけど、一条さんは違う。

「ん……」

静かに呟《つぶや》いた最年少のSランク捕獲者《ハンター》は、ブロンドの長髪を靡《なび》かせながら教室の後方へ歩みを寄せた。そうして近くの椅子を使ってうーんと背伸びをし、壁に飾られていたニセモノの肖像画に手を伸ばす。

額縁に入った絵をずらして、それから後ろの壁に手を遣《や》って。

「やっぱり、ね」

まるで最初からトリックを知っていたとでも言うように小さく頷《うなず》いた。

「ここ、ちょっとした細工がされているわ。遠隔操作で壁がくるっと回転する仕組みになっていたみたい。本物の肖像画はこの〝裏〟にありそうね」

「え……？」

それに首を傾《かし》げたのは、一条《いちじょう》さんの推理を見守っていた三年生の先輩だ。

今回の定期試験では永彩《えいさい》学園の上級生が課題事件の〝実行側〟になる——期間中、二年生と三年生はそれぞれ別のカリキュラムに従って敷地内を自由に探索しており、その傍《かたわ》らで事件を起こす。つまり、状況によって目撃者《シロ》にも容疑者《クロ》にもなるわけだ。

中でもこの先輩は、唯一の目撃証言をくれた重要参考人。

一条さんの推測を聞いて、彼は戸惑ったように頬《ほお》を掻《か》きつつ反論する。

「でも、それだと俺の見たものに合わないような……一瞬ですり替わったんだぜ？　瞬《まばた》きだってしてなかった。壁が回転したなら見えたはずだろ」

「はい。ですから、それを疑うべきなんです。絵が入れ替わったのは事実でも、その瞬間を見たと証言しているのはあなたしかいません。そして――私の記憶が正しければ、あなたは〝工具〟を自在に操る《才能《クラウン》》を持っていたはずです」

「!?」

淀《よど》みなく滑らかに告げる一条さん。

天使の如《ごと》くふわりと髪を広げた彼女は、わななく彼に歩み寄って――一言。

「先輩。……あなた、嘘《うそ》をついていますよね？」

【犯人指名――成功】

【肖像画交換事件：〝解決〟／チームＴ：獲得スコア★★】

「――見事な活躍でした、光凛《ひかり》さま」

それからややあって、正午を回った頃。

休憩のために立ち寄った大円校舎三階の空き教室で、空色の髪の従者こと不知火《しらぬい》翠《すい》がお手製のサンドイッチを広げながらそんな話題を切り出した。

状況をおさらいしておくと、今日は定期試験――通称《星集め》の一日目だ。学園内で上級生が無数の課題事件を起こし、これらが目撃者によって通報される。すると監督役の教員により、デバイスを通じて全チームに〝臨場要請〟が出る。

ここで示されるのは概要と事件現場、脅威度及びその時点での臨場チーム。

試験では殿堂才能《コアクラウン》《裁判《ジャッジ》》を使用しないため、誰か一人でも間違えたら即迷宮入りというわけじゃない。ただし、犯人指名の権利は事件ごとにチームで一回。一度に複数の課題事件に臨場することはできず、かつ全ての事件は〝早い者勝ち〟だ。脅威度が高い事件ほど解決時のスコアも高くなるため、臨場先を厳選するのも手段の一つとなる。

（まあ、だから柊《ひいらぎ》たちが起こす★独占の不正が大問題になるんだけど……）

内心で呟《つぶや》いてそっと頭を振る。……俺にとっては〝暗躍〟の方がよっぽど大事なんだけど。ともあれ、今は捕獲者見習い《ハンター》として試験に向き合わなきゃいけない。

俺の対面に座る不知火《しらぬい》がサンドイッチを手に髪を揺らす。

「ちなみに、先ほどの事件は何が決め手だったのでしょうか？　トリックとしては単純でしたが、あまりにも早く気付いていたような……」

後学までに、とそれっぽい言葉を付け加える不知火。

実際、一条《いちじょう》さんの捜査は信じがたいくらいのスピード感だ——何しろ、俺たちの臨場先はさっきの事件《アレ》が最初というわけじゃない。【購買部万引き事件】に始まり【昼夜の大火事事件】と【寮長誘拐事件】を瞬殺、次いで【肖像画交換事件】も一撃ＫＯ。

つまりは、既に四件だ。

一日目の午前中だというのに、チーム《おれたち》ＩＴの獲得★数は早くも13を数えていた。

（今さらだけど、ヤバすぎるな……）

以前から限界突破していた尊敬の念がさらに強くなる。……ちなみに、デバイス上に表示されているチーム名は自動採番だそうだ。意味合いとしてはチーム一条《I》・積木《T》。不知火は捕獲助手《サポーター》であるため正規のメンバーには数えない――というか、彼女がいなかったら俺と一条さんの二人きりになってしまう。それは、さすがに間が保《も》たない。

ともかく。

「ええと……そうね」

助手にして親友でもある不知火から問いを向けられ、彼女の隣――つまり俺から見れば斜向《はすむ》かい――に座る一条さんがブロンドの長髪を揺らして思案に耽《ふけ》る。音楽室に飾られていた肖像画とはまた違う意味で、何とも画《え》になる仕草だ。

「やっぱり、一言でまとめるなら〝経験〟かしら？」

女神の如《ごと》き優しい声音が紡がれる。

「さっきの事件だって、瞬間移動や映像投影の《才能《クラウン》》で説明できないわけじゃないでしょ？　むしろ、証言からはそっちの方が妥当に思える。……でも、それだとちょっとだけ変なのよ。変っていうか、違和感があったの」

「？　違和感……ですか？」

「そう。覚えてるかしら、翠《すい》？　さっきの事件、私たちが臨場した段階で撤退済みのチームが二つもあったわ。あの先輩の証言が正しいなら、きっとそんなに手こずらない……だから、最初からちょっと疑ってたの。みんなには内緒よ？」

くす、と柔らかく微笑《ほほえ》みながら可憐《かれん》に人差し指を立てる一条《いちじょう》さん。

一条さんと不知火《しらぬい》はSランク捕獲者《ハンター》と捕獲助手《サポーター》の関係だけど、付き合いが長年に亘《わた》っている（しかも完全に同居している）ため、飛び抜けて親しいみたいだ。交わす言葉や仕草の全てから〝互いを信頼している感〟がはっきり見て取れる。

「…………」

これが尊いという感情《ヤツ》かもしれない、などと。

「……む」

そんなことを考えていたところ、テーブルの下で密《ひそ》かにげしっと脛《すね》を蹴られた。

攻撃主はもちろん（？）俺の真正面に座る不知火翠《すい》だ。不服そうに揺れる水色のショートヘア、下手したらクラスメイトより見慣れている紺色のジト目。

促された気がしてデバイスを開いてみれば、一件のメッセージが届いていた。

『無言で見ていないで、来都《らいと》さんも何か言ったらどうですか？　やや不審ですけど』

（うっ……）

正論すぎる。

不知火のおかげで場の空気は保たれているものの、俺が無言のままでいるのは普通に怪しい。俺自身は一条さんが楽しそうに笑っているだけで人生のお釣りがくるくらいには幸せだけど、それじゃダメだ。一度疑われたら取り返しがつかなくなる。

「っ……」

頭の中で必死に言葉をまとめてから、どうにか声を絞り出す。

だから俺は、膝の上でぎゅっと拳を握って。

「あの！」

「ひゃぅっ⁉」

「一条さん！　俺も、めちゃくちゃ格好《かっこ》いいと思いまし——じゃなくて、思った！」

びくっと肩を跳ねさせる一条さん（あまりにも可愛《かわい》い）に向けて、捲《まく》し立《た》てるように感想を伝える俺。そういえば、敬語は禁止されていた。

だけどそれ以外に関しては、ただただ素直な気持ちを言えばいい。

「一条さんの活躍はずっと追い掛けてきたけど、間近で見るのは初めてで……本当に、凄《すご》かったよ。あんなの、才能犯罪者《クリミナル》からしたら降参するしかないっていうか。今日だけで尊敬が三倍くらいになったっていうか」

「そ、そう……？　う、うん。積木《つみき》くんにそう言われると、嬉《うれ》しいかも。……でも、尊敬なの？　同級生で、チームメイトなのに？」

「それは、そうだけど……でも俺、やっぱり一条さんのことが宇宙一大好きだから」

「っ⁉　〜〜〜〜〜!!!!!!」

至極当たり前の常識《コト》を伝えた俺に対し、何故《なぜ》かかぁっと頬《ほお》やら首筋を紅潮させる一条《いちじょう》さん。現世に舞い降りた天使はしばらく目を泳がせて、隣に座る捕獲助手《サポーター》に何度もちらちらとサインを送って、それが受理されないと見るやぎゅっと目を瞑《つぶ》って。

「――ま、待ってね、積木《つみき》くん」

バッ、と俺に向かって真《ま》っ直《す》ぐ手のひらを突き付ける。

「今、心を落ち着かせるために素数を五ケタ数え切るから……」

「五ケタ⁉　それは、さすがに無理じゃ――いやでも、一条さんならもしかして！」

できるのかもしれない。

何故なら俺の目の前にいるのは、一方的終焉《ミス・ワンサイド》とも囁《ささや》かれる伝説のSランク捕獲者《ハンター》だ。そんな一条さんに不可能なんて言葉は似合わない――と、

「……あの。いちいち光凛《ひかり》さまを口説かないでください、積木さま」

そこへ、再び正面から呆《あき》れ交じりのジト目が飛んできた。

「光凛さまは【CCC】が誇るSランク捕獲者《ハンター》というだけでなく、いわゆる国民的アイドルです。大好きなどと軽々しく告白されては困ります」

「告白じゃないって、不知火《しらぬい》。誰もが思う当たり前の感想だろ？」

「当たり前の基準が意味不明なんですけど。一般常識ってご存知《ぞんじ》ですか、積木さま？」

「じゃあお前は違うのかよ」

「……わたしは、いいんです。光凛さまの助手なので」

ぷい、とそっぽを向いてしまう不知火。

要は二人とも一条さんが大好きという話なんだけど——まあ、そんなのは《才能《クラウン》》程度で覆《くつがえ》される物理法則なんかより遥《はる》かに当然の事実だ。だって、そうじゃなかったら〝秘密の協力者〟なんて関係性はそもそも成立していない。

「……むぅ……」

そんなことを考えていると、素数を数えていた一条さんが微《かす》かな息を零《こぼ》した。澄んだ碧《あお》の瞳が俺と不知火の顔を順番に捉える。

「ちょっと気になっていたのだけど……翠《すい》と積木くんって、妙に仲が良くないかしら？」

「！　……そんなことはありません、光凛さま」

心外だ、とばかりに水色のショートヘアが左右に揺れる。

「光凛さまの厄介ファンである積木さまを引き剥《ひ》がすために駆り出された過去が何度となくあるだけで、仲が良いなどということは全く、決してありません」

「何度となく…………ふぅん？」

曖昧に頷《うなず》く一条さん。その頬は微かに膨らんでいて、どこか怒っている——というよりも、むしろ嫉妬しているように見えて。

『……光凛《ひかり》さまに疑われました。どうしてくれるんですか、来都《らいと》さん』

げし、と再び足を蹴られた。


(——ふぅ)

人気《ひとけ》のない環状廊下で一人、密《ひそ》かにそっと息を吐く。

時刻は午後の一時前。そろそろ次の事件に向かおうかという流れになった辺りで、お手洗いへ行くと言って席を外してきた。デバイスの地図を見る限り近くに臨場要請は出ていないため、いっそ心細くなるくらいの静けさだ。

……いや。

正確に言えば、俺が電話をしているせいで完全な無音ではないのだけれど。

『どう、ライト？　一条《いちじょう》さんとのデートの方は』

耳元に添えたデバイスのスピーカーから飄々《ひょうひょう》とした声が聞こえる。

『いやぁ、羨ましい限りだねぇ。試験中だっていうのに憧れの女の子と一緒に行動できるなんて。一体、前世でどれだけの徳を積んだんだろう？』

「……デートじゃないって。これも作戦行動の内だし……まあ、でも」

『でも？』

「世界に感謝したい気持ちでいっぱいだ、とは思う」

『おお。素直だねぇ、ライト』

冗談のつもりだったんだけど、と軽やかに続ける悪友。

音無友戯《おとなしゆうぎ》――デバイスの向こうにいるのは、他でもない【迷宮の抜け穴《アナザールート》】所属の詐欺師見習いだ。呼吸と同じ頻度で嘘《うそ》を吐《つ》き、日本中を騙《だま》した過去を持つ元天才子役。

彼は俺をからかうために電話をしてきた……わけでは、もちろんない。

『とりあえず現状報告だよ、リーダー』

笑んだままの声がほんの少しだけ潜められる。

『予定通り、僕は今朝から単独行動で学園内の色んなところを回ってた。ライトの計画に不備がないか調べたり、イロハちゃんたちが上手《うま》く〝不正〟できてるか確認したり……答え合わせの感覚でこっそり監視してた、ってわけ』

「……ああ」

音無の言葉に短く相槌《あいづち》を打つ。

答え合わせ、という表現はあながち間違っていない――何しろ俺の《限定未来視《セカンド》》と不知火《しらぬい》の副作用を併用した疑似ループによって、柊《ひいらぎ》と更家《さらいえ》先輩が起こす〝連続殺人〟の詳細は既に分かっているんだ。ただし、些細《ささい》なきっかけで犯行計画の一部が変わらないとも限らない。だから最低限の監視は必要だった。

『まあ、僕自身は監視するよりされる方が好きなんだけど』

「お前の好みは聞いてないよ」

生粋《きっすい》の詐欺師が相変わらずドMなのはいいとして。

「……それで？　結果はどうだったんだよ」

『そうそう、その報告だった』

忘れていた、とばかりに笑みを零《こぼ》す音無友戯《おとなしゆうぎ》。

演技派の元天才子役は、恨めしい――否《いな》、羨ましいくらい聞き心地の良い声で続ける。

『まずは雑感から。カグヤちゃん様とルルちゃんの二人組《ペア》は今のところ様子見の段階、疑われないように最低限の★を稼いでる。ウイカちゃんとイロハちゃんの方は、まあ普通っちゃ普通だねぇ。スキンシップ多め、仲良しの女子二人が人並みに頑張ってるようにしか見えない。……僕に言わせれば、イロハちゃんの顔色がやや悪いけど』

「副作用《テレパス》で繋《つな》がってる更家《さらいえ》先輩が今まさに不正事件を起こしてる頃、だもんな……」

『感情も一つ残らず垂れ流されちゃうわけだからねぇ。悪趣味な副作用だよ、せめて精神的苦痛だけでも僕に押し付けてくれたらいいのに』

性癖《ドM》からなのか単なる気遣いか、回線の向こうの音無がやれやれと溜《た》め息《いき》を吐《つ》く。

そして、

『で、件《くだん》の先輩だけど――ついさっき、一件目のダミータグ破壊事件を無事に完遂してくれたよ。犯行方法は知ってても圧巻だったな。イロハちゃんがウイカちゃんの目を盗んで廊下の窓際にペンダントを設置、しばらく後にそれを拾った先輩が透明になって、数秒後には何もかも終わって臨場要請が出されてた……って感じだね』

「なるほど。……ペンダント、ってのは？」

『多分、RPGか何かのグッズだね。《自家製勇者《ホームメイドヒーロー》》の縛りはかなり緩いみたいだ。最初の被害者は、今日の午後に脅威度★7の課題事件を起こすはずだった廻戸《めぐりど》先輩。さっそく高スコアの事件が一つ潰された、ってことになる』

「なら、タイミングも被害者も想定通りだったのか」

『さすがは《限定未来視《セカンド》》って言うべきかな。……一応、臨場した捕獲者《ハンター》たちに捜査状況を〝教えて〟もらったけど、更家先輩は全く疑われてないよ。誰にも見られてないし、そもそもハードモードの課題事件だからねぇ。容疑者なんか絞れてない』

「ん……」

『ちなみに設定名称は【シークレットマーダー】。脅威度★6相当、だってさ』

音無からの情報を頭の中で整理する。

定期試験《星集め》の裏で企てられた不正事件。高スコアの課題事件を潰す目的の〝連続殺人事件〟は予定通りに始動した。今のところは全て俺と不知火《しらぬい》が調べた通りだ。それも当然だろう、だって俺たちはまだ何も手を出していない。

「……」

……本当なら。

『本当なら〝事件が起きる前〟に止めたかったけど——とか、思ってる？』

飄々《ひょうひょう》とした音無《おとなし》の声がデバイス越しに耳朶《じだ》を打つ。

『それじゃ意味がないんだって、ライト。僕たちはあくまでイロハちゃんの犯行を〝途中で〟奪い取らなきゃいけないんだ。そうじゃなきゃ【人形遣い】を欺《あざむ》けない。ギリギリまで耐えなきゃいけない。第一、我慢してもらうのは今日だけだ——って、ここまで全部ライトの受け売りだよ？　今さら思い悩むのは筋違いでしょ』

「……まだ何も言ってないだろ」

『あれ、間違ってた？　これは失敬。僕以外の誰かが自分を責めてるところを見るとどうにも羨ましくなってきちゃってねぇ』

「………………」

『さすがに、それは嘘《うそ》だけど』

詐欺師としての性《さが》なのか俺が黙っていてもなお冗談めかして語り続ける音無。

回線の向こうで彼は言う。

『まあ、そんなわけだから……【シークレットマーダー】の滑り出しは上々って言って良さそうだよ。ライトの読み通りなら今日のうちに三人の被害者が出る。第三のミッションを遂行するのはその後、かな？』

「今日の夜、外出禁止時間だな。そこからは俺たちも本格的に行動開始だ」

『待ち切れないね。……ああ、ライトは今まさに幸福の絶頂なのかもしれないけど』

「そんなことないって、とは口が裂けても言えないけど……ただ楽しんでるだけじゃ焦《あせ》りが消えないからさ。悪事の方が、罪悪感がなくていい」

『面白いことを言うねぇ、ライト。秘密結社の黒幕《リーダー》が板に付いてきたんじゃない？』

「……そうかぁ？」

喜ばしいのかそうでないのか、どちらとも取れる評価を口にして――。

音無友戯《ゆうぎ》は『それじゃ』と気軽な調子で通話を終えた。

＃5

――結局、定期試験《星集め》の初日は一条《いちじょう》さんの無双に終始した。

午前中だけで四つの事件を解決していたのですら記憶に新しいけれど、そこからもペースを落とすことなく、むしろ休憩を介してギアが上がったのか五つの事件を立て続けに撃破。どれも移動時間の方が長いくらいの瞬殺だった。

デバイス上では、一日目終了時点の中間ランキングなんかも公表されている。

【一位：チームＩＴ《一条光凛《ひかり》（選抜）／積木来都《つみきらいと》（Ａ組）》――獲得★数：27】

【二位：チームＡＳ《東谷大樹《あずまやたいじゅ》（Ｃ組）／蒼月奏《そうげつかなで》（Ｃ組）》――獲得★数：20】

【三位：チームM《物延七海《もののべななみ》（選抜）》――獲得★数：19】

暫定トップは俺と一条《いちじょう》さんの二人組《ペア》。

ただ、もしかしたらこれは柊《ひいらぎ》たちの〝不正〟によって高スコアの課題事件がいくつか潰れているせいもあるのかもしれない。件《くだん》の【シークレットマーダー】は初日にして三人の被害者を出し、現時点での脅威度は★9にまで引き上げられている。

じわじわと注目を集め始めているみたいだ。

「ん……」

ここで、今回の定期試験には〝外出禁止時間〟という枠組みがある。

各日程の午後七時から翌日の午前九時までは寮の自室に籠っていなければならず、現場を調べたり聞き込みをしたりすることもできない。一年生が外で見つかったら一度目は帰宅勧告、二度目で強制送還というルールだ。

要するに、上級生だけが活動できる犯人側のゴールデンタイム。

何となく不利な設定に聞こえてしまうけれど……これは、どちらかと言えば一年生に対する配慮らしい。何しろ、このルールがなければ〝夜の間もずっと起きている〟のが高スコア獲得の絶対条件になってしまう。学校側の優しさ、というやつだ。

そんなわけで、初日の捜査を終えた俺は一条さんたちと別れて男子寮へ戻って。

……その後、さらに夜も更けてから密《ひそ》かに部屋を抜け出して。

「お待ちしていました、積木《つみき》さん」

男子寮の裏手、ひっそりとした暗がり。

声を潜めるためか普段より近い距離感でくすっと俺に笑みを向けているのは、サファイアの瞳と銀色の髪が優雅なお伽噺《とぎばなし》のお姫様——もとい、天咲輝夜《あまさきかぐや》だった。

宵闇の中、絹のような銀糸が幻想的に揺らめく。

「何かトラブルでもあったんですか？　あんまり遅かったので、うっかり一人で先に行ってしまうところでした」

「悪い。見つかったらマズいと思って、ちょっと慎重になり過ぎた」

「ふむふむ、なるほど……つまり、ドキドキの時間を少しでも長く取りたかったと」

分かります、と付け加えて妖《あや》しげな笑みを浮かべるスリル大好きなお姫様。解釈は全く違うけど、あえて否定するほどのことでもない。

「——ふふっ」

まあ、とにもかくにも。

俺の目の前に立った天咲輝夜は、優美な仕草でレースの黒手袋に包まれた右手を持ち上げると、指先をそっと自身の唇に触れさせた。秘め事を始める、の意。緊張気味に唾を呑《の》み込《こ》む俺に向けて、彼女はそよ風みたいな声を紡ぐ。

「それでは、積木さん。——私たちは、今から永彩学園の女子寮に忍び込みます」

「……ああ」

相変わらずお茶目《ちやめ》な口振りだけど、残念ながら冗談じゃない。

今から俺と天咲《あまさき》は、二人して女子寮に侵入する——そのために、外出禁止時間を狙って
こっそり落ち合っているんだ。とっくに覚悟はできている。

くす、と天咲の口元が微《かす》かに緩む。

「積木《つみき》さんの欲望が赴くままに、可愛《かわい》い女の子の部屋だけを狙って……というのは、少し
言い過ぎかもしれませんが」

「言い過ぎとかじゃなくて、根本的に間違ってるから」

「では、私の性癖を満たすべく、可能な限り大胆に——というのはいかがでしょう？」

「そっちは間違ってないかもしれないけど……」

あえて〝大胆〟を気取るつもりはないものの、危険な橋を渡らなきゃいけないことには
変わりない。火遊び《スリル》を望む大怪盗からすれば恍惚《こうこつ》モノの作戦だろう。

けれど、もちろん狙いは別にある。

「ターゲットは柊色葉……だろ？」

「そうでした」

てへ、とばかりに可愛く舌を覗《のぞ》かせる天咲輝夜《かぐや》。

そう——女子寮に忍び込む、といっても、用があるのは柊色葉《ひいらぎいろは》の部屋だけだ。達成す

べきは【ミッション③：柊色葉の犯行計画を崩すこと】……グレーどころかブラックな手段だけど、それを躊躇《ためら》う気持ちは【迷宮の抜け穴《アナザールート》】結成時に捨て去っている。

……綺麗《きれい》な手だけを使うつもりはない。

最悪の未来を変えるためなら、俺たちは何だってする。

「ご安心ください、積木さん」

決意を新たにする俺の眼前で、天咲が「ふふっ」と可憐《かれん》な笑みを浮かべる。

「女子寮なら私も住んでいますから、間取りはばっちりです。それに、今は《星集め》における外出禁止時間《ゴールデンタイム》……怪しい行動をしている上級生がたくさんいるはずなので、逆に安全だと思いますよ？　木を隠すなら森の中、とも言いますから」

「まあ、そうなんだけどさ。でも……」

覚悟があると言っても、確かな自信があるわけじゃない。

たった十人しか参加していなかった宿泊研修とは訳が違うんだ。他の誰かに見つかったら、物音を立てたら、何かの《才能《クラウン》》で捉えられてしまったら。

隠密《ステルス》をテーマにしたアクションゲームの類《たぐい》ならやったことがあるけれど、これはゲームじゃなくて現実だ。セーブもロードも存在しない。不法侵入がバレたら何の言い訳もできずに殿堂才能《コアクラウン》《裁判《ジャッジ》》を行使されるに決まっている。

——だけど、それでも。

「ふふっ。私を誰だと思っているんですか、積木《つみき》さん？」

つ、と音のない静かな足取り——隙を突く形で俺に顔を近付けた天咲輝夜《あまさきかぐや》が、いつの間にか不敵で妖《あや》しげな笑みを浮かべていた。ふわりと漂うフローラルな香り。これからのスリルに期待するような、好奇に満ちたサファイアの瞳。

「っ……」

長い睫毛《まつげ》が見えるほどの至近距離から真《ま》っ直《す》ぐ俺を覗《のぞ》き込《こ》んで。

「天下の大悪党【怪盗レイン】の手腕……積木さんに、たっぷり魅せてあげます」

——いっそ妖艶なくらいの声音で、天咲は心の底から愉《たの》しげにそう囁《ささや》いた。

【天咲輝夜——才能名：森羅天職《アームズ》】
【概要：あらゆる武器やそれに類する物品を思うがままに操ることができる】

……《森羅天職《アームズ》》という《才能《クラウン》》がある。

所持者《ホルダー》である天咲輝夜が〝武器〟だと認識したものを自由自在に操れる《才能《クラウン》》。初見の武器でも手慣れた相棒みたいに使いこなせるし、時には石ころや水鉄砲といったガラクタで複数人の捕獲者《ハンター》を相手取ることだってできる。

まさしく〝天下の武闘派〟なる称号に相応《ふさわ》しい《才能《クラウン》》。

そして、仲間になって初めて気付いたのだけど……この《才能《クラウン》》は、非常に器用だ。

「えい」

ひゅんっ、と微《かす》かな風切り音が聞こえる。

もちろん発したのは天咲、もとい彼女が操るワイヤーだ。現在地は男子寮から学園の外周に沿う形でぐるりと反対側へ回り込み、女子寮の裏手へ出た辺り。建物と少しだけ離れた死角から、三階のとある部屋に向かってワイヤーが射出される。

「…………？」

否《いな》、正確には〝されたはず〟だ。

天咲輝夜こと【怪盗レイン】の十八番《おはこ》であるワイヤーは透明にして極細《ごくぼそ》。この暗闇でまともに見えるわけがない。

「えっと……今、何がどうなったんだ？」

「もちろん大成功ですよ、積木さん？　ワイヤーの重りをエアコンの室外機に引っ掛けました。五月雨事件の時と違って今回は高性能の機械式ワイヤーなので、ボタン一つでするすると上まで連れていってもらえます」

「……室外機なんて全く見えないんだけど？」

「はい。それでも、どこにあるかは分かっていますから。これくらいの芸当ができなければ【怪盗レイン】なんてやっていられません」

ぴ、と頬《ほお》の隣で人差し指を立てながら蠱惑的《こわくてき》に笑む天咲。……まあ、確かに。【怪盗レイン】と言えば才能犯罪者《クリミナル》の中でも超大御所だ。彼女からすれば特に説明する必要もないレベルの小技なのかもしれない。

（ちょっと規格外すぎるような気もするけど……）

「ふふっ。……はい、どうぞ」

そんな天咲《あまさき》が、頬《ほお》に当てていた右手を今度は上品な仕草で俺へと差し出した。

「私に捕まってください、積木《つみき》さん。途中で振り落とされたら大変ですから、なるべくしっかり握っていてくださいね？」

「……えっと」

「あ、女の子の身体《からだ》に触るのが緊張するんですか？　大丈夫ですよ、今回は手だけですから。これが高層ビルなら、命綱も使ってぎゅっと密着しないとですが」

「そうじゃないって」

ワイヤーで引き上げられるのが初めてだから普通に緊張しているだけだ。

とはいえ、渋っていても仕方ない。天咲に促されるまま、差し出された右手（少しでも摩擦力を増すためか黒手袋も外されている）に自分の両手を被《かぶ》せて力を込める。……握手なんて可愛《かわい》いモノじゃない、細い手首に縋《すが》り付《つ》くような体勢。それを確認した天咲がくいっと軽やかに左手を動かして。

「では……出発進行《ごーとうーすかい》、です☆」

――可愛らしく囁《ささや》かれた瞬間、身体が宙に浮いていた。

「っ⁉」

ふわり、と体験したこともない浮遊感。喩《たと》えるなら世界一のジェットコースターみたいな、否《いな》、その安全バーを途中で放り投げたかのような異次元の軌道。思わず大声を上げそうになるものの、状況が状況なだけに必死で堪《こら》える。

轟音《ごうおん》がして、耳鳴りがして、前後左右どころか上下も分からなくなって。

「……ッ……」

そのまま、目を瞑《つぶ》って頭の中で五回ほど念仏を唱えた頃だろうか。

全身を包んでいた浮遊感がなくなっているのに気付いて、俺はおそるおそる意識を現実へ戻す。……どうなったんだ、俺は？　もしかして死んだのか？

ゆっくり目を開けてみる、と。

「……あ、あの、積木さん？」

目の前に天咲がいた。

正確には――不格好《ぶかっこう》に体勢を崩した俺を、天咲輝夜《かぐや》が全身で抱き留めてくれていた。

「ええと、その……」

少しだけ頬を赤らめた天咲が、俺の耳元で（構図的に仕方ない）口を開く。もぞっと彼女が身を捩《よじ》るのと同時、布越しに柔らかな感触が伝わった。

「ご無事ですか、積木《つみき》さん？」

「あ、ああ……っていうか、悪い。受け止めてくれたのか」

「いえ、初体験の積木さんが綺麗《きれい》に着地できる方が不思議ですから。……あ、う」

俺に組み伏せられたままの天咲《あまさき》が照れたように顔を背ける。

「っ……」

対する俺の方はと言えば、状況が分かった今になってドキドキに襲われていた——無我夢中でしがみついてしまったけれど、この体勢は色々と良くない。

どこもかしこも暴力的に柔らかくて、良い匂《にお》いがして、さすがに理性が飛びそうだ。

（くそ！　こうなったら、俺も素数を五ケタ数え切るしか……！）

「……っ、積木さん？　あの、そろそろ放してほしいです。それとも、私……もしかしてこのまま襲われちゃうんでしょうか？」

「!?　ご、ごめん！」

からかい半分と本気の照れ半分で構成された囁《ささや》きを受けて、正気に戻った俺は飛《と》び退《の》くように身体《からだ》を起こした。……本当に、危ないところだった。こんなハプニングで仲間に手を出していたら一条《いちじょう》さんに顔向けできなくなる。

「…………」

お互いに無言で衣服を直すこと数秒。

どちらからともなく「こほん」と軽く咳払《せきばら》いをして。

「──ここが柊色葉《ひいらぎいろは》さんの寮室、ですね」

改めて〝大怪盗〟の気配を纏《まと》い直した天咲が声を潜めてそう切り出した。

「カーテンは引かれていますが、位置的に間違いありません。唯一の侵入経路である窓にはもちろん鍵が掛かっています。……ですが」

「……ボールペン？」

「はい、その通りです積木さん」

嵌《は》め直した黒手袋の指先でくるりと回される一本のペン。

それは、一見すれば何の変哲もない文房具──いや、仮に調べ倒したところで異常なんか見つかるはずもない、正真正銘ごく普通のペンだ。

「………………」

ただし、こいつには〝前科〟がある。

俺の部屋の窓につつつーっと丸い穴を開けてくれたという、真っ黒な前科が。

「では、さっそく始めてみましょうか」

今から何が起こるか完全に悟った俺の目の前で、天咲はいかにも愉《たの》しげな笑顔を浮かべたままボールペンを窓に押し当てた。そうして発動するのは《森羅天職《アームズ》》だ。単なるボールペンが凶器となり、あっという間に窓を切り裂く。

「〜〜〜♪」

丸く開けられた穴から手を差し込んで、かちゃっと鍵を回して。

「はい、開きました」

「うわぁ……」

……あまりにも一瞬の出来事だった。

これなら確かに俺の部屋へ侵入するくらい造作もなかったはずだ。【怪盗レイン】の襲来を防ぎたいなら、全ての窓を鋼鉄並みの強化ガラスに換えるしかない。

（それでも潜里《くぐり》の《電子潜入《シグナル》》で扉を正面突破できるから……凄《すご》いな【迷宮の抜け穴《アナザールート》】）

今さらながら感心してしまう。

とにもかくにも、これで侵入経路は確保された。悪党なりの礼儀として丁寧に靴を揃《そろ》えて脱ぎ、天咲《あまさき》と二人で室内へ忍び込む。

「ん……」

――永彩《えいさい》学園女子寮３０４号室、柊色葉《ひいらぎいろは》の私室。

光源が常夜灯（オレンジのやつだ）しかないためはっきりとは見えないものの、室内の構造は俺の住む男子寮と変わらないだろう。ただし学習机《デスク》はよく整頓されていて、可愛《かわい》い小物なんかも置かれていて、ベッドの上には一人の少女が眠っている。

（まじまじと見るのは初めてだけど……）

彼女こそが潜里の親友、柊色葉で間違いない。

「積木《つみき》さん積木さん、ほっぺたでも突《つつ》いていきますか？」

「いやいやいや……」

「むぅ。それじゃあ、こっそり寝顔を激写するとか」

「そんなことしなくても充分スリル満点だっての」

ソワソワと耳打ちで提案してくる天咲にジト目と嘆息を返しておく。

そうして思い返すのは潜里と一緒に敢行した〝盗聴〟だ——【人形遣い】に対する苛立《いらだ》ちが増えただけにも思えたけれど、一応成果がなかったわけじゃない。【ミッション③：柊色葉の犯行計画を崩すこと】。これを達成するためには、彼女たちの不正事件を成立させている〝凶器《なにか》〟を奪ってしまえばいい。

（あの後も、隠し場所の手掛かりを掴《つか》むまで盗聴は続けてたからな……）

確信と共に手を掛けたのはクローゼットだ。

定期試験前の数日間、柊色葉は街へ出向いては早々に戻ってきてクローゼットを開け閉めする、という不審な行動を繰り返していた。まるで課題事件の準備に勤《いそ》しむ上級生たちのように、だ。

もちろん、空振りの可能性だって全くないわけじゃないけれど——

「……これはこれは。積木さんの睨《にら》んだ通り、ですね」

勇者の聖剣、海賊の眼帯、紋章入りのペンダント、忍者の手裏剣、ｅｔｃ。

一見しただけでは関連性の掴《つか》めないこれらは、柊《ひいらぎ》の協力者である更家《さらいえ》先輩が持つ《自家製勇者《ホームメイドヒーロー》》の発動に必須のアイテムたちだ。不知火《しらぬい》の調査と音無《おとなし》の報告によれば、柊はこれらに《無色透明《スケルトン》》を付与したうえで先輩へ渡し、誰にも見られることなく【シークレットマーダー】を遂行していた。つまりはこれが犯行計画の根幹だ。

――だから、

「持っていくぞ――全部」

俺たちが、全て盗んでいく。

これで柊と先輩は不正事件《シークレットマーダー》を続けることができなくなる。試験が始まる前なら計画変更だってできたかもしれないけど、今からじゃどうしようもない。間違いなく犯行は〝止まる〟――そして、もちろんそれだけじゃない。

俺たちは既に準備を済ませている。柊色葉《いろは》から〝犯人〟を奪う手筈《てはず》を整えている。事件の主導権を【人形遣い】から密《ひそ》かに奪い取る、その算段ができている。

つまり、そう――。

「――ここからは、俺たち【迷宮の抜け穴《アナザールート》】が本物の〝完全犯罪〟を見せてやる番だ」

【ミッション③：柊色葉の犯行計画を崩すこと】――正規達成《コンプリート》

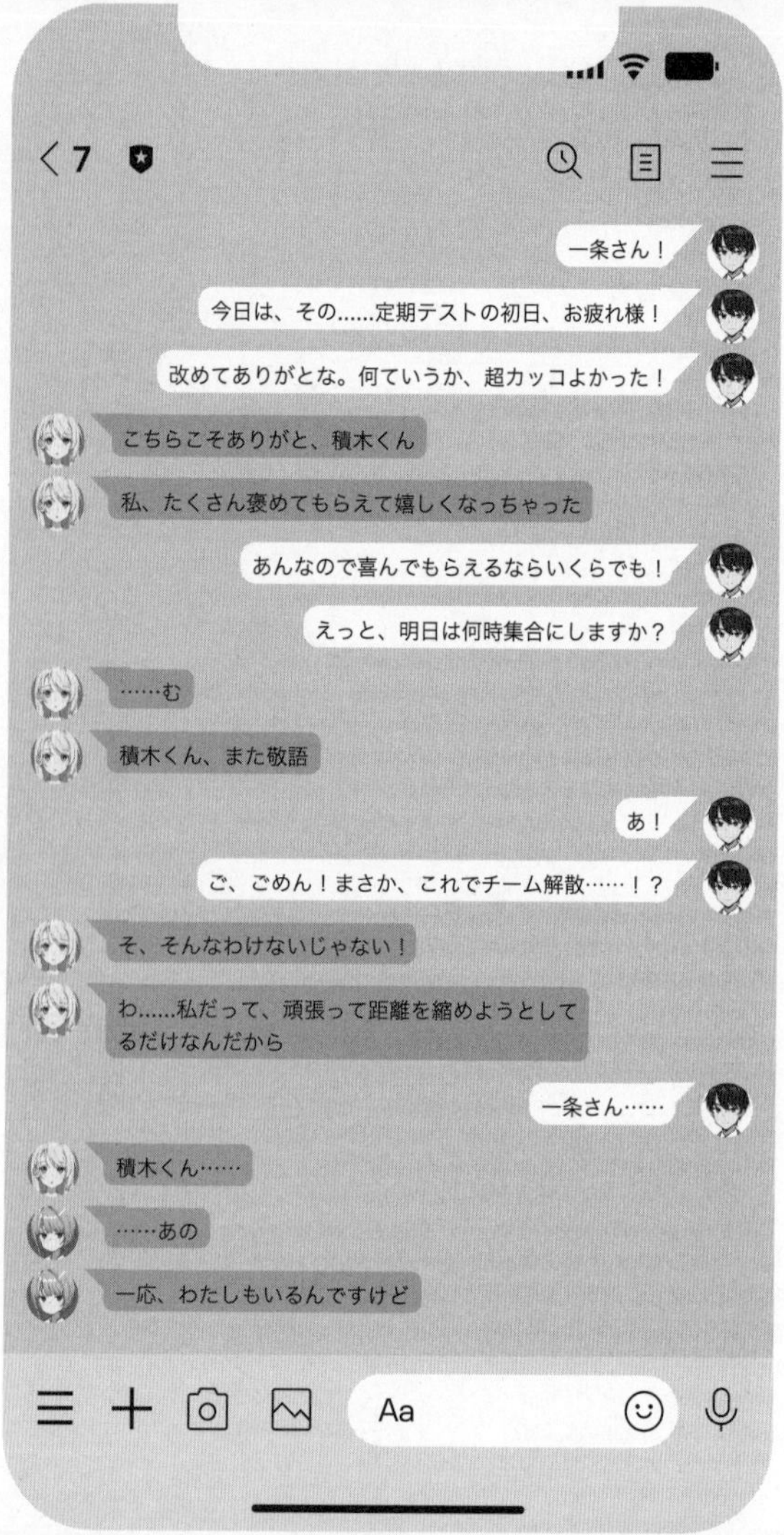
7
一条さん！
今日は、その……定期テストの初日、お疲れ様！
改めてありがとな。何ていうか、超カッコよかった！
こちらこそありがと、積木くん
私、たくさん褒めてもらえて嬉しくなっちゃった
あんなので喜んでもらえるならいくらでも！
えっと、明日は何時集合にしますか？
……む
積木くん、また敬語
あ！
ご、ごめん！まさか、これでチーム解散……！？
そ、そんなわけないじゃない！
わ……私だって、頑張って距離を縮めようとしてるだけなんだから
一条さん……
積木くん……
……あの
一応、わたしもいるんですけど
Aa

第三章　【迷宮の抜け穴《アナザールート》】見参

Shadow Game

♭♭　――《side：柊色葉《ひいらぎいろは》》――

「え……」

――定期試験、二日目の朝。

とにかく気が重かった。寝覚めは悪かった。身体《からだ》も怠《だる》かった。……もちろん、それは当たり前のことだ。何故《なぜ》なら、わたしは悪人だから。私利私欲のために〝悪いこと〟をしている才能犯罪者《クリミナル》だから。晴れ晴《ば》れとしている方がおかしい。

でもそれは、とっくに覚悟を固めたことで。

後悔しないと決めたことで。

なのに――デバイス上に表示されたその情報に、わたしの頭は真っ白になっていた。

〈――永彩《えいさい》学園の一年生諸君に告ぐ〉

〈私は、昨日より発生している【シークレットマーダー】事件の犯人だ〉

〈老婆心ながら教えてやろう――この事件の被害者には共通する要素がある。それは、彼らが一様に脅威度★6以上の課題事件を実行する予定だった者、という点だ〉

〈犯人役のダミータグが先んじて破壊された以上、当の事件は起こらない。平易に換言す

るならば、この《星集め》から高スコアの課題事件が減少した〉

〈意欲のある者はこぞって私に挑戦したまえ〉

〈でなければ私は今後も犯行を続け、君たちの評価ｐｔを徹底的に枯らし尽くす――〉

「な、に……これ」

意味不明な自白と挑発と犯行予告とを兼ねたメッセージ。

……いや、意味不明というのは間違いだ。何故《なぜ》なら、ここに書かれた【シークレットマーダー】の狙いは完璧に当たっている。柊色葉《わたし》の企《たくら》んだ〝不正〟の正体が学校中に暴露されている。でももちろん、これはわたしが投稿した文章というわけじゃない。

「じゃあ、誰かが〝嘘《うそ》〟を……？　でも、そんなの……何のために？」

分からない。見当もつかない。

それでも――それでも、肌に伝わる危機感は本物だった。校内ＳＮＳはとっくに【シークレットマーダー】の話題で持ち切りになっている。事件に臨場しているチームの数もみるみるうちに増えている。

「っ……」

驚きと心細さと、それから恐怖を同時に感じて。

掛け布団を跳ね除《の》けたわたしは、急いでクローゼットに駆け寄った――ここには、不正事件に必要な〝武器〟を隠している。共犯者である有希《ゆき》先輩の《自家製勇者《ホームメイドヒーロー》》を発動させる関連アイテム。これに《無色透明《スケルトン》》を付与して誰にも見えない奇襲を行う……それこそが、一生懸命に考えた【シークレットマーダー】の全貌だから。

なのに――

「…………、ない」

クローゼットの中は空っぽになっていた。

思わずとすんと膝を突く。……状況は絶望的だった。何が起こっているのかは分からないけど、何も考えられないけど。ただでさえ挑発的なメッセージによって捕獲者《ハンター》たちの警戒が増しているのに、唯一の武器までなくなった。

……無理だ。

この状態で事件を続けるのは、絶対に無理だ。

『――色葉《いろは》？　大丈夫、色葉？』

副作用《テレパス》で混乱が伝わってしまったのか、頭の中では有希先輩の声が響いている。小さい頃からずっと一緒で、本物のお姉ちゃんみたいに優しい有希先輩。心配なんかさせたくないけど、感情を取り繕うことなんてできそうになくて。

「どうしよう、どうしよう……！」

小さな部屋の片隅でがたがたと震える。

思考の大部分を占めているのは、先生に教えてもらった秘密の情報だ。わたしが頑張らないと、不正をしないと、ういちゃんが退学になってしまう。ういちゃんは、わたしを助けてくれた恩人だ。だからどうしても助けたいのに、守りたいのに。

「……う、ぁ……」

じわじわと絶望感に苛《さいな》まれて。

ぎゅ、っと心臓を押し潰されるような感覚に襲われて。

――そんな時だった。

「っ⁉」

コンコン、と響いたノックの音にびくんと肩を跳ねさせる。

慌ててデバイスの時計を見ると、もうとっくに午前九時を過ぎていた。多分、ういちゃんだ。待ち合わせに遅れたわたしを呼びに来てくれたんだろう。

重い腰を持ち上げて、服の裾で無理やり顔を拭って。

「ご、ごめんね……ういちゃん」

出来る限りの早足で向かった扉を外向きに開け放つ――と、そこにはやっぱりういちゃんがいた。可愛《かわい》い黒髪のボブカット。白くてすべすべの肌。小さくて人懐っこくて妹みたいな愛らしさを持つ、わたしの自慢の親友だ。

(だから……守ってあげなきゃ、いけないのに)

ぎゅっと唇を噛《か》むわたしに対して。

「む。いろは、ぱじゃま……」

少しだけ低い位置にあるういちゃんの首がこてりと傾《かし》げられる。

「おねぼうさん？」

「う、うん、そうなの。昨日、ちょっと夜更かししちゃって……えへへ」

「……ん……」

冬の夜空みたいに透き通った綺麗《きれい》な瞳で、じぃっと見つめてくるういちゃん。

距離が近いのはいつものことだけど……ちょっとだけ、困る。だって多分、わたしの目は赤く腫れているから。さっきまで泣いていたのがバレてしまうから。

「えっと、あの。ごめんね？」

誤魔化《ごまか》すように首を振る。

「すぐに準備するから、ちょっと待って――……ぇ」

「むぎゅう……」

言い終えるより先に抱き着かれた。

ふわり、とミルクみたいに甘い香りがわたしを優しく包み込む。

「んむ……いろはは、抱き心地がよすぎ。らいとと、いい勝負……めだりすと」

「らいと……？」

「こっちの話。……それより、なにより」

腰の辺りにぎゅっと抱き着いたままのういちゃんが、さらさらの黒髪を揺らしながら顔を持ち上げた。大きな瞳が真《ま》っ直《す》ぐにわたしを見上げて、そして。

「心配しなくていい」

「……え？」

「だいじょうぶだから。……いろはもう、あんしんあんぜん」

そんな意味深な言葉が紡がれて。

わたしには、その意味が全然分からなくて。

……でも。

それから、ほんの一時間後のことだった。

【シークレットマーダー】の〝四件目〟が、わたしの知らないところで起こったのは。

＃1

定期試験《星集め》は五日間という長めのスパンで行われる。

普通の学科試験なら単に面倒なだけだけど、スコアの稼ぎ合いという側面もある《星集め》では時間の使い方も戦略の一部だ。デバイスを介して上位チームのスコアは常に公開されるため、競争意識もひたすら刺激される。

昨日も確認した通り、現状のトップは俺たちチームITだ。

……いや。俺たち、と括《くく》るにはあまりにも一条《いちじょう》さんのワンマンチームすぎるような気はするけど。とはいえ俺と一条さん（と捕獲助手《サポーター》の不知火《しらぬい》）で構成されたチームが最もたくさんの★を稼いでいること自体は間違いない。

そんなこんなで、二日目の午前中は引き続きサクサクと捜査が進んで。

大円校舎の北側にある空き教室で昼休憩を取っている時だった。

「——光凛《ひかり》さま、ついでに積木《つみき》さま。お二人はこちらの事件をご存知《ぞんじ》でしょうか？」

昨日と同じく俺の正面に座った不知火。パックの紅茶でこくんと喉を潤してから、彼女はデバイスを片手に淡々と切り出す。

「設定名称【シークレットマーダー】……真新しいものではなく昨日から起こっている連続事件ですが、未解決のまま脅威度★9まで成長しています」

「ええ、もちろん知っているわ」

領《うなず》いたのは今日も綺麗《きれい》な一条さんだ。

上品な所作と共に、光り輝くブロンドの長髪がふわりと揺れる。

「校内SNSに犯人からのメッセージが投稿されていた事件でしょ？　朝から色々なところで話題になっていたもの」

「はい。さっさと解決してみろ、でなければ評価ptを枯らしてやる……という、いかにも挑発的で露悪的なメッセージですね。事件の内容はともかく投稿自体は非常に幼稚というか、子供じみていると言わざるを得ませんけど」

(う……不知火《しらぬい》のやつ、わざとやってるな)

「ふふん」

「……？　それがどうかしたの、翠《すい》？　何か続報があったとか？」

「その通りです、光凛《ひかり》さま。実は、つい先ほど……今日の午前中に、四人目の被害者が出たとのことで」

一条《いちじょう》さんの問い掛けを受け、不知火が手元のデバイスをずいっと押し出す。

小さな画面に映し出されていたのは、よく見ると例の投稿（俺が頭を捻《ひね》って書き上げた悪党っぽいメッセージだ）ではなかった。そもそも文章ではなく動画だ。右下の表示を見るに、およそ一分弱の短いムービーらしい。

「——こちらは、事件を目撃していた上級生が校内ＳＮＳに投稿してくれた動画《もの》です」

空色のショートカットがさらりと揺れる。

「何でも、ほんの少しだけ時間を遡って映像撮影ができるという《才能《クラウン》》を持っている方らしく……突発的な事件にも関わらず、しっかりと全貌が映っています」

「ふぅん？　それなら、一気に捜査が進展しそうなものだけど」

「多少の進展はしたと思います。ただ……それでも、なかなか難しい状況のようで」

光凛さまもご覧ください、と言って動画の再生ボタンを押す不知火。

一瞬の読み込み《ロード》の後、デバイスの画面が切り替わった。

——撮影場所は、大円校舎と中円校舎の間をぐるりと走る環状廊下の片隅だ。

人通りはそこそこ。活気があるというほどでも、閑古鳥《かんこどり》が鳴いているわけでもない。

そんな場所に、一人の男子生徒が通り掛かって——

「……へ？」

何かしらの異変を察知したような、呆《ほう》けた声。

次の瞬間、彼の全身はもこもことした着ぐるみ状の何かに包まれていた。紛《まぎ》れもなくダミータグの発動。数フレーム後には着ぐるみだけがその場に残され、頭上には黒地に白文字のテキストがはっきりと表示される。

【安住智哉《あんじゆうともや》——状態：死亡】【凶器：刃渡り5ｃｍ超の刃物】【死亡推定時刻：５分以内】

……画面内がざわつき出したのはこの直後だ。

目撃者による通報が行われ、間もなく学園側がデバイス伝いに通知したのは【シークレットマーダー】の更新情報。今朝のメッセージが大きな話題を呼んでいたこともあり、四方八方から一年生の捕獲者《ハンター》チームが現場に集まってくる。

映像は、その辺りで途切れていた。

「なるほど、ね……」

一条《いちじょう》さんの吐息が至近距離で（！）鼓膜を撫《な》でる。……というのも、だ。不知火《しらぬい》が差し出したデバイスの画面を俺と一条さんが覗《のぞ》き込《こ》んでいるわけで、要は二人してテーブルの真ん中に頭を寄せている格好《かっこう》になる。眼前でさらりと揺れる金糸。距離感を意識していないからこその、不意打ちじみた急接近。

「────────」

そのため全ての反応が最上級の囁《ささや》き系ASMRに昇華し、俺は即座に撃沈されていた。

「ん……」

とにもかくにも、一条さんは真面目《まじめ》な表情で考え込んでいる。

「映像だとはっきりとは分からないけど……確かに、なかなか鮮やかな手口ね。被害者の安住《あんじゆう》先輩もダミータグの起動に驚いていたみたいだし」

「はい。殺しの瞬間まで全く気取られなかった、ということですね」

対面の不知火が自然な仕草で一条さんに同意する。

「指摘失敗で【シークレットマーダー】から撤退している捕獲者《ハンター》チームが映像の解析結果を流していたりもするのですが、妙な点は確認できず……不可視の武器を操る《才能《クラウン》》や遠隔で相手を攻撃できる《才能《クラウン》》が関わっているのかもしれませんが」

「可能性だけならどっちもありそうね。実際、永彩《えいさい》学園の上級生には似たようなことを得意とする才能所持者《ホルダー》が五人はいるもの」

「！　そ、そこまで把握してるのか、一条さん……!?」

「……？　ええ、もちろん。今回はそういう主旨の試験だし……積木《つみき》くんに迷惑を掛けないように、一通りは覚えてきているわ」

きょとん、という表情で頷《うなず》く一条さん。

（す、すげぇええ……とんでもない労力だって、それ！）

そのあまりのスペックの高さに俺は思わず天を仰ぎ、言い知れない感動をガッツポーズで表現する。……やっぱり一条さんは凄《すご》い。《解析《アナライズ》》で調べれば分かるとはいえ、網羅しているのと個別に当たるのとではまさしく雲泥の差がある。

――ただ、

「【シークレットマーダー】事件……気にはなるけれど、ちょっと遠いのよね」

デバイスの地図を見つめながら、当の一条さんが微《かす》かに唇を尖《とが》らせた。

「四人目の被害者が出たのは環状廊下の南側で、私たちのいる大円校舎の北側からは正反対の位置。わざわざ臨場しに向かうのも……」

「確かに、そうですね」

不知火が再び首を縦に振る。

「そもそも、今朝の投稿から【シークレットマーダー】に臨場するチームの数は急増しているはずです。《星集め》の課題事件では殿堂才能《コアクラウン》《裁判《ジャッジ》》を使用しないので、犯人指名の権利は各チーム一回……要するに、臨場チームの数だけ残機があります。さすがに、移動の間に解決されてしまうのがオチでしょう」

「……うん、翠《すい》の言う通りね。残念ながら、私たちには縁がなかったみたい」

ごめんね、と可愛《かわい》らしい仕草で両手を合わせる一条《いちじょう》さん。

「や、それくらい別に！　っていうか、誰のせいとかじゃないし……！」

そんな彼女にぶんぶんと首を振ってみせながら、俺は内心で申し訳ない気持ちに襲われる——単に縁がなかった、わけではない。【シークレットマーダー】の四件目がチーム俺《おれ》た　ＩＴ《ち》の現在地から離れた場所で発生したのは、偶然ではなく意図的な事態だ。

まあ、それもそのはずだろう。

何故《なぜ》なら、この事件を起こしたのは【迷宮《おれ》の抜け穴《たち》】なんだから。

——ネタ晴《ば》らしをしよう。

確かにさっきの映像には何の手掛かりも映っていない。何らかの技術や《才能《クラウン》》を使って調べたとしても、俺たちには繋《つな》がりようがない。

だって、そもそも彼の持つダミータグが壊されたのはこの瞬間じゃない。

利用したのはダミータグの性質だ。傷が入るとその瞬間に所持者を着ぐるみで包み、詳しい死亡状況を提示する【CCC】の特注アイテム。《星集め》における殺人事件は、実行から捜査まで何もかもダミータグを基にしている。

(だけど……【迷宮の抜け穴《アナザールート》】には未来の天才マッドサイエンティストがいる)

この一ヶ《か》月の奮闘と、達成済みの〝ミッション②〟を思い出す。

深見《ふかみ》瑠々《るる》。彼女がアジトに籠って作っていたのは、ダミータグの進化版——否《いな》、劣化版だ。軽い衝撃を加えてやると簡単に亀裂が入り、ちょうど五分後に自壊する性質を持つ特殊なダミータグ。これを誰かに押し付けることさえできれば、その人が元々持っていたダミータグなんてわざわざ傷付けるまでもない。

つまり、犯行自体はこの映像よりもしばらく前に遂行されているわけだ。

実行犯はもちろん【怪盗レイン】こと天咲《あまさき》輝夜《かぐや》。彼女は得意の極細《ごくほそ》ワイヤーで劣化版ダミータグを被害者《ターゲット》に押し付け、何食わぬ顔でその場を去っている。念のため、犯行の瞬間には全く別の場所で音無《おとなし》友戯《ゆうぎ》が豪快な爆音を鳴らしている。

分厚い着ぐるみが何も知らない先輩を包み込んだのはそれから実に五分後。

いわゆる時間差トリック、というやつだ。

(我ながら完璧な作戦って感じだな……)

何の異常も見当たらなかった映像を思い返しつつそんなことを考えてしまうけど、これは自画自賛というわけじゃない。

どちらかと言えば、貢献度が高いのは他のメンバーたちだ。襲撃自体はほとんど天咲《あまさき》と深見《ふかみ》の手柄だし、サポートは音無《おとなし》で充分。俺も一応《限定未来視《セカンド》》で被害者《ターゲット》の選定はしているものの、その現在地を特定したのは潜里《くぐり》だ。これだけ強力な人材が揃《そろ》っているんだから、クラスメイト数人を騙《だま》すのに悪戦苦闘していた宿泊研修とは訳が違う。

一条《いちじょう》さんならともかく、並の捕獲者《ハンター》なら煙《けむ》に巻かれて当然の所業。

というか、そもそも《星集め》の課題事件は——前提として——永彩《えいさい》学園の上級生が起こしているものだ。試験に挑む側である一年生が疑われる理由は基本ない。

総じて〝完全犯罪〟のハードルはそこまで高いわけじゃなかった。

「ううん……それにしても」

と——。

俺の振り返りが終わった辺りで、一条さんがそっと右手を顎の辺りに添えた。何かを考えるような仕草。長いブロンドの髪がLEDの白光をキラキラと反射する。

「【シークレットマーダー】の被害者……脅威度★6以上の課題事件を企てていた人がターゲットって話だけれど、本当にそれだけなのかしら？」

「……？　どういうことでしょうか、光凛《ひかり》さま？」

「ん。一人目の被害者が廻戸《めぐりど》先輩、二人目が甲斐田《かいだ》先輩、三人目が藤木《ふじき》先輩で四人目が安住《あんじゅう》先輩……ちょっとだけ、気になることがあって」

「………」

澄んだ声を奏でる一条さんの前で、俺は密《ひそ》かに思考を巡らせる。

潜里羽依花《うかおい》の闇堕ちに関わる歴史的特異点《デスポイント》──それを改竄《かいざん》するためのミッションは、昨夜の不法侵入を通して一段階進行している。柊色葉《ひいらぎいろは》が起こしていた不正事件は俺たちの支配下に置き換えられた。犯人も犯行方法も目的も全て違う、ただし傍《はた》から見れば【シークレットマーダー】が続いているようにしか思えない。

そして、

【ミッション④：《シークレットマーダー》を七件目まで遂行すること】

──この事件の被害者《ターゲット》には、一つの〝法則〟がある。

もちろん、最初からあったわけじゃない。柊たちが狙った三人の被害者から作れる法則を無理やり見つけ、四人目をそれに合わせただけだ。だから正確に言えば、三人目までは単なる偶然。今だって要はこじつけに過ぎない。

だけどそれでも、その〝偶然〟はこれから〝必然〟に変わっていく。

(確信に変わるまで、最低でもあと三人……か)

頭の中で指折り数える俺。

さっきの発言からも分かる通り、一条さんは既に何か勘付きかけているみたいだ。今はまだ直感のレベルかもしれないけど、この分なら【シークレットマーダー】の被害者が合計七人に達する頃には他の可能性を捨て切ってくれるに違いない。そうすれば俺たちの作戦がまた一歩、大きく前進することになる。

だから、それまでは確実に犯行を重ねる必要がある――と。

「ふぅ……」

最強の捕獲者《ハンター》のすぐ近くで、俺は悪の組織の長として密《ひそ》かに必勝の誓いを立てて。

……ただし。

そんな【迷宮の抜け穴《アナザールート》】の作戦に暗雲が立ち込めるのは、この日のうちのことだった。

#2

「こんなところで会うなんて奇遇だね、来都《らいと》。……どう？　憧れの一条《いちじょう》さんとのチームは上手《うま》くいって――」

「聞いてくれ御手洗《みたらい》。一条さん、凄《すご》いんだ。とにかく事件解決の速度が半端じゃない。初日が特に爆速なだけかと思いきや、いつまでもペースが落ちないし……それに、俺は気付いたんだよ。今日の途中から、捜査方針がちょっとだけ変わってる」

「方針が？　どんな風に変わったんだろう」

「こう、人差し指を口元に添えて『〇〇ってことは……』って呟《つぶや》くんだ。犯人を指名する前に必ずな。……ヒントなんだよ、解決のための！　しかも露骨ってわけじゃなくて、ちゃんと考えてないと意味が分からないレベルのやつ！」

「へぇ……来都が暇しないように、活躍できるように、それでいて引け目を感じないようにしてくれてるってこと？　まさに聖人君子だね、それ」

「そうなんだよ！　さりげない気遣いもSランク！　で、何よりその時のポーズが！」

可愛《かわい》いんだよな～!!　……と、沈みゆく西日に全力で吠《ほ》える俺。

「あはは……相変わらずだね、来都」

隣で頬《ほお》を掻《か》いているのは、ついさっき遭遇したクラスメイトの御手洗瑞樹《みずき》だ。話題はもちろん一条さんについて。定期試験の二日目もまた彼女の独壇場で、普通なら新たな発見なんてないはずなのだけれど、それでも魅了してくるんだから一条さんは凄い。

「ま、来都が楽しそうで良かったけどさ」

あと、どんなに熱弁を振るっても嫌な顔一つしない御手洗は良《い》いやつだ。

ちなみに時刻は、午後六時半を少しばかり回った頃合い。

もうすぐ外出禁止時間に差し掛かってしまうため、多くの一年生と同じくチームIT《おれたち》も早めの解散を済ませたところだった。今は校舎の東側に位置するグラウンドを御手洗と共に男子寮方面へと歩いている。一条さんと不知火《しらぬい》がいないのは、選抜クラスの寮が小円校舎の〝中〟に設置されているためだ。

（このまま寮に戻ってもいいんだけど……）

ちら、とデバイスの画面を眺めつつ頭を悩ませる。

実を言えば、二日目終了間際のこの時間、俺たち【迷宮の抜け穴《アナザールート》】はグラウンドの最西端——つまり俺と御手洗《みたらい》が少し前に通過した場所——で【シークレットマーダー】の六件目を遂行する予定だった。

手口は今までのそれと全く同じ。つまり、俺が現場にいる必要は特にない。

午前中に起こした四件目の完璧さや困惑に満ちた校内SNSの反応、加えて午後の五件目があっさり果たされたことを踏まえても、ここは【怪盗レイン】を初めとする仲間たちに任せてしまって問題ないとは思う。

「………………」

思う、けれど……やっぱり、油断は禁物か。

「なあ御手洗」

「うん？　もしかして、次は一条《いちじょう》さんの好きなところ千本ノックでも始めるの？」

「それもめちゃくちゃ気になるから今後の楽しみに取っておくとして。……俺、ちょっと教室に忘れ物があってさ。寄り道するから、先に帰っててーー」

「あ、そうなんだ？　うーん、じゃあボクも付き合おうかな。夜ご飯、来都《らいと》と一緒に食べるつもりだったし」

柔和な笑みで肩を竦《すく》める友人。確証はないけど、後半は俺に謝罪や遠慮をさせないためのスマートな言い訳だろう。あまりにも人間ができている。

「……そりゃどうも」

そんなわけで、俺たちは寮に向かっていた身体《からだ》を校舎の方へ戻すことにした。

夕暮れのグラウンドにはちらほらと人影が転がっている。《星集め》に参加している一年生はギリギリまで粘っていたり、あるいは解散しようとしていたり。上級生は上級生で各自のカリキュラムに従っているのか《星集め》の犯人役として事件を起こそうとしているのか、思い思いに振る舞っているのが見て取れる。

（ん……）

中でも俺が視線を向けたのは、派手な印象の女子生徒——もとい、ターゲット。

時間的に、劣化版ダミータグの押し付けはとっくに終わっている頃だろう。その女子生徒は友人または仲間らしき捕獲者《ハンター》数人と一緒に行動しているものの、そこに天咲輝夜《あまさきかぐや》や音《おと》無友戯《なしゆうぎ》といった〝実行部隊〟の姿はもちろんない。

——そして、突如。

「「えっ⁉」」

何の前触れもなく、ターゲットの全身がもこもこの着ぐるみで包まれた——劣化版ダミータグに損傷が入ったことによる時間差の死亡判定だ。俺たち【迷宮の抜け穴《アナザールート》】が持ち込んだ種も仕掛けもある完全犯罪。グラウンドの方々《ほうぼう》からざわめきの声が上がり、早くも複数の捕獲者《ハンター》チームが現場へ急行する。

「！　ねえ来都《らいと》、あれって……噂《うわさ》の【シークレットマーダー】かな？」

俺の隣では御手洗《みたらい》も目を丸くしている。

「話題なのは知ってたけど実際に見るのは初めてだ。……行ってみない、来都？　チームメイトがいないと臨場はできないけど、冷やかし程度にさ」

「ああ、そうだな」

俺としても拒否する理由は全くない。御手洗と一緒に駆け足でグラウンドを横切り、早くも集まっている野次馬《やじうま》たちと肩を並べて事件現場を覗《のぞ》き込《こ》む。

被害者、もとい着ぐるみに包まれた先輩の頭上に浮かぶのは端的なテキストだ。

【琴浦穂乃果《ことうらほのか》——状態：死亡】【凶器：刃渡り５ｃｍ超の刃物】【死亡推定時刻：５分以内】

今までの被害者《ターゲット》と全く変わらない詳細情報。

ダミータグが起動したのはつい数瞬前の出来事で、何なら彼女を間近で見ていた人だっている。普通に考えれば、犯行の瞬間は捉えられていたはずだ。

けれど、そのタイミングで妙な動きをしていた〝容疑者〟は一人もいない。

「……不思議だよね、この事件」

一向に進展しそうにない捜査風景を遠巻きに眺めていた御手洗がポツリと零《こぼ》す。

「目の前で起きたのに、ボクには犯人の姿も犯行の瞬間も見えなかった。ＳＮＳで見た映像にも変なところはなかったから、絶対に何かしらの《才能《クラウン》》が絡んでる」

「まあ、そこまでは間違いないよな」

「うん。……でも、だとしたらやっぱり不思議だよ。【シークレットマーダー】を可能にする《才能《クラウン》》――瞬間移動とか遠隔操作とか、遠距離狙撃とか透明化とか。どんなに選択肢を広げたって容疑者はそう多くないはずだ。これだけのチームが臨場してるなら、そろそろ解決されてもいいような……ってね」

「……確かに」

　御手洗の理論に対し、俺は相槌《あいづち》と共に密《ひそ》かな称賛を内心でだけ返しておく。

　俺たちの持つ《才能《クラウン》》は物理法則を超越する異能の力だ。

　だから何でもアリ――というのは間違っていないのだけど、この定期試験《星集め》においては〝上級生の中に犯人がいる〟と分かっている。そして彼らが持つ《才能《クラウン》》の詳細だって殿堂才能《コアクラウン》《解析《アナライズ》》で調べられるんだ。何ができて、何ができないか。■■■■《アンノウン》表記の凶悪犯でも紛《まぎ》れていない限り、あらゆる情報は開示されている。

（それが捕獲者《ハンター》の強みだからな……普段なら《選別《リスト》》でもっと絞られるし）

　そういう意味で御手洗の発言は正しい。あとはアリバイやら何やらを一つ一つ丁寧に整理していけば、自《おの》ずと〝真犯人〟に辿《たど》り着《つ》けるだろう。

──ただ、もちろん。

「単独犯の場合は、だけどな。一人でも共犯者がいるならその前提は通用しなくなる」

「あ、確かに……そうだね、その可能性を忘れてたよ」

やられた、とばかりに頬《ほお》を掻《か》く御手洗《みたらい》。

実を言えば、それは本来の【シークレットマーダー】──つまり柊色葉《ひいらぎいろは》が意図したものだ。柊自身は物体を透明にする《無色透明《スケルトン》》を、更家《さらいえ》先輩の方は戦闘に特化した《自家製勇者《ホームメイドヒーロー》》を持っている。どちらか一方では犯行を説明できない。……柊は一年生だからそもそも〝不正〟なんだけど、共犯自体は通常の課題事件でも起こり得る。

つまり、共犯という可能性があるだけで容疑者候補はぐっと増えるんだ。

これだけ多くの捕獲者《ハンター》が臨場した上でまだ犯人が特定されていないんだから、きっと二人以上の上級生が結託して起こした事件なんだろう──

(──っていうのが、みんなに辿り着いてほしい〝思い込み〟なんだよな)

そっと息を零《こぼ》す。

繰り返しになるけれど、この事件の犯人は今や俺たち【迷宮の抜け穴《アナザールート》】だ。定期試験の枠なんてとっくに外れている。だけど《才能《クラウン》》という異能の力が便利すぎるおかげで、不可能を可能に変えすぎてしまうせいで、これが通常の課題事件じゃないという判断には至れない。俺たちの〝暗躍〟を止めることは決してできない。

（これで、被害者は六人目……もう少しで〝第四のミッション〟も達成できる）

――などと。

俺がこっそり胸を撫《な》で下ろしかけた、その時だった。

「あ……」

声を上げたのが誰だったかはよく分からない。

けれど誰かが〝それ〟に気付いた瞬間、多くの捕獲者《ハンター》が一斉にそちらを振り向いた。

（……何だ……？）

もちろん俺も、周りに合わせて身体《からだ》を反転させる。

グラウンドの彼方《かなた》から近付いてきたのは一つの人影だ――決して大きくない、むしろ小柄な体躯《たいく》の少女。沈みかけの夕日を正面から受けて、両锷《りょうつば》の帽子と薄紫のサイドテールと季節外れのロングコートとが背後に長い影を落としている。気取った足取り。自信満々な立ち振る舞い。肩に乗せた相棒のハムスター。

明らかに属性過多なその少女の名は、

「――七海《ななみ》ちゃん、ただいま参上です☆」

物延《もののべ》七海――。

ギャラリーからの注目を一身に受けながら喫煙具《パイプ》をくるりと回してそんな口上をかましたのは、選抜クラス所属のBランク捕獲者《ハンター》だった。

(あ、あいつは……)

わざわざ記憶を辿《たど》るまでもない。

彼女は俺が一条《いちじょう》さんをチームメイトに誘った際、後追いで《星集め》への参加を宣言した自称〝一条光凛《ひかり》のライバル〟だ。調子に乗っているヤツ、という見方もあるけれど、初日の終了時点では確か単独《ソロ》で総合三位に食い込んでいたはず。

「っ……」

捕獲者《ハンター》ランクを考えても、手強《てごわ》い相手であることは間違いない。

ともあれ物延七海《もののべななみ》は、軽やかな足取りで着ぐるみの近くまで歩みを寄せた。デバイスの情報を確認するでもなく、現場を一瞥《いちべつ》しただけでこくりと頷《うなず》く。

そして、

「やっぱり、噂《うわさ》の【シークレットマーダー】ですね☆　可愛《かわい》い七海ちゃんの嗅覚に間違いはなかったみたいです！　まだ臨場してるわけでもないですが、七海ちゃん的にこれは運命！　さっそく、調査開始といきましょう！」

帽子の下のサイドテールを跳ねさせながらそう言って。

ピュヒユウウ、と、彼女が吹いたのは口笛だ——親指と人差し指をぱくっと唇で咥《くわ》え込み、学園の敷地いっぱいに高くて綺麗《きれい》な音色を響かせる。

「「「おお……」」」

口笛とは思えないクオリティに周囲から零《こぼ》れる感嘆の息。

と――刹那、夕暮れに響き渡った音に呼応するように、どこからか一匹の猫が駆け寄ってきた。斑《まだら》模様の小さな猫。首輪をしていない辺り、おそらく野良猫だろうか。

そんなことを考えていると、

「にゃ！」

にこやかに挨拶（？）をして、物延がすとんとその場にしゃがみ込んだ。

「にゃんにゃ？　にゃー、にゃー。……にゃにゃにゃにゃ？　にゃにゃ、にゃにゃん。にゃにゃにゃんにゃー！」

猫と目線を合わせて満面の笑みでにゃーにゃー語る物延七海。

「………………」

一見しただけでは単なる微笑《ほほえ》ましい場面だけど、無意味な戯《たわむ》れというわけじゃない。これは、彼女にだけ許された特権。すなわち、れっきとした《才能《クラウン》》だ。

【物延七海――才能名：動物言語《アニマルボイス》】

【概要：あらゆる動物とコミュニケーションを取ることができる】

――Bランク捕獲者《ハンター》・物延七海は地球上に存在するどんな動物とでも会話できる。

単に〝コミュニケーションを取れる〟だけだから使役しているわけじゃないし、にゃーにゃー喋《しゃべ》る必要があるのかどうかは完全に謎だけど、見ての通り彼女は動物との親和性が抜群に高い。通りすがりの野生動物でもすぐに仲良くなれるみたいだ。

そんなわけで。

「——にゃ！」

常人には理解できない会話を終えると、物延《もののべ》は目の前の猫とハイタッチを交わしてからぴょんとその場で立ち上がった。ふわりと風に舞うロングコート。くい、と帽子の位置を直した彼女は着ぐるみの元へ……ではなく、見当違いの方向へ歩いていく。

グラウンドの端、大円校舎のすぐ近く。

【シークレットマーダー】の捜査風景を見守っていた十数人の野次馬《やじうま》の中。

「あの！」

そこに紛《まぎ》れていた銀色の髪の少女——天咲輝夜《あまさきかぐや》の前に立って、断定気味に一言。

「さっき……数分前に、被害者の方に何かしていましたよね？」

「っ……!?」

あまりにもクリティカルな指摘に総毛立つ。

もちろん、傍目《はため》には〝飛躍〟としか思えない行動だ。何故《なぜ》なら定期試験《星集め》においてー年生は捜査する側であって、そもそも容疑者には入らない。課題事件の犯人役は永《えい》彩《さい》学園の上級生である、というのが今回の大前提なんだ。

それでも物延七海《もののべななみ》は、自信満々な表情と仕草で——同じく一年生であるはずの——天咲《あまさき》輝夜《かぐや》に右手の喫煙具《パイプ》を突き付ける。

「みんなは騙《だま》せても、七海ちゃんの目は誤魔化《ごまか》せません！　だって、あの猫ちゃんが見てるんです！　あなたが被害者さんに向かって〝何か〟を飛ばしているところ☆」

「……何か、ですか？」

「はい！　偶然近くにいただけの猫ちゃんなので細かい部分は分かりませんが、怪しさセンサーはバリバリです！　七海ちゃんが納得する答えをください！」

「………………」

「ぷぷぷ！　黙っちゃってますね。これはもう、七海ちゃんの大勝利ですか〜？」

口を噤《つぐ》む天咲に対し、煽《あお》るような体勢でぐいぐい詰め寄る物延七海。

（くそ……ッ！）

——失敗《い》した。

最初から、嫌な予感はしていたんだ。一条《いちじよう》さんをチームメイトに誘った直後、対抗意識から定期試験《星集め》への参戦を決めたBランク捕獲者《ハンター》。当初の調査では、彼女は《星集め》になんて参加していなかった。

だからもちろん、定期試験が始まるまでに不知火《しらぬい》との疑似ループを介して未来への影響を調べている。……その中で、物延七海は【シークレットマーダー】に首を突っ込んできていなかったはずだ。だから障害として認識していなかった。

でも。

（違う……違う、違う！）

物延七海が【シークレットマーダー】に無関心だったのは昨日までだ。

校内SNSを騒がせた今朝の挑発的メッセージ、加えて徐々に脅威度を増していく連続事件。こうなって初めて、つまり【迷宮の抜け穴】が〝犯人〟になって初めて物延七海は動き始めた。《限定未来視《セカンド》》が見せてくる夢の内容は俺の行動に応じて変化する。その変化は、何も一度だけとは限らない。

「ッ……」

未来を知る俺が行動を変えた結果として生まれた、本来なかったはずの乱数要素《ランダム》。

それが今、俺たちの知らない〝急所〟として目の前に立ちはだかっている。

「ん……そう、ですね……」

指摘を受けた天咲の方はと言えば、少なくとも見た目上は特に狼狽《ろうばい》することもなく穏やかに銀色の髪を靡《なび》かせている。すぐ隣の深見《ふかみ》は慌てているけれど、まあ〝いきなり疑われてびっくりしている〟ように見えなくもない程度だ。

だからこそ。

(焦《あせ》ってる場合じゃない。──切り替えろ)

ふぅ、と一つ息を吐く。

(物延《もののべ》の口振りからして、何も天咲《あまさき》が【シークレットマーダー】の犯人だって確証を持ってるわけじゃない……単に〝怪しい行動をしてた〟ってだけの話だ。だったらまだ詰んでない。少なくともこの場は、筋の通った言い訳さえあれば凌《しの》ぎ切れる)

そんなことを考えながら──俺は、密《ひそ》かにポケットの中へ手を突っ込んだ。そこにあった固い感触を確認して、ほんの一瞬だけ思考を整理する。

それから俺は、おもむろに足を動かし始めた。

「え？　……来都《らいと》？」

背後から御手洗《みたらい》の戸惑いが追い掛けてくるものの、今は対応している余裕がない。ギャラリーの視線に晒《さら》されながら歩を進め、今も天咲に詰め寄っている探偵気取りのBランク捕獲者《ハンター》・物延七海《ななみ》に声を掛ける。

「なあ、物延」

「むむ！　……って、誰かと思えば積木《つみき》さんじゃないですか☆」

くるり、と反転する薄紫のサイドテール。

口端をにへらっと緩めた物延は喫煙具《パイプ》を持っていない方の手で帽子の鍔《つば》をきゅきゅっと回すと、やや前屈《まえかが》みの体勢になって煽《あお》るように続ける。

「どうしたんですか、積木さん？　もしかして、七海ちゃんの大活躍に嫉妬しちゃったんですか～？　気持ちは分かりますけど、邪魔するのはナンセンスですよ！」

「そんなんじゃないって。むしろ、親切心でお前の間違いを教えてやりにきたんだ」

「間違い？　またまた、あの七海ちゃんが間違えるわけないじゃないですか！」

「どの七海ちゃんか知らないけどさ。っていうか、今回は割と不確かな情報源だったんだろ？　思い込むのはまだ早いって」

「……むぅ」

肩を竦《すく》める俺に物延が不満そうに唇を尖《とが》らせる。

とはいえ、何もかも頭ごなしに否定してくるつもりはないようだ。不承不承《ふしょうぶしょう》といった様子で頷《うなず》いた彼女は、腕組みをしながらサイドテールを揺らす。

「それじゃあ教えてください。七海ちゃんが何を間違えたっていうんですか？」

「ああ」

素っ気なく頷いて。

それから俺は、視線を彼女の後ろへ向けた――そこに立っているのは、当然ながら天咲輝夜《かぐや》だ。1-Aの筆頭美少女にしてスリル大好きなお姫様。絶体絶命の状況を楽しんでいるのか、サファイアの瞳は今もなお熱っぽい恍惚《こうこつ》の色を宿している。

けれどももちろん、彼女が持っている〝性質〟はそれだけというわけじゃない。

「そいつが……天咲《あまさき》が《森羅天職《アームズ》》って《才能《クラウン》》を持ってることは知ってるか、物延《もののべ》？」

「……？　七海《ななみ》ちゃんを馬鹿にしてるんですか、積木《つみき》さん？　もちろん、それくらいは知っています☆　だからこう、飛び道具か何かで遠くから襲ったんじゃないかと！」

「その可能性もないとは言えないけどさ。……これ、見てみろよ」

ポケットに手を突っ込む。

そうして取り出したのは一本のペンだ。俺が普段から愛用している青いラインの入ったペン。種も仕掛けも特徴もないけれど、強いて言うなら、二ヶ月《か》前の五月雨事件の際にもちょっとした活躍をしてくれている。

くるり、と指先でそれを回してから口元を緩めた。

「こいつは俺が1-Aの教室に忘れてたペンだ。ちょうど取りに行こうとしてて……天咲はさ、これを俺にパスしてくれたんだよ。被害者の琴浦《ことうら》先輩じゃなくて、もっと奥にいた俺に向けてワイヤーを飛ばしてたんだ。あまりにも手際が良すぎて、俺もポケットを漁《あさ》るまで全く気付かなかったけど」

「むっ……本当ですか？　七海ちゃんに嘘《うそ》は通じないんですけど！」

「嘘だと思うなら調べてみろよ。ほら、ワイヤーが絡まって軽く跡が付いてるから」

じろじろと無粋な視線を向けてくる物延に青のペンを突き付ける。

彼女に嘘は通じない——まあ、並大抵の嘘ならそうだろう。けれど今回は物延側の情報が曖昧で、さらに俺はそもそも〝万が一の対応要員《ケア》〟として現場近くを訪れていた。ペンだけでなく、言い訳の準備《タネ》ならいくつも忍ばせている。

もっと言えば、

『もう少し煽《あお》ってみてもいいかもねぇ。相手が冷静さを失えば失うほど〝嘘〟は通じやすくなるから。何なら、ライトの方から急に抱き着いてもいい』

『あ、もちろん最後のは嘘だけど』

イヤホンもしていないのに鼓膜を直接揺らしてくる詐欺師のアドバイス。……《四次元音響《エコーノイズ》》を通じて元天才子役の演技指導をリアルタイムで受けている俺は、それなりに嘘が上手《うま》いはずだ。布陣としては隙がない。

「……む……」

そんな俺の意見を最後まで聞いて、物延七海はじっくりと考え込んでいた。いつの間にか辺りはシンと静まり返っていて、誰も彼もが彼女の判断を待っている。圧倒的な経験値を持つBランク捕獲者《ハンター》の意見を待っている。

張り詰めたような緊張。

……そして、

「分かりました」

ロングコートの裾を翻《ひるがえ》した物延《もののべ》は、不満げながらもこくんと大きく頷《うなず》いた。

「今回は積木《つみき》さんを信じることにします——そちらの方《かた》も、無闇に疑ってしまってごめんなさい！　七海《ななみ》ちゃんの可愛《かわい》さに免じて、どうか許してくださいね☆」

肩のハムスターと一緒に頭を下げることで可愛さを倍増（？）させつつ、天咲《あまさき》にしっかりと謝罪する物延。対峙《たいじ》する天咲が柔和な、何なら少し残念そうな表情でそれを許すのと同時、時間が動き出したかのように他の捕獲者《ハンター》チームが捜査を再開する。

「……ん」

それは、良いのだけれど。

（お前はどうするんだ、物延……？）

俺の緊張はまだ解け切ったわけじゃない。

このまま引き下がってくれれば——頭の中を占めるのはそんな願いだ。ひとまずこの難局は乗り切った。ただ、問題はその後だ。他の捕獲者《ハンター》よりも明らかに手強《てごわ》い彼女がいるかいないかで、完全犯罪《シークレットマーダー》の継続難易度は激変する。

そんなことを考えた、瞬間だった。

（え……？）

バサッ、と鼓膜を撫《な》でるのは、大きな〝翼〟が豪快に風を切り裂く音。

弾《はじ》かれたように空を見上げる――そこでは、まさしく異常事態が発生していた。校舎を照らすオレンジ色の西日なんて意識の片隅にも入らない。雀《すずめ》が、鷲《わし》が、鷹《たか》が、鴉《からす》が。本来群れるはずのない無数の鳥が行儀よく旋回し、悠然と降りてくる。

「遅いです、待ちくたびれました！」

その到着を地上で待ち構えているのは、彼らの友人にして主《あるじ》である捕獲者《ハンター》だ。大空を舞う鳥たちだけじゃない。グラウンドの四方から様々な種類の大型犬が駆け寄ってきて、その背に乗せた利発そうな猫たちを彼女の近くに降ろす。彼らの首に掛けられている可愛らしいピンクのリボンは、野良でない証《あかし》。彼らが単なる通りすがりじゃなく〝物延七海の仲間〟であることの証左に他ならない。

……そして、同時。

ダメ押しとばかりに、一件の通知がデバイス上に表示される。

【情報更新：チームＭ／物延七海が《シークレットマーダー》に臨場しました】

「――ッ……！」

それは、あまりにも凶悪な一文――。

背筋を凍らせる俺の目の前で、大量の仲間に囲まれた物延七海は自信満々に宣言した。

「【シークレットマーダー】事件の犯人さん――次は、絶対に逃がしませんから☆」

#3

「「「………」」」

定期試験《星集め》二日目、深夜。【迷宮の抜け穴《アナザールート》】アジト。

最近も物が増え続けてさらに充実しつつある地下空間は、重たい空気で包まれていた。

「〜〜〜♪　〜〜〜〜〜〜♪」

……いや、もしかしたら一概には言い切れないかもしれないけど。

少なくとも、俺の左手側に座る銀色の髪のお姫様は沈痛とは正反対の表情を浮かべている。蕩《とろ》けるような恍惚《こうこつ》と歓喜。ただ上機嫌なだけでなく頬《ほお》も微《かす》かに赤らんでいるように見える天咲輝夜《あまさきかぐや》は、熱っぽい吐息と共にその心境を口にする。

「ふふっ……とっても素敵な経験でした♡」

片手をそっと頬に添えたまま——。

とびきりの美少女が、艶《あで》やかに身体《からだ》をくねらせる。

「私、長いこと【怪盗レイン】として活動してきましたが……普段は何だかんだで颯爽《さっそう》と姿を眩《くら》ませてしまうので、高ランクの捕獲者《ハンター》に真正面から詰め寄られたのは生まれて初めてかもしれません」

「………」

「改めてありがとうございます、団長《ボス》。【迷宮の抜け穴《アナザールート》】に誘ってもらえなければ、きっとこんなドキドキは一生味わえませんでしたから」

くす、と銀糸を耳に掛けて妖《あや》しく笑う天咲。

まあ確かに、彼女にとってはそうかもしれない。身を焦がすほどのスリルを求めているお姫様からすれば、頬が落ちるほどのご馳走《ちそう》だったことだろう。

……だけど。

それは、要するに〝特大のピンチ〟という意味に他ならないわけで。

「うわ、うわうわうわ……どうしよ、だんちょー⁉」

最も分かりやすく焦《あせ》ってくれているのは深見瑠々《ふかみるる》だ。

制服の上から白のカーディガンを纏《まと》った一軍女子。いつものクセで鮮やかなピンクレッドの髪を人差し指にくるくると巻き付けた彼女は、手元のデバイスに表示させた情報をちらちら確認しつつ顔を上げる。

「ウチらの【シークレットマーダー】事件、どんどん臨場チームが増えてて……まあ、その辺は問題《モンダイ》ないのかもだけど。あの七海《ななみ》ちゃんって子、ヤバくない⁉」

「……んむ……」

肯定（？）を示す相槌《あいづち》は俺のすぐ後ろから。

もはや椅子に座ることすらせず、背もたれ越しにだらんと俺の首筋やら肩やらに全身を預けている潜里羽依花《くぐりういか》が、いつも通り淡々とした声で返す。

「どんな動物とでもしゃべれる、うらやまな《才能《くらうん》》……わたしの《電子潜入《しぐなる》》と、交換してあげてもいい。にゃー、にゃー……わんわん」

「た、確かにそれはそうかもだけど！　でも、そーゆーことじゃなくて……！」

太陽みたいな明るさを持つ深見《ふかみ》の瞳が困ったように俺を見る。

「…………」

もちろん、彼女の言いたいことは分かっていた。

《動物言語《アニマルボイス》》――物延七海《もののべななみ》の操る《才能《クラウン》》は、ざっと効果を知っただけでは強さが分かりづらいものだ。そもそも《才能《クラウン》》に強弱はない、という前提は置いておいて、捕獲者《ハンター》向きか否《いな》かも判断しづらい。どこかメルヘンチックな感もある。

ただし重要なのは、どんな動物からでも情報を得られるという点だ。

区分としては捜査特化。人間以外の動物とコミュニケーションを取ることで、普通では有り得ないような経路から新情報を発掘できる。

実際、さっきはその辺にいた〝目撃猫〟から天咲輝夜《あまさきかぐや》に辿《たど》り着《つ》いたわけだけど……あれは、事前準備がなかったから仕方なくやっていただけのこと。

「なかなか大変な状況みたいだねぇ……」

深見の対面に座る音無《おとなし》がやれやれと大袈裟《おおげさ》に肩を竦《すく》める。

「校内SNSの情報によれば——ナナミちゃん、学園の敷地内に〝調査隊〟を大勢放したみたいだよ？　リボンを付けた子たち、要はナナミちゃんの友達だね。犬、猫、鳥、それと小動物。僕の見立てだと軽く数百は超えてるかなぁ」

——そう。

繰り返しになるけれど、物延七海の《動物言語《アニマルボイス》》は動物とコミュニケーションを取るだけの《才能《クラウン》》だ。そのため相手次第では満足な情報が得られない場合もあって、だからさっきは曖昧な指摘に留《とど》まっていた。

だけど、最初から彼女が手配した〝調査隊〟なら？

物延七海と親しい動物たちが〝目撃者〟なら？

そうなれば間違いなく情報の精度は上がるだろう。学園内のどこで何をしていてもあっさり目撃されてしまう恐れがある。

「もんだい、やまづみ……」

すぐ耳元で発せられた潜里の声が耳朶《じだ》を打った。

「わたしの《才能《くらうん》》は、機械限定……ななみの友達は、とめられない」

「さすがのウイカちゃんでも厳しいよねぇ。それに何より、手数が多いよ。単純な物量だけじゃなくて、目が良かったり鼻が利いたり耳が優れてたり、しかも活動時間帯に合わせてざっくりシフトまで組まれてる。普通の方法じゃまず突破できない」

「ななみは、すごい……ほぼ、動物園。前世はたぶん、百獣の王……かも？」

潜里《くぐり》が頷《うなず》く度にさらさらの黒髪が頬《ほお》を撫《な》でる。

まあ、つまり——一言でまとめるなら〝緊急事態〟だった。

物延七海《もののべななみ》によって構築された、数多《あまた》の動物たちによるアナログ包囲網。永彩《えいさい》学園全土が覆い尽くされていて、潜里のハッキングでは対処できなくて、昼も夜も関係なくて、視覚だけじゃなく嗅覚や聴覚でも追跡されてしまう。

これがたった一人で実現できてしまうんだから、やっぱり最前線の捕獲者《ハンター》は凄《すご》い。

凄い、のだけれど。

「……俺のミスだな」

久しぶりに零《こぼ》した声は、想像以上に苦々しい響きを伴っていた。

「俺の作戦構築が甘かった。……物延七海の臨場は、予想できてても良かったはずだ。本来の定期試験にはいなかったけど、一条《いちじょう》さんに釣られて参戦してきた選抜クラスの高ランク捕獲者《ハンター》……【シークレットマーダー】が話題になったことであいつが殴り込んでくる可能性くらい、検討してなきゃいけなかった」

「へ？　いやいやいや、何言ってんのだんちょー！」

とん、っと長机に両手を突いて立ち上がったのは深見瑠々《ふかみるる》だ。

コミュ力が高くて素直でとにかく良《い》いヤツな彼女は、肩の辺りでくるんと内側に巻かれたピンクレッドの髪を揺らしながら両手をちょこんと腰に添える。

「そんなわけないじゃん！　ウチらだって、だんちょーの作戦でイケるって思ってるから賛成《サンセー》してるんだし」

「それは、分かってるけど……でも、俺の役目は作戦構築《そこ》だけだからな。みんなは何もミスなんかしてない。それでダメなら悪いのは作戦の方だって」

「む……なんか理屈っぽくない？　ムリヤリ自分を責めてるだけっていうか……」

「……悪い」

「あ、うん。……ってか、ウチもごめん。別に、だんちょーと喧嘩《けんか》したいわけじゃないんだけど……ちょっと、出しゃばっちゃった」

しゅん、と肩を落として座り直し、再び髪を弄《いじ》り始める深見。……彼女が100％善意で俺を励ましてくれていることなんか分かっている。分かっているけれど、状況が状況だから簡単に甘えることができない。

（だって……）

あと一人、なんだ。

定期試験《星集め》における歴史的特異点《デスポイント》——潜里羽依花《うぃか》の闇堕《お》ちを回避するための重要な任務。【人形遣い】に抗《あらが》う第四のミッションは【ミッション④：《シークレットマーダー》を七件目まで遂行すること】に他ならない。

最初の三件は柊色葉《ひいらぎいろは》と更家《さらいえ》先輩によって実行された事件。

続く三件は、俺たち【迷宮の抜け穴《アナザールート》】が密《ひそ》かにその犯行を引き継《つ》いだ事件。

つまり、状況を進展させるために必要な被害者は〝あと一人〟……だけど、無理やり達成すればいいというわけじゃない。俺たちが捕まれば【人形遣い】は野放しになるし、その後の【ラビリンス】を止める手段が一つもない。そもそも【迷宮の抜け穴《アナザールート》】は〝完全犯罪組織〟だ。何とかして迷宮入りにしなきゃいけない。

「っ……」

そういう意味で、物延七海《もののべななみ》の介入は〝最悪〟の引きだった。

一般クラスの捕獲者《ハンター》見習いならともかく、彼女は一条《いちじょう》さんの愛弟子《まなでし》でもあるBランク捕獲者《ハンター》。その圧倒的な捜査能力は、才能犯罪者《クリミナル》にとって脅威でしかないだろう。

「「「…………」」」

いつの間にか会議室には何度目かの沈黙が下りていた。

天咲《あまさき》は未《いま》だに上機嫌のままふわふわしていて、音無《おとなし》は頭の後ろで手を組んでいて、深見《ふかみ》はしゅんとしながらも懸命に思考を巡らせていて、後ろの潜里《くぐり》は顔が見えないけれど無表情だからどちらにしても真意は読めない。

ただ一つ間違いないのは、誰も現状を打開する方法には至っていないということだ。

「……とりあえず、みんなは一旦寮に戻って休んでくれ」

それでも……いや、だからこそ。

重い気持ちを抱えながら、俺は秘密結社の〝黒幕〟として掠《かす》れた声を吐き出した。

「俺は、向こうの部屋でもう少し作戦を練ってみるから」

＃4

夢を見る――わけにはいかなかった。

もし俺に無限の時間があったなら、不知火《しらぬい》と協力して〝疑似ループ〟を基に物延七海の対抗策を練ることができたかもしれない。

ただ、定期試験《星集め》は既に始まっている。

それどころか【迷宮の抜け穴《アナザールート》】の暗躍だってとっくに始まっている。

一度の睡眠で狙い通りの未来に辿《たど》り着《つ》けるならともかく、俺の《限定未来視《セカンド》》は試行回数に物を言わせなきゃろくな成果を発揮しない。今さら眠ってもただ時間と精神力を削られるだけで、新しい情報が出るとは思えなかった。

「…………」

――【迷宮の抜け穴《アナザールート》】アジト内、会議室よりも狭くて閑散とした個室。

一応は俺の部屋ということでテーブルやソファを持ち込んでいるこの場所で、デバイス内の情報を片っ端から漁《あさ》っていく。

物延七海《ものべななみ》の《才能《クラウン》》情報、捕獲者《ハンター》としての戦績、副作用。

データは全て出揃《でそろ》っている、けれど……だからこその絶望感があった。物延の《動物言語《アニマルボイス》》はシンプルでいて隙がない。特に俺たちのように〝痕跡すら掴《つか》まれたくない〟という場合にはまさしく最悪の相性と言ってもいいくらいだ。

「……ッ……」

ギリ、と奥歯を噛《か》んでしまう。焦《あせ》りは相当なものだった。

きっと、それには二つの理由がある——一つは、今ここに俺しかいないこと。追川蓮《おいかわれん》の闇堕《お》ち要因を調べる疑似ループの際は、何だかんだ不知火《しらぬい》がずっと近くにいてくれた。相対的な孤独感にじわじわ追い詰められていく。

そしてもう一つは、このミッションの重要性。

今回の歴史的特異点《デスポイント》は、他でもない潜里羽依花《くぐりういか》が関わるものだ。定期試験《星集め》の幕切れが【人形遣い】の思い通りになれば落ちこぼれ暗殺者は闇堕ちし、やがて本物の殺人鬼になる。その時点で最悪の未来が確定してしまう。

目を瞑《つぶ》るだけで思い出されるようだった。

冷徹な暗殺者が刃《やいば》を振るい、無感情のまま俺の大切な人を永遠に奪う。

色を失った世界の中で、幼い体躯《たいく》だけが返り血で真っ赤に染まる。

——追川蓮の時と同じかそれ以上に、何が何でも止めなきゃいけない分岐点。

それなのに、

「く、そッ……なんで、俺は……ッ！」

自分の無力さに腹が立って、ぎゅっと握った拳をソファに叩《たた》きつける。

言うまでもなく、先ほど会議室で零《こぼ》した言葉はどれも本音だ。【迷宮の抜け穴《アナザールート》】のメンバーは全員が確かな実力者。対する俺はただ未来が覗《のぞ》けるだけなのに、それを基《もと》に作り上げた作戦が崩されているんだから何の役にも立っていない。

本当は、俺がやらなきゃいけないのに。

俺が止めなきゃいけないのに。

「ッ……」

肌を伝う焦燥感は時間を追うごとに強くなっていた。部屋の温度は変わっていないはずだけど、どこか寒いような気がする。風邪を引いている時みたいに視界が揺れて、くらくらとして、まともに頭が回らない。

感覚をリセットするために首を振ろうとした、その時だった。

「——らいと、らいと。ねえ、らいと？」

「!?」

不意に掛けられた声にびくっと身体《からだ》を跳ねさせる。

ひっそりと囁《ささや》くような声……だから、当たり前と言えば当たり前のことだけど、声の主は俺のすぐ近くにいた。横長のソファの上、定位置になりつつある右隣。ぺたんと正座に近い体勢で、満天の星空みたいな瞳がじっと俺を見つめている。

――潜里《くぐり》羽依花《ういか》。

いつの間にか現れた落ちこぼれの暗殺者が、こてりと無表情のまま首を傾《かし》げる。

「だいじょうぶ、らいと？」

「……あ、ああ。っていうか、急に入ってくるなよ……びっくりするだろ」

「？　普通にノックして、お邪魔した。らいとが、ただのしかばねだっただけ……」

「え……マジかよ」

それは、本当に気付いていなかった。

「んむ……」

俺の様子がどこかおかしいことを悟ったんだろう。潜里はソファによじ登ったまま膝立ちになって、目線の高さを一時的に上げながらじっと俺の顔を見つめると、やがて何かを察したように一つ頷《うなず》く。

そして。

びし、と人差し指を俺に向けた彼女は、淡々とした声音でこう尋ねてきた。

「らいとは、やっぱりなにかを隠してる。この歴史的特異点で闇堕《お》ちするのは、いろはじゃなくて……実は、わたし？」

「ッ——!?」

……目を見開いた瞬間に、自分の失態を悟った。

天咲《あまさき》や音無《おとなし》じゃないんだから、潜里の方に〝俺の反応から探りを入れよう〟なんて意図はなかっただろう。それでも、さすがに気付かれてしまったはずだ。俺の表情は、きっと言葉よりも的確に彼女の指摘を肯定していた。

だから俺は、観念したように左手を額に押し当てて。

「そうだよ……」

俺しか知らない〝未来〟を、部分的に明かすことにする。

「三年後のお前は、本物の暗殺者になってる……落ちこぼれなんかじゃない、名前だけで背筋が凍るくらいの大悪党になってる。それは、潜里が今回の定期試験で闇堕ちして【ラビリンス】に入っちまうからだ」

「……おお。わたしのすいり、だいせいかい……真実は、いつもひとつ」

「まあな。だけど俺は、そんな未来を認めたくない。……言っただろ？　俺は、お前に人殺しをさせないために【迷宮の抜け穴《アナザー・ルート》】を作ったんだ。だから、この事件だけは——この作戦だけは、絶対に失敗できないんだよ」

震える声を絞り出す。

一条《いちじょう》さんのことには触れていない――けれど、これはあまりにも重大な情報だ。【ラビリンス】の一員になるというのは、いずれ極夜事件の首謀者になるということ。

つまり三年後の彼女が世界を滅ぼす、ということなんだから。

（どんな反応するんだろうな……）

ちら、と隣の潜里《くぐり》を窺《うかが》う。

もしかしたら、あまり実感は湧かないかもしれない。何しろ未来の話というのは要するに〝架空《IF》〟であって、俺以外からしたら空想上の産物でしかないから。

ただそれでも、多少はショックを受けたりするだろうか？

自分を責めてしまったり、悲観してしまったりするだろうか？

「…………」

そんなことを考えていたのだけれど。

「……むふん」

潜里羽依花《ういか》は、ドヤ顔の擬音で表しながら大きな胸をぐぐっと張っていた。

「やっぱり。わたしは、さいきょうの賞金首《ぶらっくりすと》……【CC《しーしーしーしー》】も、まっさお。ぽんこつなのは、かぐやの勘違い……ぴーす、ぴーす」

「……喜ぶのかよ」

「さいきょうなのは、いいことだから。……でも」

呆気《あっけ》に取られる俺の目の前で、さらりと艶《つや》やかな黒髪が揺れる。

──そして、

「わたしは、だれも殺したくない。それは、らいとの言う通り……しかも、わたしは生まれた時から伝説の天才暗殺者《すーぱーまーだー》。闇堕《お》ちする必要、なし……こすぱ○《まる》」

「っ……」

「それに……らいとが一生懸命いろはを助けようとしてくれてることは、知ってるから」

ほんの少し──。

慣れていないと全く気付けないくらい、少しだけ口元を緩めながらそう言って。

「とう」

わずかに腰を浮かせた潜里羽依花が、そのままもしなだれかかるような体勢で俺の方へと身体《からだ》を寄せてきた。右側から押し付けられる柔らかな感触。ぷに、と肌に吸い付いてくるお餅みたいな頬《ほお》。体温が高くて、甘いミルクみたいな匂いに包まれる。

「！　お、おい……」

……ここまでなら。

一般的な基準ではとっくにライン越えだけど、ここまでなら普段通りと言えば普段通りだ。甘え好きの潜里が抱き着いてきただけ。何もおかしなことはない。

それでも、

「――わたしは、ずっとらいとの味方がいい」

囁《ささや》くような声と共に、ぎゅっと潜里《くぐり》の両腕が俺の身体《からだ》に回される。

「っ……」

その言葉には、きっといくつもの意味があった――以前のスカウトに対する返事とは前提が違う。だって潜里は、今さっき未来の話を聞いたばかりだ。このまま行くと【ラビリンス】に組み込まれると知った上で、それが嫌だと断言した。

それは、俺が心から望んでいた言葉だ。

いや、もちろんこれだけで何かが変わるわけじゃない。【ラビリンス】には洗脳系の才能所持者《ホルダー》や【人形遣い《デスポイント》】なんかがいて、あの手この手で潜里たちを引き抜こうとするのだろう。あらゆる歴史的特異点を書き換えない限り最悪の未来は変わらない。

それでも今は、潜里がそう言ってくれるのが嬉《うれ》しくて。

彼女のことを〝仲間〟だとはっきり断言できるような気がして。

「潜里……」

「んむぅ……らいと、らいとぉ」

俺がじんわりと胸を熱くしている傍《かたわ》らで、潜里《くぐり》はどこかとろんとした瞳で俺に頬《ほお》を摺《す》り寄せてきていた。

さっきまでともまた違う雰囲気。

右腕に感じる柔らかな感触と、至近距離から鼓膜を撫《な》でる熱っぽい吐息。さらさらの黒髪が首筋をくすぐってきて、甘い匂いが全身を包み込んできて、ちろっと舌先が軽く耳に触れたりして。あらゆる理性が秒速で刈り取られていく。

(これ、やば——……ッ)

……深夜、地下、大きめのソファ、二人きり。

何とは言わないけど、あまりにも良くない要素が揃《そろ》い過ぎているから。

「っ……分かった、分かった！　とりあえず一旦離れてくれ、潜里……！」

一条《いちじょう》さんを裏切れない俺は、ぎゅっと目を瞑《つぶ》って降参の意を告げるのだった——。

##

「ふむぅ……」

気を取り直して歴史的特異点《デスポイント》の攻略に話を戻すこと、数分。

強烈なブレイクスルーを生み出したのは、他でもない潜里羽依花《ういか》の一言だった。

「【しーくれっとまーだー】の続き……パパに頼めばたぶん、何とかなる。それなら、らいともわたしのパパに挨拶できて、一石二鳥……ついでに、結婚式もやれるけど？」

「やれねえよ。っていうか、学校の試験に暗殺者なんか呼べないって」

「むぅ。らいとは、意外と強情……でも、パパがいなくてももんだいなし」

「？　……何でだよ？　問題山積み、って言ってただろ」

「そうだけど、らいとには【迷宮の抜け穴《あなざーるーと》】の仲間がいる……三人寄れば、もんじゅの知恵。五人も寄ったら、大文殊……いちげき、ひっさつ」

「それ、は――」

「……それともらいとは、まだ信じたくない？」

「っ……!?」

　何気ない、けれど俺にとってはクリティカルな問い掛け。

　きっと、姿勢《スタンス》からして間違っていた――俺は多分、潜里だけでなく【迷宮の抜け穴《アナザールート》】のみんなを〝仲間〟として認識し切れていなかったんだ。だって彼らは、夢の中で一条さんを殺す大罪人だから。いずれ仇敵《きゅうてき》になり得る存在だから。

　それがまだ到達していない〝未来《IF》〟だと分かっていても――。

　否《いな》、分かっていると言いながらも、心の底から頼り切れてはいなかった。だから不知火《しらぬい》がいないだけで孤独を感じてしまうんだ。俺にはもう仲間がいるのに。

「……そっか、そうだよな」

頼ればいいんだ。手を貸してもらえばいいんだ。

確かに俺は【迷宮の抜け穴《アナザールート》】の黒幕《リーダー》だけど、だからって全部の作戦を俺一人で考えなきゃいけないわけじゃない。五人も寄れば大文殊の知恵、らしい。せっかく仲間がいるんだから、一緒に頭を悩ませた方が効率は良《い》いに決まっている。

そう思って、再び組織メンバーを招集するべく会議室へと戻ってみれば——

「——あ、積木《つみき》さん」

「だんちょー、遅かったじゃん。にひひ、ちゃんとリフレッシュできた？」

「いやいや。ライトのことだから、あえての焦《じ》らしプレイってやつかもしれないよ」

——俺が向こうの部屋に籠ってから二時間超。

【迷宮の抜け穴《アナザールート》】のメンバーは、まだ一人も帰らずに作戦会議を続けていて。

「っ……お前、ら……」

思わず声が潤んだところを「ふふっ」と途端に悪戯《いたずら》っぽい笑みを浮かべたからかい上手のお姫様こと天咲《あまさき》に捕捉され、音無《おとなし》や深見《ふかみ》も（何なら潜里《くぐり》さえも）一緒になってしばらく弄《いじ》り倒されたのは言うまでもない。

＃5

六月二十六日、水曜日——永彩《えいさい》学園定期試験《星集め》三日目。

敷地内の様相は昨日までと随分変わっている。

それは偏《ひとえ》に、学園全土に物延七海《もののべななみ》の〝調査隊〟が派遣されているからだ。可愛《かわい》らしいリボンを巻いた犬や猫、さらには鳥たちが建物の内外を哨戒《しょうかい》している。主力メンバーはその辺りだろうけど、小動物や虫だって《動物言語《アニマルボイス》》の対象だ。

宣言通り【シークレットマーダー】の犯人を絶対に捕まえるための厳戒態勢。

……そんな中、午前十一時四十二分。

小円校舎の内側に位置するお洒落《しゃれ》な中庭の片隅で、とある異変が起こった。


『——結局、物延の《才能《クラウン》》が厄介なのは、とんでもなく監視能力が高いからだ』


昨夜——。

否《いな》、日付が変わった今日の未明にアジトで企《たくら》んでいた〝暗躍〟の内容を思い出す。

『あいつの調査隊《ともだち》は学園の敷地全体をカバーできるレベルで、目も耳も鼻もいい』

『……だったら、それを全部封じてやればいいんだ』

『物延七海から監視能力を奪ってやればいい』

平たく言えば、物延が繰り出した〝調査隊〟の全排除。

もちろん、普通に考えればそんなのは不可能だ。永彩《えいさい》学園から人間以外の動物を一掃するなんて比喩にしたって荒唐無稽だし、そもそもそれができるなら苦労はしない。対処が難しいからこそ《動物言語《アニマルボイス》》は強敵なんだ。

けれど、

『大事なのは、今が定期試験《星集め》の真っ最中だってこと……学校の至るところで課題事件が起きてるってこと』

『忘れてたんだ、そんな前提を。【シークレットマーダー】に夢中になって、俺たちの他にも大量の〝犯人〟がいることを忘れてた』

『せっかく事件が乱発するんだから、それを利用しない手はない――』

――ネタ晴《ば》らしをしよう。

中庭で起こっている異変の正体とは、端的に言えば俺たちとは無関係の課題事件だ。

【課題事件：脅威度★★――漆黒の帳《とばり》事件】
【課題事件：脅威度★――広域異臭事件】
【課題事件：脅威度★★★――工事現場の亡霊事件】

小円校舎に囲まれたお洒落《しゃれ》な中庭に夜よりも暗い闇が下り、焦げ臭い匂いが充満し、ビルの爆破解体でもしているみたいな轟音《ごうおん》が鳴り響く。

「え……な、何だよこれ、どうなってるんだ!?」

「痛ッ!?　おい、踏んでる！　真っ暗なんだから暴れんなって！」

「何!?　聞こえないって、声なんか！　あとなんか火事みたいな臭いもするし……！」

三重苦の中から微《かす》かに聞こえる混乱の声。

元々、中庭には数人の上級生が足を踏み入れていた。それは各事件の関係者なのかもしれないし、たまたま巻き込まれただけの被害者なのかもしれない。どちらにしてもデバイスでは既に臨場要請が出されており、駆け付けてきた一年生の捕獲者《ハンター》チームが複雑な状況を解き明かすべく続々と暗闇の中へ特攻していく。

「ん……」

そんな様子を、俺は小円校舎の中から窓越しに見つめていた。

目の前の惨状が【迷宮の抜け穴《アナザールート》】の手によるものじゃない、というのは、まあ当たり前と言えば当たり前だ。昨日の今日でこれだけの準備をする暇はないし、完全犯罪として遂行するにはちょっと規模が大きすぎる。

だから、そうではなくて。

【漆黒の帳事件】【広域異臭事件】【工事現場の亡霊事件】――これらは全て、最初から定期試験《星集め》のどこかで発生するはずだった課題事件だ。それぞれに別の首謀者や実行犯がいて、それぞれ別の思惑で引き起こされている。

（で……俺たちだけは、その存在を全部知ってた）

情報源はもちろん《限定未来視《セカンド》》だ。

柊《ひいらぎ》色葉《いろは》と更家《さらいえ》先輩の犯行を調べる際の副産物として、課題事件の詳細や犯人は一つ残らず分かっている。定期試験の期間中に起こる事件の総数は優に三桁を超えるから、その中に物延《もののべ》七海《ななみ》の脅威を削るようなモノ……すなわち動物たちの視覚や嗅覚、聴覚を一時的に遮れるような課題事件があったっておかしくない。

（いや、まあ……）

……おかしくはない、けれど。

とはいえ、それらが都合よく同時に、しかも同じ場所で起こるというのはあまりにも豪運が過ぎるだろう。宝くじよりもよっぽど勝算の低い賭けだ。

だから俺たちは、思いきり〝作為〟を加えていた。

「……っと」

人気《ひとけ》のない校舎内でそっと手元のデバイスに視線を落とす。

画面に表示されているのはお馴染《なじ》みの校内ＳＮＳだ。中でも、本来は上級生しかアクセスできない《星集め》の情報交換用ページ。そこにとある条件を入れて絞り込むと、いくつかの投稿が浮かび上がってくる。

——曰《いわ》く、

〈今日の午前中、3ーAの連中がグラウンドでデカい事件起こすんだってよ。しばらく立ち寄らない方がいいかもしれん〉

〈【シークレットマーダー】が大事になってるし、早いところ課題ノルマこなしたいんだけどなぁ……もう三日目ってマジかよ、ヤバいな〉

〈中庭の辺りが穴場説ある。バッティングしづらいし〉

〈物延七海《チームM》の動物包囲網、こっちの事件には絡んでこないって分かってるけどめちゃくちゃ怖いな！　校舎内では派手に動きたくないわ～〉

……などなど、他にも多数。

　これらは、特定の事件――つまりは〝物延七海の監視能力を削り得る〟事件――の関係者にのみ表示されている、いわば誘導のためのメッセージだ。画面《ここ》に映っているのはあくまで一例で、実際には質より量で攻めている。

　テキストの考案者は将来有望な詐欺師こと音無友戯《おとなしゆうぎ》で、アカウントの各種情報や設定を弄《いじ》ったのは《電子潜入《シグナル》》持ちの潜里羽依花《くぐりういか》。

　つまりは【迷宮の抜け穴《アナザールート》】の誇る二人の才能犯罪者《クリミナル》が巧みに情報を操作して、間違った理解と認識を信じ込ませて。結果として、俺たちにとって都合のいい複数の事件がまとめて引き起こされるように状況を整えたわけだ。

「…………」

まるで【人形遣い】のような手口にも思えるけれど——、

『心外だなぁ、ライト』

瞬間、俺の心を見透かしたかのように耳元で音無《おとなし》の声が再生《ロード》された。飄々《ひょうひょう》とした態度のドMな嘘《うそ》つき。彼の《四次元音響《エコーノイズ》》は録音《セーブ》したデータを直ちに流せるため、一方的なトランシーバーのような使い方も可能である。

ともかく、

『【人形遣い】は《擬装工作《ミスリード》》の《才能《クラウン》》を使わなきゃ捕獲者《ハンター》見習いの生徒一人騙《だま》せないんだよ？　僕と一緒にしないでほしいねぇ』

「……はいはい」

確かにそうかもしれないけど、張り合うところが間違っている。

苦笑しながら、俺は改めて視線を中庭へ向ける。……同時に起こった三つの事件。それぞれに臨場している捕獲者《ハンター》チームがいることは分かるものの、真っ暗だから何とも言えない。音や気配で状況を察知するのも異次元レベルで困難だ。

そんな中——

（……そろそろ、かな）

密《ひそ》かにごくりと唾を呑《の》む。

時刻は午前十一時四十七分。たった今、視覚と聴覚と嗅覚の三重ノイズに紛《まぎ》れて、天咲《あまさき》輝夜《かぐや》が【シークレットマーダー】の七件目を遂行したはずだった。

もちろん、その瞬間は俺には見えない。

どころかきっと、誰にも見えない。

それでも、今は信じてしまっていいのだろう——何せ、闇夜の作戦行動に最も慣れているのは彼女だから。天下の大悪党【怪盗レイン】は極細《ごくほそ》のワイヤーを煌《きら》めかせ、深見瑠々《ふかみるる》の作った劣化版ダミータグを最後のターゲットに押し付けた。

……結果として、

【高畑由貫《たかはたよしぬき》——状態：死亡】【凶器：刃渡り5cm超の刃物】【死亡推定時刻：5分以内】

【情報更新：《シークレットマーダー》の脅威度を★14に引き上げ】

デバイスに臨場要請が舞い込んできたのは、つまり事件が発覚して正式に通報が入ったのは、中庭を覆う暗闇がすっかり晴れた後のことだった。

「ん……」

大注目事件【シークレットマーダー】の七件目。直ちに増えてきた人の波に乗っかるようにして俺も現場へ足を踏み入れる。臨場中の捕獲者《ハンター》チームだけでなく、単なるギャラリーも大勢いるようだ。逆に天咲と深見の姿はどこにもない。

そして、待つこと数分——ようやく、最大の難敵である〝彼女〟は現れた。

「ぜぇ、はぁ……な、七海《ななみ》ちゃん、参上です☆」

走ってきたのか肩で息をしつつも元気に語尾を跳ねさせる少女。

両鍔《りょうつば》の帽子に季節外れのロングコート、右手に持った茶色の喫煙具《パイプ》。相棒のハムスターと一緒に名探偵を気取るBランク捕獲者《ハンター》の名は、物延七海《もののべななみ》だ。

「にゃ？　にゃんにゃ？　……にゃにゃ、にゃー」

直ちに始まったのは《動物言語《アニマルボイス》》を介した情報収集に他ならない。大きく手を挙げた彼女の周りに犬やら猫やら小鳥やらが博覧会の如《ごと》く集まってきて、知り得る限りの情報を彼らの主《あるじ》に伝達する。……ただし、さっきまでの状況が状況だ。昨日の鮮やかな推理とは正反対に、物延の表情は難しいまま動かない。

「むぅ……」

「――どうだ、物延？」

そんな彼女に平然と声を掛けた。

犯人は現場に戻ってくる、なんて格言があるけれど。疑われるのは分かっていても、ここで彼女の見解を聞かずに放置する方がずっと怖い。

サイドテールを微《かす》かに揺らして、小動物たちに囲まれた物延七海が顔を上げる。

「にゃ？　……って、調査隊の子かと思ったら積木《つみき》さんじゃないですか。ぷぷぷ！　昨日に続けて今日も会うなんて、七海ちゃんの大ファンになっちゃったんですか～？」

空いた左手を口元に押し当て、ニマニマと煽《あお》ってくる物延。

　嘆息交じりのジト目で返す。

「話題の【シークレットマーダー】を覗《のぞ》きに来ただけに決まってるだろ。それに、俺は生まれた時から一条《いちじょう》さんの大ファンだ」

「知ってますけど、七海ちゃんだって最強に可愛《かわい》いです☆　乗り換えっていう手も——」

「世界が滅んでもそれはない」

　一条さんの魅力が限界突破しているだけで、物延の可愛さは認めるところだけど。

「むむぅ……やっぱり、光凛《ひかり》先輩は七海ちゃんのライバルみたいです☆」

　俺の反応を受けた物延はしばし唇を尖《とが》らせていたものの、やがて気を取り直したように帽子の鍔をきゅっと捻《ひね》った。今やハムスター以外にもたくさんの動物《ともだち》を乗せた彼女が立ち上がった途端、ロングコートの背中を子猫がするすると滑り落ちる。

　そして、

「……やられちゃいましたね」

　ポツリと、ほんの少しだけ悔しそうに一言。

「【シークレットマーダー】の七件目——七海ちゃん、昨日〝次はぜったい逃がしませんから〟って啖呵《たんか》を切ったばっかりなんですけど。……はっ!?　もしかして犯人さんは、七海ちゃんの可愛さに嫉妬して復讐《ふくしゅう》を……!?」

「どうだろうな。……でも、仕方ないだろ。今や脅威度★14の事件だぞ」

「仕方ないなんて言ってる場合じゃないんです！　七海《ななみ》ちゃんは可愛《かわい》くて優秀な捕獲者《ハンター》なので、有言実行が絶対条件《マスト》！　なので、次こそは負けません☆」

相変わらず冗談みたいな口振りだけど、薄紫の瞳には確かな炎を宿す物延《もののべ》七海。

「…………」

次は負けない——それは、裏を返せば〝敗北宣言〟だ。もちろん【シークレットマーダー】は連続事件だからこれで終わりというわけじゃないし、言葉通り彼女が何かを諦めたわけじゃないんだろう。包囲網はさらに厳しくなるかもしれない。

だけど、少なくとも七件目は通った。

Bランク捕獲者《ハンター》という強敵の目をすり抜けて〝迷宮入り〟になってくれた。


（……よし）

思わず心の中でガッツポーズを作ってしまう。

それは、もしかしたら不埒《ふらち》な感情なのかもしれない。物延七海は言動こそ煽《あお》り中心の腹立たしい自信家だけど、それでも明らかに〝正義〟の存在だ。そんな彼女を凹《へこ》ませて勝利の余韻に浸るなんて、行儀が良いはずはない。

だけど、俺たち【迷宮の抜け穴《アナザールート》】は〝悪の組織〟だから。

三年後の終焉《しゅうえん》を回避するには捕獲者《ハンター》たちを騙《だま》し続けるしかないと知っているから。

(これで、ピースが揃った――)

ようやく盤面が一つ進んだ達成感と高揚感とで、俺は密《ひそ》かに心臓を高鳴らせていた。

#6

物延七海と別れた後、俺は環状廊下を横切って大円校舎へ戻っていた。

……そもそもの話。

定期試験《星集め》の真っ最中だというのに俺が一条《いちじょう》さんと別行動をしているのには事情があった。それは、他でもなく【シークレットマーダー】事件の偵察だ。さすがに見過ごせない規模になってきたこともあり、今日の午前中くらいは新たな事件への臨場を控えて様子見をしておこう、という流れである。

中でも俺が現場近くを探索していたのは必然《しこみ》なんだけど、それはそれとして。

事件の発生自体は既に知れ渡っているんだから、俺には詳細を報告する義務がある。

(ごくり……)

手元にはとっくにデバイスを準備していた。学内限定のチャット機能、チームITのルーム。俺と一条さん――とその捕獲助手《サポーター》である不知火《しらぬい》――しか参加《アクセス》できない〝グループ通話〟のようなものだ。

こちらを見つめる一条《いちじょう》さんのアイコン（宣材写真）（鬼可愛《かわい》い）に緊張が増す。

とはいえ、事件発生から時間が経《た》ちすぎると不自然になるのは間違いない。だからこそ俺は、意を決して通話開始のボタンを叩《たた》くことにした。

と――その刹那、

『こ、こほん。……こんにちは、積木《つみき》くん』

「！」

可憐《かれん》な声にピンと背筋が伸びる。

少し遅れて、デバイスの画面上で全てのアイコンがオンライン状態になっているのに気が付いた。とんでもないレスポンスの速さだ。……まあ、待ち構えていた【シークレットマーダー】が発生したんだから当然と言えば当然かもしれないけど。

とにかく、まずは返事をしなきゃいけない。

「こ、こんにちは、一条さん！　えっと、久しぶり――じゃなくて、二時間ぶりだな」

『そ、そうね、うん。私としては、もっと長く感じたけれど……それで、事件が起こったのよね？　駆け付けられなくてごめんなさい。……怪我《けが》、しなかった？』

「巻き込まれたわけじゃないし、全然大丈夫だよ。っていうか、一条さんに気遣ってもらえるなんて……」

『それは、だって。積木くんが、私の――……私の大事な、チームメイトだから』

「────────（尊死）」

『……あの、積木さま。二人きりの通話というわけでもないのに、光凛《ひかり》さまの言葉をいちいち噛《か》み締《し》めないでください。突っ込みが追い付きません』

一条さんの聖なる慈悲を浴びた俺が無言で天を仰いだ直後、不知火《しらぬい》のジト目ならぬジト声がデバイス越しに飛んでくる。……確かに、言われてみればそうだった。

「あ、ああ……悪い」

小さく首を振ることで無理やり意識を切り替えてから、改めて口を開くことにした。

「えっと……二人も臨場要請は見たと思うんだけど。ついさっき、中庭で【シークレットマーダー】の七件目が発生した」

『はい。偶然にも積木さまが探索していた辺り、ですよね？』

「そうだな。今回は運が良かったみたいだ」

不知火の白々しい問いに白々しく肯定を返す俺。

今回の定期試験《星集め》では、デバイスを介して各事件の臨場要請が飛んでくる。ただし、この時点で分かるのは課題事件の概要だけで、細かい情報は実際に臨場してみるかダミータグの被害状況テキストを見ないと手に入らない。

さすがに【シークレットマーダー】くらい話題性があると校内ＳＮＳでも噂話《うわさばなし》を拾えるものの、現時点では俺しか知らない情報も多い……というわけだ。

メモを見ながら口を開いた。

「七人目の被害者は三年生の高畑由貫《たかはたよしぬき》って先輩で、犯行方法はこれまでと同じ。別の事件がいくつか起こってる中で上手《うま》く便乗してたみたいだけど、これは多分《動物言語《アニマルボイス》》持ちのBランク捕獲者《ハンター》——物延七海《もののべななみ》が臨場してるから、だと思う」

『十中八九……いえ、確実にそうでしょうね』

聞き慣れた声が涼しげに相槌《あいづち》を打つ。

『物延さまの臨場は学園中で話題になっていましたから。あれだけの包囲網を突破するとはなかなかやり手のようですが……それで、どうしますか？』

さりげなく俺、もとい【迷宮の抜け穴《アナザールート》】に賛辞を送ってから、不知火《しらぬい》はそこで言葉を止めた。次いで誰にというわけでもなく、端的な〝疑問〟を投げ掛ける。

『追いますか？　……それとも、止《や》めておきますか？』

今後の作戦に大きな影響を与える重要な二択。

不知火の声が淡々と紡がれる。

『個人的には看過できない領域に入っているようにも感じますが。物延さまの実力は知っていますので、あの方が本気になっているなら解決は間近かもしれません。そうなれば純粋なタイムロスになる可能性もあります』

『そうね………、でも』

――と。

しばらく黙って俺たちの話を聞いていた聖なる天使、もとい一条《いちじょう》さんが、そこで久々に声を上げた。単なる相槌なんかじゃない、確信に満ちた逆接の一言。

最年少のSランク捕獲者《ハンター》が改めて真価を発揮する。

『ちょっと待って。一応、確認しておきたいのだけど……【シークレットマーダー】事件の被害者名。一人目から廻戸芳樹《めぐりどよしき》さん、甲斐田柚《かいだゆず》さん、藤木博《ふじきひろし》さん、安住智哉《あんじゆうともや》さん、河野《こうの》孝太郎《こうたろう》さん、琴浦穂乃果《ことうらほのか》さん、高畑由貫さん……で合っているかしら？』

『はい、光凛《ひかり》さま。SNSの情報も含まれますが、おそらくは間違いないかと』

『そうよね、翠《すい》。なら、きっとそうだわ――この並び、暗号になってる』

『……暗号？　暗号というのは……〝あの〟暗号ですか？　こう、謎解きのような？』

『ええ。翠がイメージしてる通りの、いわゆる暗号ね』

曖昧な問いにもはっきりと肯定を返してくれる一条さん。……ちなみに不知火の演技がやけに上手いのは、半分〝本気〟だからだ。一条さんと同居している彼女が疑われるとマズいため、概要はともかくギミックの詳細までは伝えていない。

『――いい、二人とも？』

デバイスの向こうから滑らかな解説が紡がれる。

『文字拾い、って言えばいいのかしら。一人目の被害者は名前の一文字目、二人目は二文字目、三人目は……っていう風に、特定の文字だけを拾っていくの。それを並べると別の言葉になるわ。め、い、き、ゆ、う、の、ぬ——……やっぱり、これって』

ポツリと、神妙な口調で呟《つぶや》いて。

『【迷宮の抜け穴】……？』

（——……よし）

狙い通りの結果にようやく胸を撫《な》で下ろす。

そう——一条《いちじょう》さんの言う通りだ。柊《ひいらぎ》色葉《いろは》から俺たちの手に渡った連続事件こと【シークレットマーダー】。この事件の被害者名から適切な方法で文字を拾っていくと、未完成ながら【迷宮の抜け穴《アナザールート》】の名前が浮かび上がる。

だから、最低でも〝七人目〟までは進める必要があったんだ。

一条さんはとっくに法則を見抜いていたようだけど、分かりやすくイニシャルを取っているわけじゃないから、特徴的な文字が出るまで確信には至れない。何せ〝迷宮〟や〝迷宮の〟で始まる言葉なんか無数にある。よって、俺たちのミッションはとにかく連続事件を推し進め、暗号の〝確定ポイント〟を一条さんに見せることだった。

（だって……）

何故《なぜ》なら、一条さんは知っているからだ。

この世界には【迷宮の抜け穴《アナザールート》】という名の才能犯罪組織《クリミナルギルド》が存在していることを。彼らが以前の宿泊研修でもちょっかいを掛けてきた〝外部〟の連中であることを。

つまりは定期試験《星集め》における【シークレットマーダー】事件とは永彩《えいさい》学園の上級生による正当な課題事件などではなく、何らかの悪意によって引き起こされている正真正銘の才能犯罪であることにも——当然ながら、思い至る。

『…………』

だからこそ。

きっと、この提案が出るのは〝必然〟だった。

『ねえ、積木《つみき》くん。——私たちも、この事件に臨場しましょう』

【ミッション④：《シークレットマーダー》を七件目まで遂行すること】——正規達成《コンプリート》

探偵気取りで自信満々なアイドル系捕獲者《ハンター》

RESUM

物《もの》延《のべ》七《なな》海《み》

誕生日：3月20日

才能《クラウン》：《動物言語《アニマルボイス》》

あらゆる動物とコミュニケーションを取ることができる

第四章　暗躍の応酬

Shadow Game

＃1

【チームT／一条光凜《いちじようひかり》と積木来都《つみきらいと》が《シークレットマーダー》に臨場しました】

——定期試験《星集め》三日目、午後。

永彩《えいさい》学園内のメイントピックは何を措《お》いてもそれだった。

試験の初日から色々な意味で盛り上がりを見せる【シークレットマーダー】と、そんな事件に立ち向かうことを表明した麗しきSランク捕獲者《ハンター》こと一条さん（と相方《おまけ》の俺）。もはや全校生徒が注目していると言っていい。

〈まさか一条光凜のチームまで臨場するとはなぁ……〉

〈確か《動物言語《アニマルボイス》》の物延《もののべ》も乗り込んでるんだろ？　超が付くくらいの厳戒態勢じゃん〉

〈普通の課題事件ならご愁傷様って感じだけど……【シークレットマーダー】ってアレだよね？　ウチらの評価pt削るとか言ってたやつ。自業自得《じごうじとく》すぎ〜〉

〈迷宮入りの連続もここまで、って感じか〉

……など、など。

校内SNSには俺たちを憐《あわ》れむようなコメントが他にも無数に寄せられている。

『ふふっ……何だか、好き放題に言われていますね？』

くすくす、と愉快そうな声が耳朶《じだ》を打った。

一条《いちじょう》さんや不知火《しらぬい》と合流する直前、デバイスで起動しているのはつい先ほども使っていたグループ通話の機能だ。今は校内SNSの様子を窺《うかが》いながら連絡を取り合っているわけだけど、当然ながら選択しているルームが違う。

オンライン状態になっているのは【迷宮の抜け穴《アナザールート》】のメンバー五人だ。

中でも窮地《スリル》を愛するお姫様こと天咲《あまさき》が悪戯《いたずら》っぽく愉《たの》しげに笑う。

『困りました、積木《つみき》さん。迷宮入りの連続もここまで……だそうですよ？　私たちの命運もどうやら尽きてしまうみたいです』

『まぁ、それは仕方ないんじゃないかな？　カグヤちゃん様』

内容とは裏腹にワクワクと語尾を跳ねさせる怪盗に、天性の詐欺師が飄々《ひょうひょう》と答える。

『何しろあの一条光凛《ひかり》、だからねぇ。【CCC】の最終兵器、捕獲者《ハンター》の頂点……才能犯罪者《クリミナル》としては歯向かう方が間違ってるくらいだ』

『ふぅん？　珍しいじゃん、ユーギ。負けるのとか好きそうなのに』

『それも嫌いじゃないけどね。どっちかっていうと、惨めに逃げ出そうとしたところをあの《才能《クラウン》》でぐちゃぐちゃに屈服させられたいかなぁ』

『うわ、どっちにしろキモ……』

心の底からドン引きしたような声を零《こぼ》すマッドサイエンティスト、深見《ふかみ》。……まあ、気持ちは分かる。【CCC】最強と称される一条さんの《絶対条例《エンペラー》》すら生粋《きっすい》のドMにとってはご褒美になってしまうらしい。

『んむむ……』

と、そこに続くのは眠たげな暗殺者の声だ。

近くに同じチームの相方――もちろん柊色葉《ひいらぎいろは》のことだ――がいるのか、もしくは物陰にでも隠れているのか、普段よりも吐息の比率がわずかに高い。

『一条光凛《ひかりん》は、きょうてき……わたしのパパも、ぜったい敵にまわさないようにしてるっぽい。臨場されたら、まけるから……たぶん、めいびー』

『！　くーちゃんのパパ、ってことは暗殺者組織《マーダーギルド》【K】のトップなんだよね？　何それ凄《すご》すぎ……それじゃ、確かにウチらが頑張ったところで無駄《ムダ》っぽいけど』

深見の零した結論は、校内SNSで交わされているのと似たようなモノだ。

けれど、まあそれはそうだろう――一条さん。史上最年少のSランク捕獲者《ハンター》にして無敗の金姫、一方的終焉《ミス・ワンサイド》。【迷宮の抜け穴《アナザールート》】が云々《うんぬん》というより、そもそも一条さんに対抗できる存在を俺はまだ知らない。多分、歴史上にもほとんどいない。

……ただ、

「いいんだよ、別に」

それでも俺はほんの少しだけ口角を上げる。

当たり前だ。だって俺は、一条《いちじょう》さんと対立するつもりなんてない。【迷宮の抜け穴《アナザールート》】の名前を暗号に記したのは一条さんに〝気付いてもらう〟ためだけど、だからと言って挑発がしたかったわけじゃない。

もっと、もっと別の理由だ。

「俺たちは――もう【シークレットマーダー】から手を引くんだから」

〝七件目〟よりも先が空白になった犯行計画《メモ》を見つめつつ、改めて作戦を念押しする俺。

……そして、実際。

この日の正午を境に【シークレットマーダー】事件はピタリと止まることになる。

♭♭ ――《side：人形遣い》――

「面倒なコトになりましたねぇ……」

同日、夕刻。そろそろ一年生の外出禁止時間に入ろうかという頃。

彼は――工藤忠義《くどうただよし》は、イラついていた。

普段は【CCC】所属の捕獲者《ハンター》、あるいは永彩《えいさい》学園の教員としてあまり露骨な感情を見せることはない。けれど周りに誰もいない今は……否《いな》、気を遣うべき人間が一人もいない今は、こうして暗い本性がはっきりと出る。

理由は単純だ。

定期試験《星集め》内の課題事件【シークレットマーダー】に、物延七海《もののべななみ》や一条光凛《ひかり》といった高ランク捕獲者《ハンター》が相次いで臨場してきたため──では、もちろんない。

「今日の被害者は、一人だけ……一体何をサボっているんですか、貴女《あなた》は？」

──当の【シークレットマーダー】が完全に止まっているから。

七人目の被害者が出てから実に半日以上、何の音沙汰もなくなっているから……だ。

「……っ……」

大円校舎の一角に当たる極秘の研究室。彼の目の前で虚《うつ》ろな表情を晒《さら》しているのは、一連の事件の首謀者こと柊色葉《ひいらぎいろは》に他ならない。工藤忠義自身が《才能《クラウン》》を介して偽りの動機を与え、不正を起こさざるを得ないようにした。

まさしく彼の操り人形だ。

全ては潜里羽依花《くぐりういか》を、最強の暗殺者を闇堕《お》ちさせるために。

彼女を【ラビリンス】へと引き込んで、自分たちの計画を前進させるために。

「あの子を救うためには膨大な評価ｐｔが必要だ、とあれだけ吹き込んだのですが……まだ脅しが足りなかったんでしょうか」

思わず嘆息が零《こぼ》れてしまう。

永彩《えいさい》学園内を一通り調査した限り、例の暗殺者と最も親しい友人に当たるのはこの少女《ガキ》だ。彼女なら潜里羽依花《くぐりういか》のためにいくらでも泥を被《かぶ》ってくれるはず。……それが原因で二人とも最悪の未来に辿《たど》り着《つ》いてしまうなんて知らずに。

当たり前だ。そんなことは知る必要がない。

「貴女《あなた》はワタシの思う通りに踊ってくれればそれでいい。……捕獲者《ハンター》の臨場状況なんてどうでもいいんですよ。とにかく、今は〝不正〟を続けるべきだ。貴女の事件……【シークレットマーダー】でしたか？　その犯行を重ねるべきだ」

「あ……」

「そうしないと——ワタシが、潜里さんを始末することになるかもしれませんねぇ」

「————」

額に触れた指先から《擬装工作《ミスリード》》を行使して、親友がズタズタに引き裂かれる幻影を柊《ひいらぎいろ》色葉《は》に叩《たた》き込む。……もちろん、ただの思い込みだ。勘違いだ。工藤忠義《くどうただよし》自身は今もこれからも手を汚す予定など微塵《みじん》もない。

それでも強い思い込みは、本人にとって〝真実〟でしかないから。

「………」

すっかり目の光を消した柊色葉は、何も言わずにふらふらと部屋を後にする。

「全く、手間のかかる……」

そんな後ろ姿を見送って、彼はただただ鬱陶しげに溜《た》め息《いき》を吐《つ》いた。

＃＃

【情報更新：課題事件《シークレットマーダー》】

【六月二十六日（水）深夜、新たに三名の被害者が発見されました】

【これにより《シークレットマーダー》事件の脅威度を暫定で★21に引き上げ】

【以降も犯行が続く恐れがあるため、続報は随時更新となります――】

＃2

「…………」

――夢を、見ていた。

《限定未来視《セカンド》》――俺が持つ《才能《クラウン》》は、平たく言えば一条《いちじょう》さんの危機を強制的に報《しら》せてくれるものだ。寝る度に嫌でも発動するし、睡眠薬を使って無理やり回数を稼いだこともあるから、少なくとも数百回は似たような夢を見ているだろう。

冷徹な暗殺者、もとい潜里羽依花の凶刃が、一条さんの命をあっさりと奪う夢。

毎晩俺を苦しめる地獄のようなルーティーン。

けれど、

「……うそ、だろ……？」

今日に限って、目を覚ました俺は思わず呆然《ぼうぜん》と呟《つぶや》いていた。

定期試験四日目の早朝、何なら未明。枕元に置いていたデバイスの表示を見る限り、時刻は午前三時を回ったばかりだ。同時に目に入った通知によれば、どうやら【シークレットマーダー】事件の続報が出回っているらしい。

新たな三人の被害者。

もちろん、その犯人は俺たち【迷宮の抜け穴《アナザールート》】……じゃない。

昨日の通話でも宣言した通りだ。柊色葉《ひいらぎいろは》から事件を奪った俺たちは、チームＩＴ《一条さん》が臨場してから全く動いていない。それなのに新たな被害者が出ているんだから、犯人は柊と更家《さらいえ》先輩の方だろう。もちろんその陰には【人形遣い】がいる。

つまり、柊から俺たちへ、そして再び柊へ——。

定期試験《星集め》を舞台にした不正事件の〝犯人役〟が、再び奪い返された。

……いや、正確には少し違う。

少なくとも【人形遣い】の視点からすれば、事件を〝奪い返した〟わけじゃない。

当たり前だ——だって【人形遣い】は、俺たちの関与を知らない。

知っているわけがないんだ。扱いとしては〝同じ事件〟なんだから、課題事件【シークレットマーダー】の犯人が途中ですり替わったことなんて、当事者以外が知り得るはずはない。裏で操っていただけの人間が気付けるはずはない。

だから昨日の午後、被害者が出なくなって初めて【人形遣い】は思ったのだろう。犯人である柊色葉が臆したのだと。Sランク捕獲者《ハンター》を前に犯行の継続を諦めて、だから【シークレットマーダー】が止まったのだと。

そして、それは――【人形遣い】にとって非常に不都合だ。

何故《なぜ》なら彼は、定期試験を通じて柊と潜里《くぐり》を〝闇堕《お》ち〟させるつもりなんだから。この不正事件はバレてもいいどころか、最終的には柊色葉が捕まってくれなきゃいけない。彼にとって、困るのは事件の解決じゃなくて〝事件が止まってしまうこと〟なんだ。柊色葉が逃げ延びたら潜里が闇堕ちする理由も消えてしまうから。

……そこまでは、知っていた。思惑通りだった。

でも。

「っ……」

この夢は予想外だ。

――どこもかしこも真っ暗だった。

一寸先も見えない暗闇。単に光が遮蔽されているわけではなく、そもそも世界のどこにも光源が存在しないかのような深淵《しんえん》。音も匂いも何もない。

「…………」

何も見えない、分からない。ただ少なくともいつもの夢じゃない。

《限定未来視《セカンド》》が見せてくる未来は俺の行動によって多少なりとも変化する。だからこれまでも、寝る度に微妙な差異はあった。極夜事件の発生時間が少しだけズレていたり、裏切り者の顔触れがわずかに変わっていたり。

それが今回は〝無〟だ。見ての通りの〝暗闇〟だ。

じゃあまさか、一条《いちじょう》さんの危機が去ったのか——と言えば、そんなこともないだろう。

「だって……俺は、まだ一条さんを覚えてる」

……俺の持つ副作用は、全てを解決した際に一条さんの記憶を失うというもの。

逆に言えば、俺が一条さんを覚えている限り、最悪の未来は決して回避できていない。

「ん……」

つまりは分岐点なんだ、今ここが。

明日、いや日付で言うなら今日——【人形遣い】との決着を付けるべきタイミング、歴史的特異点《デッドスポイント》がもうすぐ来る。そして【人形遣い】はまだ何か企《たくら》んでいるのだろう。奥の手を残している。未来が見えないということは、確定していないということだ。俺の選択によって未来が大きく変わり得るんだ。それを教えてくれている。

……物延七海《もののべななみ》の時は気付けなかった乱数要素《ランダム》。

だけど今回は気付けた。《限定未来視《セカンド》》が俺に気付かせてくれた。

だからこそ。

「——まだ、だ。今ならまだ間に合う」

勝負の一日に繰り出すべく、俺は小さく息を吐き出した。


向かったのは【迷宮の抜け穴《アナザールート》】のアジトだった。

時刻は深夜三時半。みんなには『起きたらアジトに来てくれ』とだけメッセージを飛ばして、早々に計画を練り始める。【人形遣い】の奥の手を迎え撃つ作戦……歴史的特異点《デスポイント》を間近に控えた最終調整。時間はもう、あまり残されていない。

（くそ、歯がゆいっていうか何ていうか……！）

時計の進みが普段より早い気がする。

アジトに籠ってからどのくらい経《た》ったのかはよく覚えていない。だけど、ひたすら根を詰めているせいか徐々に眠気が襲ってくる。……本当なら眠っている場合じゃないのだけど。常に睡眠が足りていないため、こうなるともう耐えられない。

（少しだけ、仮眠しておくか……）

アラームを十五分後にセットして。

あっという間に熟睡した俺は、また同じ〝夢〟を見る——真っ暗な夢。いつもの災厄とはまた違う夢。何も見えないけれど、ただの無でしかないのだけれど、ある意味で漠然とした恐ろしさが掻《か》き立《た》てられる。……ただ、

（ん…………、あれ？）

妙な感覚だった。

恐ろしいことには変わりない。だけど……何故《なぜ》か、絶望感や虚無感はさっきよりも段違いに薄かった。未知の世界に放り出されたのは同じでも、すぐ隣に誰かが寄り添ってくれているような安心感がある。何なら、温かさすら感じるほどだ。

……温かさ？

「って……」

不思議な気配に目を覚ます、と——そこでサファイアの瞳と目が合った。

「あ。やっと起きてくれましたね、積木《つみき》さん」

悪戯《いたずら》っぽくからかうような、それでいて可憐《かれん》で上品な笑み。

至近距離から俺の顔を覗《のぞ》き込《こ》んでいたお姫様が、ふわりと銀色の長髪を揺らす。

「天咲《あまさき》……？　なんで、俺の部屋に……」

「ふふっ、まだ寝惚《ねぼ》けてますね？　ここ、アジトです。積木さんに呼ばれたんですよ？」

「……そういえば」

そよ風のような指摘でようやく状況を思い出す。

永彩《えいさい》学園地下に位置する【迷宮の抜け穴《アナザールート》】のアジト内。会議室にいたのは何も天咲だけじゃなかった。俺が起きるのを待っていてくれたのか、もくもくと湯気の出ているミルクティーを「はいどーぞ！」と差し出してくれる深見《ふかみ》。デバイスの作戦計画書（改訂版）を眺めて興味深そうに頷《うなず》いている音無《おとなし》。

「むにゃ……ぐー、すー、ぴー」

そして、俺の膝の上では潜里《くぐり》が丸くなってすやすやと心地よさそうに眠っている。

（ああ、なるほど……）

だから一人でいるより怖くなかったのか、なんて。

そんな納得をしたりして。

「――作戦を立ててくれていたんですか？」

俺がようやく現実に戻ってきた辺りで、定位置である左手側の椅子を引いた天咲がそっと小首を傾《かし》げてきた。その頬《ほお》は微《かす》かに膨らんでいるように見える。

「もう、団長《ボス》のくせに働き過ぎです積木さん。……ちなみに、外ではそろそろ太陽が昇る時間なのですが、一体いつからここに？」

「あ、ああ……えっと、三時過ぎには来てたかな」

「……びっくりです。ほとんど徹夜じゃないですか、それ」

「なかなかやるねぇ、ライト。そんなに自分を追い込むなんて、実は僕と同じ癖《ヘキ》を持ってると見たよ。今度、一緒に暴言カフェとか行ってみない？」

「え、そうなの!?　……じゃあ、だんちょー。ウチの足とか、舐《な》めたい……？」

「ドＭだから寝てないわけじゃないっての」

太陽みたいな瞳を丸くして恐る恐る尋ねてくる深見《ふかみ》に首を振る。……提案がなかなかハードなのは身近に音無《おとなし》がいるせいだと思うけど。彼女の好感度が下がったら取り戻すのが大変なんだから、迂闊《うかつ》に妙なレッテルを張らないでほしい。

まあ、とにもかくにも。

「嫌な〝夢〟を見たからさ。ギリギリで悪いけどちょっと作戦を変更したい」

ぐるりと仲間たちの顔を見渡して、俺は吐息と共に切り出した。

「本当なら第四のミッションが達成できた時点で、一条《いちじょう》さんが臨場してくれた時点で俺たちの役割はほとんど終わったはずだった。だけど《限定未来視《センカンド》》が見せてきたのは真っ暗な夢……多分、このまま行くと俺たちの作戦は失敗する。要は【人形遣い】がまだ策を残してたってことだ。最後の最後に、さ」

「ふふっ、とってもワクワクしてしまいますね。やっぱり、追い詰められた際に行動パターンが変わるのは〝様式美〟というものですから」

「様式美って」

RPGのボスじゃないんだから。

ともかく――【人形遣い】は奥の手を残している。元々の計画では、四日目の捜査《このあと》で詰め切れるはずだった。だけど、このままだと俺たちの作戦は大きく覆《くつがえ》される。

「ってわけで、ミッションを一つ追加する」

ピン、と人差し指を立てた。

「【ミッション⑤：人形遣いを引き摺《ひず》り出して捕まえること】……【人形遣い】、というか工藤《くどう》先生は定期試験の運営には関わってない。どこかに隠れて手を打ってくるはずだ。だから、それを迎え撃つための計画書を作ってみた」

「几帳面《きちょうめん》だねぇ、ライト」

既に一通り目を通していた音無がニヤリと口角を上げて言う。

「配置とか合図とか行動指示とか、モノによっては秒刻みで細かく決まってる。悪の組織の長っていうより秘書とかの方が向いてるんじゃない？」

「仕方ないだろ、絶対に失敗できないんだから」

確かに神経質かもしれないけど……とはいえ、神経質になったくらいで一条さんを救えるならいくらでもやる。社長秘書でも何でも構わない。

「ふう……」

そうして俺は、改めて作戦計画書を【迷宮の抜け穴《アナザールート》】メンバー全員に共有しつつ。

ごくりと唾を呑《の》み込《こ》んで、一言。

「みんな……行けるか？」

「ふふふの、ふ……」

緊張交じりの問いに答えを返してくれたのは、他でもない潜里《くぐり》だった。

ついさっきまでぐっすり寝ていた落ちこぼれの暗殺者。ただし〝落ちこぼれ〟なのは人を殺すことに関してだけで、実際にはとんでもなく頼りになる仲間。

そんな彼女が、星空のような瞳で俺を見上げて続ける。

「らいとは、弱気……りーだーだから、もっと偉そうにしていい。ぐいぐいのぐい」

「……そっか」

確かに、と一つ頷《うなず》いて。

改めてみんなの顔を順番にぐるりと見回した俺は、覚悟と共にこう言った。

「じゃあ、行くぞ——完全犯罪組織【迷宮の抜け穴《アナザールート》】、暗躍開始だ」

＃3

【情報更新：課題事件《シークレットマーダー》】

【六月二十六日（水）の深夜から翌朝にかけて犯行が継続、事件全体の被害者数が累計十二名を突破しました】

【定期試験《星集め》はもはや正常に進行しているとは判断できません】

【よって、試験は一時中断。当該事件に臨場している指定の捕獲者《ハンター》チームを除き、事件の捜査および新たな事件の遂行は全面的に〝禁止〟とします】

【詳細については別途通知を――】

「――おはようございます、来都《らいと》さん」

定期試験四日目の午前八時ごろ。

昨夜の事件が起こった現場の一つであるという大円校舎一階教室を訪れたところ、扉の外で俺を出迎えてくれたのは協力者の少女・不知火翠《しらぬいすい》だった。

学園側から《星集め》の一時中断が言い渡された直後、ということで、敷地内を出歩いている生徒はそう多くない。別カリキュラムを進めている上級生の姿はちらほらと見掛けるものの、少なくとも新規の課題事件は一切起こらないはずだ。

ちなみに、だけど――試験の中断処置、というのは相当に思い切った判断らしい。過去にもほとんど例がない。通知文にもある通り、それだけ【シークレットマーダー】が大事《おおごと》に発展してしまったということだろう。

ここで〝当該事件に臨場している指定の捕獲者《ハンター》チーム〟とは、当然ながら一条《いちじょう》さんを擁するチームITと物延七海《もののべななみ》が単独《ソロ》で暴れるチームM。

待機命令どころか、むしろ積極的に捜査するよう【CCC】本部から要請が出ている。

……まあ、俺《おれ》たちは不知火《しらぬい》の計らいで捻《ね》じ込《こ》んでもらっただけだけど。

とにもかくにも、快晴の空に似た水色のショートヘアが俺の前でさらりと揺れた。

「遅かったですね」

「悪い。……って、そんなに遅いか？　普段ならまだ外出禁止時間中だけど……」

「責めているわけではありません。ただ、光凛《ひかり》さまは三十分前、物延さまに至っては一時間以上前から捜査を始めていました。現在は三ヶ所《か》目の現場検証となります」

「マジかよ。連絡してくれれば無理やりにでも飛んできたのに」

「早朝から来都《らいと》さんを呼び付けるのは気が引けるから、と止められてしまいました」

光凛さまは優しいので、と付け加える不知火。

女神のような一条さんの気遣いには感動するばかりだけど……まあ、それはともかく。

「昨日の事件の調査ってことは、要するに〝柊《ひいらぎ》と更家《さらいえ》先輩の不正事件をいよいよ暴こうとしてる〟――って段階《コト》になるんだよな？」

廊下の窓から教室内を窺《うかが》いつつ、そっと声を潜めて耳打ちする。

俺と一条さんと物延七海が臨場しているのは、もちろん噂《うわさ》の連続犯罪こと【シークレットマーダー】だ。知っての通りこの事件は途中で犯人が入れ替わっているのだけど、少なくとも昨日の夜に【迷宮の抜け穴《アナザールート》】は動いていない。

調査対象が昨晩に発生した事件だというなら、その犯人は柊たちだ。

「あいつらの不正がどうやって成立してたのかはよく分かってる。凶器は盗んだけど、時間と覚悟があれば再調達だってできるからな。多分、犯行方法は変わってない。……でもこの事件は、本来なら〝定期試験の終わり際〟まで解決されなかった難事件だ」

「そうですね。《限定未来視《セカンド》》のような飛び道具《チート》がなければ非常に難しいでしょう」

「ああ。で……そうなると、さ」

浮かび上がるのは一つの悩みだ。

「どこまで〝お節介〟を挟めばいいと思う……？」

——そう。

もちろん、一条さんが最強の捕獲者《ハンター》だというのは誰よりも俺が知っている。余計なことをしなくても、待っていればいずれ答えに辿《たど》り着《つ》くだろう。

ただその場合、多少なりとも時間は掛かる。

「答えを知ってるのに泳がせて、真剣に事件を解決しようとしてくれてる一条さんの隣で素知らぬ態度を貫く……ってのは、めちゃくちゃ性格が悪いような気がしてさ」

「……はぁ。ですが、来都さんが悪者なのはいつものことでは？」

「すみません、つい本音が」

ジト目で突っ込みを入れる俺に対し、淡々と茶化《ちゃか》してくる不知火《しらぬい》。彼女は微《かす》かに頬《ほお》を緩めつつ「冗談です」と囁《ささや》くと、改めて水色の髪を左右に振る。

そうして一言。

「不要ですよ、来都《らいと》さん。……というより、光凛さまを甘く見ないでください」

「え……？」

刺された釘《くぎ》の意味がよく分からずに。

呆《ほう》けた声を返した、瞬間だった。

「あれれ～？　積木《つみき》さん、遅かったじゃないですか☆」

ガラリと扉が開いて、教室の中から一人の少女が姿を現す――どこぞの探偵めいた両鍔《りょうつば》の帽子に季節外れのロングコート、右手に持った古めかしい喫煙具《パイプ》。薄紫のサイドテールも鮮やかなBランク捕獲者《ハンター》・物延七海《もののべななみ》その人だ。

彼女は肩に乗せたハムスターと共に「ぷぷぷ！」と煽《あお》るような笑みを向けてきた。

「お寝坊さんですね！　それともまさか、可愛《かわい》い七海ちゃんにアピールしたくて洋服でも選んでたんですか？　えへへ、積木さんも可愛いところがありますね☆」

「どこからどう見ても制服だろ。確かにシャツのアイロンはきっちり掛けてきたけど、それはお前じゃなくて一条《いちじょう》さんに会うからだ」

「またまた、照れちゃって～！」

とん、っと俺の方へ詰め寄りながら自信満々に口端を緩める物延七海。

帽子の鍔をくるりと回した彼女は、憎たら——もとい、可愛らしい笑顔で言い放つ。

「ですが、残念でした☆【シークレットマーダー】事件なら、ちょうどいま七海ちゃんと光凜《ひかり》先輩の最強タッグでほとんど解明したところです！」

「へえ、そうなの——……って、は？」

適当な相槌《あいづち》を打とうとして我に返る。……何を言ってるんだ、こいつは？　本来なら迷宮入り寸前まで縺《もつ》れ込《こ》んでいたはずの事件を、もう解いた？

「事実よ、積木くん。……お、おはよ」

「！」

そこで俺の混乱に応えてくれたのは、紛《まぎ》れもなく天使の声音——。

見れば物延に続いて教室を出てきた流麗なブロンドの少女・一条さんが、微かに頬を赤くしながら俺に手を振ってくれていた。右手を顔の近くで控えめに揺らす可憐《かれん》な仕草。そんな彼女に「お、おはよう！」と返すだけで一日の価値が跳ね上がる。

やっぱり一条さんって凄《すご》い。

「……？　光凜先輩に積木さん、挨拶だけで何を照れちゃってるんですか～？」

鬱陶しいBランク捕獲者《ハンター》は置いておいて。

「えっと……一条《いちじょう》さん。事実っていうのは、まさか……」

「え、ええ、そう。七海《ななみ》の言う通り、おおよその犯人までは絞れたわ」

俺の問い掛けに対し、一条さんは微《かす》かに髪を揺らしながらピンと人差し指を立てた。

白い指先がくるくると回る中、Sランク捕獲者《ハンター》による推理が紡がれる。

——曰《いわ》く、

「連続ダミータグ破壊事件、もとい【シークレットマーダー】。まず、一連の事件の犯人像は二人組…… 〝実行犯〟の上級生と〝補助要員〟の一年生に分かれてるわ」

「ですね☆ 評価ptを独占するのが目的なら、そう考えるのが最強に妥当です！」

「ええ。そして、前者に必要な条件は戦闘に適した《才能《クラウン》》を持っていること、後者に必要な条件は犯行を押し隠せるような《才能《クラウン》》を持っていること。……ここまでなら相当な数が該当する。とても絞り切れない、って感じね」

「普通ならお手上げかもしれません——が、七海ちゃんと光凛《ひかり》先輩は止まりません！」

勢い込んで言葉を継《つ》ぐ物延《もののべ》。

彼女がロングコートを翻《ひるがえ》した拍子に、薄紫のサイドテールがふわりと揺れる。

「犯人たちにはスムーズな意思疎通を可能とする〝何か〟がありました。ただ《才能《クラウン》》自体はどちらも別の効果《モノ》。デバイスで通話をしていたなら七海ちゃん調査隊の包囲網に引っ掛かっているはずなので、十中八九《才能》の副作用！　要するに、お互いの副作用でお互いの思考が筒抜けになっちゃってるわけです☆」

「ええ、それなら上級生側の動機も納得できるもの。もちろん珍しいパターンだけど、だからこそ〝不正〟に使えるって考えたのかもしれないわ。これを満たし得るのは一年生の柊色葉さんと、三年生の更家有希さん……ね」

「ってわけで、万事解決です☆　……それにしても光凛先輩、全校生徒の《才能《クラウン》》どころか副作用まで覚えてるなんて驚きです。さすが七海ちゃんの師匠！」

「ありがと。でも、お互い様でしょう？　七海の《動物言語《アニマルボイス》》がなかったら、ここまで順調に状況を絞り込めなかったもの」

「！　えっへん！　最強Ｓランク捕獲者《ハンター》の光凛先輩に『あなたはわたしのライバルにして生涯の目標よ』的な言葉をもらっちゃうなんて、七海ちゃん凄《すご》い！　天才！」

「……もう、そんなこと言ってないのに」

　分かりやすく調子に乗る物延と、気を悪くした様子もなく口元を緩める一条さん。

　そんな一連のやり取りを目《ま》の当たりにして、俺は。

（す、すげぇ……！）

　——端的に言えば、圧倒されていた。

　分かっていたつもりだ。【ＣＣＣ】が、捕獲者《ハンター》が優秀なのは分かっていた。それは宿泊研修の連続消失事件でも追川蓮《おいかわれん》との対峙《たいじ》で実感できたことだ。けれど、この二人に関しては練度が違う。経験値が違う。潜《くぐ》り抜《ぬ》けてきた修羅場の数が違いすぎる。まさかもう不正事件の謎を解き切っているなんて、それこそ夢にも思わなかった。

そうやって感激に打ち震える俺の傍《かたわ》らで。

「……ふふん」

一条《いちじょう》さんの捕獲助手《サポーター》であるところの不知火《しらぬい》が、主《あるじ》に代わって得意げに胸を張っていた。

#4

柊色葉《ひいらぎいろは》に対する事情聴取の敢行――。

事件現場の調査を一通り終えた一条さんと物延七海《もののべななみ》が打ち出した方針は、至極妥当なものだった。首謀者らしき人間が浮かび上がってきたんだから、あとは直接当たってしまう方が手っ取り早い。さっそく移動することになる。

……けれど。

大円校舎の昇降口を抜けた辺りで、一つの問題が浮かび上がってきた。

「そういえば……積木《つみき》さんは来ちゃダメじゃないですか？　なんせ女子寮ですし☆」

「えっ」

物延の正論に足を縫い止められる。

確かに、そうだ。【シークレットマーダー】事件に伴う待機命令が出ている以上、柊色葉は寮にいる。永彩《えいさい》学園の寮は男子と女子で建物自体が分かれており、柊の部屋がある女子寮は――俺は数日前に天咲《あまさき》と忍び込んだけれど――もちろん男子禁制だ。

ただ、

（それは……ちょっと、マズいな）

途端に窮地に立たされる俺。

柊の事情聴取。傍《はた》から見れば俺が同行する必然性なんて全くないけど、実際には【人形遣い】との決着を付けなきゃいけない超重要な場面だ。【迷宮の抜け穴《アナザールート》】が立ち向かうべき歴史的特異点《デスポイント》……いくら何でも、黒幕《リーダー》不在というわけにはいかない。

「…………」

「あれあれ～？　おかしいですね、積木さん！」

そんな俺の反応を受け、サイドテールを揺らしてくるりと振り返った物延七海が腹立たしいくらいの煽《あお》り顔でニマニマと詰め寄ってきた。

「残念そうに見えます。ぷぷぷ！　そんなに女の子の部屋に入りたかったんですか～？」

「そ、そうだったの積木くん？　それなら、今度私の――で、でも、やっぱり二人ともまだ高校生だし、いきなり部屋に上げるのは……ぁぅ……」

「……落ち着いてください、光凛《ひかり》さま。話題が思いきりズレています」

何やら混乱している一条《いちじょう》さんを嘆息交じりに制する不知火《しらぬい》。

彼女はちらりと俺を見遣《みや》ってから、やがて水色のショートヘアを縦に揺らす。

「わたしは賛成です。物延《もののべ》さまの意見にも一理ありますが、やはり何があるか分かりませんので……積木《つみき》さま程度だとしても、肉壁もとい男手はあるに越したことがないかと。必要であれば目隠しでも何でもさせます」

「……不知火に決められるのは納得いかないけど、最悪それでもいいよ」

「かしこまりました。ところで、目隠しで女子寮に入る男ってド変態じゃないですか？」

「お前が言ったんだよな、それ……？」

ひどい話だ。俺の尊厳を返してほしい。

「——とりあえず、その辺りは気にしなくて大丈夫よ」

そこで、デバイスを取り出した一条さんがブロンドの髪を揺らしてふわりと頷《うなず》いた。

「寮長さんには今のうちに許可を取っておくから。積木くんは、なるべく下心を出さないこと。関係のない女の子をじろじろ見ないこと！」

「は、はい！　大丈夫だと思うけど、努力しま——じゃなくて、努力する！」

「ん。……だ、だから、そうね。もし難しかったら、ずーっと私のことだけ見てるといいかもしれないわ。分かった？」

「ぁ……なんだ、それならめちゃくちゃ簡単だ」

いつも大体そうだけど、一条さんの命令なら気合いを入れるしかない。

ピン、と人差し指を立てつつ微《かす》かに赤くなった顔を向けてくる憧れの女の子に対し、俺は500%の自信と共に真《ま》っ直《す》ぐ頷いた。


とにもかくにも、しばし後――。

移動前にそんな一悶着《ひともんちゃく》こそあったものの、別段トラブルを抱えることもなく俺たちは女子寮の中へ足を踏み入れた。敷地の反対側に位置する男子寮と同じ造りの建物。階段を使って柊色葉《ひいらぎいろは》の部屋があるフロアを目指す。

と、そこで。

「……あの、来都《らいと》さん」

こそっと耳打ちをしてきたのは不知火翠《すい》だ。

一条さんと物延から少し遅れた踊り場の位置で、水色のショートヘアが頬《ほお》をくすぐる。

「な、なんだよ？」

「話しづらいので屈《かが》んでください。全く、無駄に背が高いんですから」

ぐいぐいと袖を掴《つか》まれて前傾姿勢になる。誰よりも見慣れた紺色の瞳。薄《う》っすら桜色に染まった唇が再び俺の鼓膜に近付いて、そして。

「一つ、相談があります。……光凛さまに《絶対条例》を使わせないでほしいのです」

そっと真剣な言葉が紡がれた。

「え……？」

微《かす》かに眉を顰《ひそ》める俺に、不知火《しらぬい》は涼しい顔で説明を続ける。

「《絶対条例《エンペラー》》は【CCC】が把握している中でも最強格の《才能《クラウン》》です。部屋の中で何かがあれば、光凛《ひかり》さまは率先して前に出ようとするでしょう」

「そうだな。俺の知ってる一条《いちじょう》さんはそういう人だ」

「はい。実際《絶対条例《エンペラー》》を使っても解決しない事件なんてまずありません。ただ……その分、副作用の方も相応に強烈ですから」

「――……なるほど」

わずかに語尾を濁す不知火に短く頷《うなず》きを返す。

史上最年少のSランク捕獲者《ハンター》・一条さん――彼女の持つ《才能《クラウン》》はあまりにも有名だ。

【一条光凛――才能名：絶対条例《エンペラー》】

【概要：対象に取った相手の行動を意のままに操ることができる】

【副作用：《才能《クラウン》》の効果が終了した後、自身の〝抵抗力〟が一時的に弱まる】

「……少しなら、良いのです」

階段を上がっていく主《あるじ》の背中を窺《うかが》いながら、吐息交じりの声を零《こぼ》す不知火。

「入学式の朝に起こった火災事件のように、一瞬だけなら副作用も控えめです。ただ、長時間に及んだり対象が複数になったりすると、事件解決後はインフルエンザもかくやという高熱に見舞われます。そして一定ラインを超えて使い続けると、他人の命令を無条件で全て受け入れる〝逆エンペラーモード〟に突入します」

「命令を、全て……か」

「はい。……えっちなことを考えましたか、今？」

「一条さんに対してそれはない」

「即答だったので一応信じておきましょう。……副作用の後半についてはもちろん公表していませんし、捕獲助手《サポーター》として極力セーブしていますが。それでも、大規模な才能犯罪組織《クリミナルギルド》とぶつかる際には仕方なく解放することもあります」

来都《らいと》さんには伝えておきますけど、と何やら拗《す》ねたような声が続く。

（ああ……そうか）

対する俺は、密《ひそ》かに得心していた——もしかしたら。もしかしたら、そういうことだったのかもしれない。真っ暗な夢、まだ確定していない未来、重大な分岐点。

だって、そうだろう。

今回の事件は柊色葉《ひいらぎいろは》の後ろに【人形遣い】がいて、その背後には才能犯罪組織《クリミナルギルド》【ラビリンス】が控えている。仮に一条さんが《絶対条例《エンペラー》》を使うなら〝控えめ〟で済むはずがない。Sランク捕獲者《ハンター》にとって、最も大きな隙が生まれてしまうことになる。

「なので……いえ、その。もちろん状況次第ですけど、努力目標《できるだけ》……というか」

すっ、と紺色の瞳が明後日《あさって》の方向へ逸《そ》らされる。……まあ、不知火《しらぬい》が言いづらそうにしているのも分からない話じゃなかった。最強の捕獲者《ハンター》が味方にいるのにその《才能《クラウン》》を使わずに勝て、というのは、確かにあんまりな話だろう。

ただ、それでも。

「何言ってるんだよ、不知火」

あまりにも当たり前な〝お願い〟に、俺は思わず苦笑して。

「一条《いちじょう》さんを危険に晒《さら》すかもしれない作戦なんて、そもそも選択肢に入ってないっての」

徹夜で書き上げた作戦計画書（の入ったデバイス）を、得意げに掲げてみせた。

##

そんなこんなで――一条さんが、コンコンと扉をノックする。

「「「…………」」」

数秒か、十数秒か、もしくは一分近い沈黙。やがてその静寂を打ち破るかの如《ごと》く扉がゆっくりと開かれて、中からおずおずと一人の少女が顔を出す。

――柊色葉《ひいらぎいろは》。

彼女は俺たちの姿を認めるや否《いな》や、観念したように「ぁ……」と息を零《こぼ》して。

「柊色葉さん、ね。……【シークレットマーダー】について、話してもらえるかしら？」

そんな少女に、一条さんがふわりと優しく声を掛けた。

＃5

——永彩《えいさい》学園高等部一般クラスの女子寮。

思春期男子としては緊張する場面かもしれないけれど、残念ながらつい数日前にも忍び込んでいるため真新しい感慨は特にない。男子寮と同じ構造、掃除の行き届いた室内。深夜と違ってまともに電気が点《つ》いているため、記憶よりも幾分か華やかだ。

「ん……」

俺たち一行の代表は、もちろん一条さん。今は柊色葉と並んでベッドの縁《ふち》に腰掛けている。ただ座っているだけだけど、居住まいが上品で洗練されていて、何というかそれだけで画《え》になるような光景だ。

ついでに一条さんのすぐ近くには不知火が控えていて、俺と物延七海《もののべななみ》がいるのはベッドから少し離れた壁際。協議の末、俺は目隠しをしなくて済んでいる。

そんな部屋の中に、

「……ごめん、なさい……」

柊の零した自供の声が、ポツリと儚《はかな》く響き渡った。

「もう、全部バレてると思うから……あの事件の犯人は、わたし。ダミータグを壊すのは有希《ゆき》先輩にやってもらったけど、それをお願いしたのも、不正の方法を考えたのも、全部わたし。わたしの、せい……」

「……ええ。そうよね、知ってる」

一条《いちじょう》さんの綺麗《きれい》な指先が自身のブロンドをそっと掬《すく》って耳に掛ける。

「どうして、そんなことをしようと思ったの？」

「っ……評価ｐｔが、欲しかったから」

ぎゅ、と膝の上で両手を重ね合わせるようにして、柊《ひいらぎ》が懸命に声を振り絞った。

「わたし、ずっと成績が良くなくて……このままだと、二学期に入る前に退学になっちゃうって思ったから。だから、先輩に協力してもらって……」

「〝不正〟をしようとした？」

「……はい」

柊が項垂《うなだ》れるのと同時、セミロングの黒髪がさらりと肩から流れ落ちる。自らの行いを悔いているかのような、あるいは表情を押し隠すような仕草。

くぐもった声が紡がれる。

「わたしが捕獲者《ハンター》で居続けるためには、もう悪いことをするしかない。でも、評価ｐｔをたくさん稼げる機会なんてあんまりない。……今回しかない、って思ったの。どうせ退学になるくらいなら、今だけ開き直った方がマシだから……って」

「………」

切なくて真に迫った独白。……けれど、

「嘘ね」

柊が企てた渾身《こんしん》の演技は一刀両断に切り捨てられた。

「――……え？」

「今の、嘘《うそ》でしょ？　色葉《いろは》さんの評価ｐｔは５９、一般クラスの平均から考えても低い方じゃないわ。こんなリスクを冒す理由になってない。……あのね？　今、あなたの目の前にいるのはＳランク捕獲者《ハンター》よ。観念して、本当のことを教えてくれる？」

上半身を捻《ひね》って柊の顔を覗《のぞ》き込《こ》んだ一条さんが、そっと穏やかな声で問い掛ける。

「！」

きっと、その効力は抜群だった――《絶対条例《エンペラー》》が使われたわけじゃないけど、一条さんの存在はそれだけで絶対的だ。冗談めかした気遣いとストレートな慈愛、それから優しさに満ちた天使の声音。こんなの、誰だって観念せざるを得ない。

「う……」

柊色葉の目から透明な液体が流れ落ちて。

「友達を、助けたかったの……」

今度こそ、紛《まご》うことなき本物の〝動機〟が語られ始めた。

「わたしの評価ｐｔなんてどうでもいい……ういちゃんが、ういちゃんが退学になっちゃったら、どうやって三年間も頑張っていけばいいのか分かんない」

「ういちゃん？　……それって、あなたのチームメイトのことかしら？」

「うん、うん……わたしの大事な友達。大好きで、大切な恩人で……でも、この試験で評価ｐｔをたくさん稼げないと、もう会えなくなっちゃうから……っ！」

嗚咽《おえつ》交じりに零《こぼ》れる声。

「…………」

退学間際の友人を救うため――それは、いわゆる美談というやつだろう。時と場合によっては同情に足る理由だろう。

だけど、それで許されるのであれば捕獲者《ハンター》なんかこの世に要らない。

本来の歴史において、不正がバレた柊色葉《ひいらぎいろは》は周りから白い目で見られ、同時に【人形遣い】が《擬装工作《ミスリード》》を解除したことで〝自己嫌悪〟から闇堕《お》ちする。何しろ【シークレットマーダー】自体は間違いなく柊が企てた不正事件だから。

（【人形遣い】はあくまでも動機を作っただけ……柊は本当に〝自分の意思でやった〟って思ってるんだから、今の自白は嘘《うそ》でも何でもない）

それが【人形遣い】の描いたシナリオだ。

未熟な捕獲者《ハンター》見習いを陰から操る【人形遣い】。表舞台には一切出ることなく、極夜事件の間際まで〝裏切り者〟を量産し続ける。……実際、こんなの分かるわけがない。柊色葉は心の底から自分が悪いと思っていて、状況的にもそれが真実なんだから。

呆《あき》れるくらい鮮やかな完全犯罪——だけど、

「そう。……そっか、なるほどね」

柊の主張を最後まで聞いた一条《いちじょう》さんは、あくまで軽い調子で頷《うなず》いてみせた。犯人の独白を聞き届けた探偵、ないし捕獲者《ハンター》とは思えない反応。白光に煌《きら》めくブロンドの髪をさらりと流しつつ、一条さんは隣に座る少女の瞳を真《ま》っ直《す》ぐ見つめる。

そうして一言。

「じゃあ——次は、そんな〝嘘〟をあなたに教え込んだ人間について、詳しく聞かせてもらえるかしら？」

「——……ふえ？」

突飛にも思えるその発言にポカンと口を半開きにする柊。容疑者である彼女だけじゃなく、不知火《しらぬい》や物延七海《もののべななみ》ですら驚いたように目を丸くしているのが分かる。

そんな中、俺は——

（よしっ……！　さっすが、一条《いちじょう》さん!!）

——願いに願っていた展開に、心の中で思いきり喝采を上げていた。

これが、これこそが、俺たち【迷宮の抜け穴《アナザールート》】が被害者の名前に無理やり〝暗号〟を仕込んでまで一条さんを【シークレットマーダー】に召喚した理由だ。歴史的特異点《デスポイント》を書き換えるための第四のミッション、その真なる目的だ。

不知火《しらぬい》との疑似ループを通して調べた限り、本来の歴史では誰も〝そこ〟まで踏み込まなかった。否《いな》、踏み込めなかった。【人形遣い】の思惑に嵌《は》まって、柊色葉《ひいらぎいろは》が不正事件の真犯人であるという分かりやすい答えで満足してしまっていた。

でも一条さんは違う。

一条光凛《ひかり》は、並大抵の高ランク捕獲者《ハンター》なんかじゃない。

「今は一年生の一学期。確かに夏明けには進級査定があるけど、定期試験だけじゃなく特別カリキュラムもまだ残ってる。やっぱり、焦《あせ》るには早すぎるんじゃないかしら？　誰かに何かを唆《そそのか》されない限り、ね」

「え……で、でも、わたしは——」

「ええ、あなたが嘘《うそ》を吐《つ》いているようには思えない。本当にそう思っていた……いえ、そんな誤解を植え付けられていた、と言った方が正しいかしら」

凄《すさ》まじい勢いで真相に近付いていく一条さん。

この歴史的特異点《デスポイント》における最終目標——潜里羽依花《くぐりういか》の闇堕《お》ち回避、及び【人形遣い】を捕まえること。そのためには柊色葉の冤罪《えんざい》を証明するしかないのだけれど、それが非常に難しいことだというのは分かっていた。何しろ相手は【ラビリンス】内でも屈指の凶悪犯だ、普通のやり方じゃまず届かない。

だからこそ、一条さんに力を貸してもらう必要があった……というわけだ。

「……ふぅ……」

内心の高揚感を抑えるべく密《ひそ》かに拳を握る俺。

（本当なら、これで——**【ミッション④：《シークレットマーダー》を七件目まで遂行すること】**の成果として一条さんを呼び込んだら、その時点で〝完勝〟のはずだった。だけどあんな夢を見たってことは、本番はここから……なんだよな）

今朝の夢を思い出しながら微《かす》かに警戒心を強めておく。

そんな俺の視線の先で、人差し指を顎の辺りに添えた一条さんが再び口を開いた。

「【シークレットマーダー】……定期試験《星集め》で起こった不正事件。首謀者は確かに色葉さんかもしれないけど、あなたを誘導した〝真犯人〟が別にいる」

「……っ……」

「だから——ゆっくりでいいから、思い出してくれない？　あなたに全く非がない、とは言えないけど……【ＣＣＣ】に怒られたら、私も味方になってあげるから」

ぱちっ、と。

澄んだ碧《あお》の瞳を片目だけ瞼《まぶた》で隠し、可憐《かれん》で優しいウインクをする一条《いちじょう》さん。

「わたしに、嘘《うそ》を教えた人……？」

それを受けた柊《ひいらぎ》の方はと言えば、しばし呆然《ぼうぜん》と硬直していたものの、やがておずおずと言葉を紡ぎ始めた。きっと《擬装工作《ミスリード》》の影響で記憶や認識がぐちゃぐちゃになっているんだろう。眉を顰《ひそ》めて、首を傾《かし》げて、それでも懸命に答えを探そうとする。

──そして、

「ぁ……」

そんな柊が静かに顔を持ち上げて。

「そういえば……ういちゃんが退学になりそうって話を教えてくれたのは、確か──」

真犯人の名が語られる……と思った、その瞬間だった。

「──……え？」

柊色葉の瞳から、ふっと光が消えたのは。

♭♭ ──《side：人形遣い》──

『じゃあ──次は、そんな〝嘘〟をあなたに教え込んだ人間について、詳しく聞かせてもらえるかしら？』

──ギリ、と自らの歯が擦《こす》れ合う音がはっきり聞こえた。

「クソが……忌々《いまいま》しいクソ捕獲者《ハンター》どもが！」

薄暗い部屋の中で、彼は──後の【人形遣い】こと工藤忠義《くどうただよし》は怨嗟《えんさ》の声を絞り出す。

これまでは全てが狙い通りだった。柊色葉《いろは》に新たな誤解を植え付けることで昨日の晩に無茶《むちゃ》な犯行を起こさせ、それを一条光凛《ひかり》に捜査させて直ちに解決。柊色葉は間違いなく強烈な自己嫌悪に陥るはずで、潜里羽依花《くぐりういか》が闇堕《お》ちするのも時間の問題だった。

なのに。

……それなのに。

「大人しく柊色葉《あのガキ》を糾弾して終わっておけばいいものを……ああ、面倒ですねぇ」

苛々《いらいら》と頭を掻《か》き毟《むし》る。

想定外だった。一条光凛の存在《Sランク》は認識していたものの、まさかここまで厄介だとは思わなかった。《擬装工作《ミスリード》》は相手に〝勘違い〟を植え付ける──故に、事件の陰に潜んだまま犯人を操れる。けれどどこんな詰め方をされたら彼の関与が浮き彫りになる。

そうなればもう、逃げられないだろう。

何しろ【シークレットマーダー】は永彩《えいさい》学園内のいざこざではなく、才能犯罪組織《クリミナルギルド》【ラビリンス】が絡む〝本物〟の難事件。すぐに殿堂才能《コアクラウン》《裁判《ジャッジ》》が振るわれて終幕だ。【CC】が支配するこの世界は、いつでも圧倒的に捕獲者《ハンター》有利なんだから。

「ああ、全く……」

だがしかし。

彼——工藤忠義《くどうただよし》にとって、今回の事件は〝いずれ来る大きな作戦〟へ向けた重大なモノだ。敬愛する【ラビリンス】リーダーから直々に指名された重要任務。まさか、まさか失敗するわけにはいかない。成果を出さないわけにはいかない。

……だからこそ。

彼がこんなところで終わるはずはなかった。


「ですが——今回は、ワタシの方が一枚上手《うわて》だったみたいですねェ！」

＃6

きっかけになったのは、柊《ひいらぎ》の持つデバイスから発せられた甲高い音だった。

キィイイインという電子音。明らかに場違いで耳障《みみざわ》りな異音。

「————」

それに伴って、彼女の目からふっと光が消える。

「な……」

——異常事態だ、ということだけは間違いなかった。

どこからどう見ても〝何か〟が起こっていて、けれど状況が分からないから最初の一歩が踏み出せない。俺も不知火《しらぬい》も物延《もののべ》も、ただただ息を潜めて警戒心を募らせる。

「……っ……」

そんな俺たちの前で、柊はゆらりと立ち上がった。怯《おび》えたような視線を走らせ、ぎゅっと唇を噛《か》んだかと思えばつい数秒前まで座っていたベッドによじ登る。そうして逃げるような所作で歩を進めると、やがて反対側の壁にとんっと背中を押し付ける。

……そして、

「「「──な⁉」」」

素足でベッドの上に立つ彼女が袖口から取り出したのは、鈍い銀色に煌《きら》めく凶器──もとい、カ、カ、カ、カッターナイフだ。スライド式でカチカチと伸びていく刃。文房具の一種ではあるものの、当然ながら確かな殺傷能力がある。

「来ないで……」

目尻に大粒の雫《しずく》を溜《た》めながら──。

柊色葉《いろは》は、がたがたと震える手でカッターの切っ先を自身の首へと突き付ける。

「わたしから、離れてっっ！！！」

慟哭《どうこく》と共に突き付けられる、命令にも似た懇願。

(何だよ、これ……)

咄嗟《とっさ》には意味が分からなかった。

いや、もちろん。《限定未来視《セカンド》》に不穏な夢を見せられているため、ここで一波乱あること自体はとっくに織り込み済みだ。【人形遣い】が何かしら策を残していることは知っている。加えて彼の《才能《クラウン》》が《擬装工作《ミスリード》》である以上、抵抗の手段として柊色葉《ひいらぎいろは》が〝使われる〟可能性は大いにあった。

偽物《にせもの》の動機、偽物の認識、偽物の覚悟。

文字通り〝操る〟方法なんていくらでもある……けれど、この取り乱しようはあまりにも異常だ。俺たちを攻撃するならともかく自分の首にナイフを突き付けるなんて、何がしたいのかもよく分からない。

「っ……」

……いや、まさか。

(まさか——柊自身が、人質にされた⁉)

俺がそんな可能性に思い当たった瞬間。

つい先ほど甲高い異音を垂れ流していた柊のデバイスから、別の音が流れ込んできた。

『ククッ……くく、あはははははははは！』

生理的な嫌悪感を呼び起こす加工音声――。

声だけでは男とも女とも判断が付かないけれど、このタイミングで割り込んでくる人間なんて一人しか考えられない。いずれ【人形遣い】と呼ばれる男。不正事件の裏で糸を引いていた彼が、声を偽って接触してきた。

「――――――」

柊がビクンと肩を震わせる最中、無機質な加工音声が露悪的に喚《わめ》く。

『無能な虫けらの皆々様ァ……今すぐ《裁判》の権利を放棄してデバイスを捨てろ』

『でなければ【シークレットマーダー】とやらの次なる被害者は、哀れにも犯人自身になってしまいますよォ？』

『それも、今回ばかりはダミータグなんかじゃなく――』

『――本物の〝命〟を散らしてねェ!!』

ダン、と机に手を叩《たた》きつけるような音と振動がデバイス越しに耳朶《じだ》を打つ。

「……ッ……」

それで、ようやく確信した――【人形遣い】が有する《擬装工作《ミスリード》》。柊がここにきて唐突に自殺を仄《ほの》めかしたのは、やはり彼の《才能《クラウン》》によって何らかの〝思い込み〟を植え付けられたせいなのだろう。

たとえば、室内にいる人間は一人残らず敵である……とか。

たとえば、不正がバレた以上はもはや自害する以外にない……とか。

精神干渉系の《才能《クラウン》》じゃないから強制力はないはずだけど、それでも善良な柊《ひいらぎ》に不正事件を起こさせる程度には強烈な思い込みを生むことができる《才能《クラウン》》だ。それくらいの芸当はできても全く不思議じゃない。

──つまり。

俺たちの立場からすれば、柊色葉《いろは》の手によって柊色葉が人質にされている──と、そんな状況を押し付けられたわけだ。

「……もう、やめて……近付かないで！」

ボロボロと涙を流しながら俺たちを見据える柊。……もし、もし万が一にもここで彼女が死んでしまうようなことになれば、本来の想定とは違う理由で潜里羽依花《くぐりういか》の闇堕《お》ちは達成されるだろう。あらゆる意味で人質としての価値は高いと言っていい。

「ん……」

そこへ毅然《きぜん》と立ち上がったのは一条《いちじょう》さんだ。

まるで、それこそがSランク捕獲者《ハンター》の誇りであり責務だとでも言うかのように。一歩たりとも退《ひ》くことなく、彼女は澄み切った声音で堂々と切り返す。

「声を変えたくらいで正体を隠し通せるとでも思ってるの？──工藤忠義先生」

『！』

　ＬＥＤの白い光をキラキラと反射するブロンドの髪、デバイスを見据える碧《あお》の瞳。俺と違って未来を知っているわけでもない一条さんが、圧倒的な知識と推理と経験値を以《も》って隠された〝真実〟に辿《たど》り着く。

「定期試験《星集め》の不正事件は色葉さんが起こしたものだけど、その裏には色葉さんに偽物《にせもの》の動機を植え付けた首謀者がいた。誘導にうってつけの《才能《クラウン》》を持っていて、なおかつ色葉さんを信用させられる立場の人……つまりは成績に関する情報を握っていても不自然じゃない、永彩《えいさい》学園の教員。ここまで来たら候補なんて一人しかいないわ」

『やはり気付いていましたか……ああ、忌々《いまいま》しい』

　デバイス越しに聞こえてくるのは呪いのような応答と舌打ちの音。

　状況を俯瞰《ふかん》するなら、追い詰めているのは一条さんの方だ。……けれど、工藤《くどう》先生もとい【人形遣い】は一切の余裕を失っていない。それはまさしく目の前の光景が原因だ。ベッドの上で自らの首筋にナイフを突き付ける一人の少女。

『くくっ……』

　加工音声が再び下卑た笑みを回線に乗せる。

『命令が聞こえなかったんですか？　――今すぐデバイスを捨てろ、一方的終焉《ミス・ワンサイド》。ワタシの正体が割れていようがいなかろうが関係ありません。《裁判《ジャッジ》》を使うつもりなら、その前にこの子の命が消えますよ』

「……信じられない。仮にも教員なんでしょう、あなた？」

『さぁ？　それこそ仮の姿、ですからねぇ……クックッ』

取り付く島もない【人形遣い】。

「…………」

それを受けた一条《いちじょう》さんは、ブロンドの髪を揺らしながら小さく顔を持ち上げた。一瞬だけ視界に入った碧《あお》の瞳に宿るのは様々な感情だ。……きっと一条さんは、今この瞬間も打開策を練り続けているんだろう。状況に対する困惑やデバイスの向こうの真犯人に対する反感はあっても、諦めの気配だけは全くない。

——ただ、それでも。

「分かったわ。とりあえず、デバイスは捨てる。……みんなも、いい？」

ベッドから離れつつデバイスをそっと床に置く一条さん。

そんな彼女に促される形で、数秒後には全員分のデバイスが足元に転がって。

（チッ……これが【人形遣い】の〝奥の手〟か）

ぎゅっと強く拳を握る俺。……胸糞《むなくそ》が悪い、というのが正直な感想だった。宿泊研修で対峙《たいじ》した【ラビリンス】構成員《メンバー》Xよりも数段色の濃い〝悪〟に視界がくらくらとする。

……と、そこで。

「待ってくださいっ！」

不意に声を張り上げたのは自信家のBランク捕獲者《ハンター》・物延七海《もののべななみ》だった。

きゅきゅ、っと位置を直される両鍔《りょうつば》の帽子。元気よく跳ねる薄紫のサイドテール。

ロングコートの裾を軽やかに翻《ひるがえ》しながら一歩だけベッドに近付いた彼女は、柊《ひいらぎ》に――ではなく、彼女を操る加工音声の主に向けて言い放つ。

「正義のヒーロー、七海ちゃん参上です☆　デバイスの向こうにいる真犯人さんに訊《き》きたいんですけど……あの、正気ですか？？」

『質問の意図が分かりませんねぇ。もっとはっきり言ってくれないと』

「あ、要するに〝そんなことをしてただで済むと思っとるのか～！〟ってやつです☆」

くるり、と右手で喫煙具《パイプ》を回しながら物延は続ける。

「光凛《ひかり》先輩の名推理であなたの正体は分かっています！　つまり《裁判《ジャッジ》》を使えばその瞬間に大決着☆　今あなたを守ってるのは、色葉《いろは》ちゃんの存在〝だけ〟なんですけど？」

『………………』

「ぷぷぷ！　先生のくせにそんなことも分かってなかったんですか～？」

口元に片手を添えて全力で【人形遣い】を煽《あお》る物延七海。

「…………」

相手が単なる教員ではなく凶悪な才能犯罪者《クリミナル》だと分かっているのにこの態度を保てるのは大したものだけど……実際、彼女の指摘はそれなりに正しい。

人質というのは、生きていなければ意味がない。

倫理や道徳が云々《うんぬん》とかの前に、犯人側の損得だけを考えてもそうなるはずだ。柊《ひいらぎ》の証言と状況証拠と一条《いちじょう》さんの名推理によって、加工音声の正体が永彩《えいさい》学園教員・工藤忠義《くどうただよし》であることは暴かれている。つまりは〝犯人〟が既に特定されている。

それでも今この瞬間に彼が捕まっていないのは、柊色葉が生きているからだ。

もしも彼女がいなくなってしまえば【人形遣い】を守る盾はなくなる。俺たちがデバイスを捨てていたって、殿堂才能《コアクラウン》《裁判《ジャッジ》》の権利を放棄していたって関係ないんだ。何せ永彩学園には数百人の捕獲者《ハンター》がいる。

(だから、あいつは柊を殺せない……はず、なんだけど)

予測というよりは祈りに近い俺の内心――。

そんなものを真っ向から否定するかの如《ごと》く、デバイス越しの加工音声が突如として『クハッ』と蔑みに満ちた笑みを零《こぼ》して。

『どうでもいいんですよねぇ……ワタシが捕まるかどうか、なんて』

「「「!?」」」

――決して負け惜しみなんかじゃない。

高ランクの捕獲者《ハンター》たちに詰められて自暴自棄になったわけでもない。

心の底からそう思っていることが窺《うかが》えるような、何の誇張もない口振り。柊色葉《いろは》の生殺与奪を握った彼は、徐々に語気を強めながら陶然と言葉を継《つ》ぐ。

『ワタシはそんな些末《さまつ》な次元で物事を捉えているわけじゃないんですよ』

《裁判《ジャッジ》》？　有罪《ギルティ》？　殺人罪で死刑？　なるかもしれませんねぇ、もしかしたら』

『ですが関係ありません——文字通り、どうでもいい』

『何故《なぜ》ならワタシは、あの方の偉大な計画を前進させるために……そのためだけに、ここにいるんですから』

『それが叶《かな》うなら、ワタシ自身は死んだって構わないんですよォ！』

『くはははははははははははははは!!』

加工音声が盛大に喚《わめ》く。

そこから感じ取れるのは、妄信あるいは陶酔だ——〝あの方〟というのは、きっと【ラビリンス】のリーダーもしくはそれに類する才能犯罪者《クリミナル》なんだろう。【人形遣い】も充分以上に凶悪犯だけど、とはいえ組織の長じゃない。もっと〝上〟の存在がいる。

彼は、その人物を崇拝しているんだ。

信頼でも服従でもなく崇拝。だからこそ、盾がなくなるなんて些細《ささい》なことはどうだっていい。【人形遣い】にとってはここで捕まらないことよりも潜里羽依花《くぐりういか》を闇堕《お》ちさせることの方が重要問題で、そのためなら刺し違える覚悟すらある。

（どうなってんだよ、その思考回路……っ⁉）

改めて【ラビリンス】の異質さを肌で感じ、背筋に冷たいものが走る。……【ラビリンス】のリーダーは一体何者なんだ？　どれだけの求心力がある？

「偉大な計画……むむ？」

そんな俺の疑問を差し置いて、物延《もののべ》が肩のハムスターと共にこてんと首を傾《かし》げる。

「何ですか、それ？　七海《ななみ》ちゃんも知りたいです！」

『クク、無能な捕獲者《ハンター》の皆々様では掴《つか》むのに三年は掛かるでしょうねぇ。ワタシたちにとって念願の、至って崇高な計画です。捕獲者統括機関《CCC》が支配するこの世界は、あまりにも狭すぎる——あの方が、無意味な牢獄《ろうごく》を壊してくれるんですよォ』

「……？　比喩と修飾語が多すぎてさっぱり意味が分かりません☆　ぷぷぷ！　気取った言葉じゃないと喋《しゃべ》れないんですか～？」

『嫌ですねぇ。アナタの理解力が致命的に足りないだけじゃないですか』

物延の煽《あお》りを飄々《ひょうひょう》と躱《かわ》して加工音声が『クハッ』と笑う。

『ワタシたち才能所持者《ホルダー》は、選ばれし人間なんです——ならばそれを管理、抑制しようとする【CCC】は〝悪〟でしょう。捕獲者《ハンター》さえいなければワタシたちはもっと自由になれる。肩身の狭い思いをしなくて済む。真っ当に世界を牛耳《ぎゅうじ》れる。何故《なぜ》それが分からないのですか？　――ねェ、Sランク捕獲者《ハンター》サマ？』

「ん……」

耳障《みみざわ》りな問い掛けを受け、ブロンドの髪を微《かす》かに揺らす一条《いちじょう》さん。

きっとこの問答に意味なんてない。人質を取っている彼が悠然と〝挑発〟を繰り返しているだけで、得られるものなんて何もない。

それが分かっていても、露骨に名指しされた一条さんはゆっくりと口を開く。

「……随分と古臭い思想ね」

静かに放たれる言葉。

「才能所持者《ホルダー》は特別で、世界の頂点に立つべきで、だからそれを妨害する【CCC】は邪魔者だ――なんて、才能犯罪の初期にしょっちゅう語られていた動機よ？　今さら聞くなんて思わなかった」

『そうでしょうねぇ、黎明期《れいめいき》の彼らは単に自身を正当化していただけですから。核のない思想はすぐに壊れます。ですが、ワタシたちは違う――何しろワタシたちは〝本気〟ですから。真に【CCC】の支配を打ち砕く存在です』

「……色葉《いろは》さんを殺すのが、その計画の一部なの？」

『ええ、ええ。アナタには分からないでしょうねぇ、あの方の深淵《しんえん》なる計画なんて。ですがそれでいいんです。アナタは【CCC】の中でも特に邪魔な存在ですから。そのまま何も知らずに最悪の——もとい、素敵な未来を迎えてください』

煽《あお》るように、あるいは見下すように告げる加工音声。

「……っ……」

俺のすぐ隣では、一条《いちじょう》さんの捕獲助手《サポーター》である不知火《しらぬい》が唇を噛《か》んでいるのが分かる。

まあ、それも当然の反応だろう——一条さんが才能犯罪者《クリミナル》に恨み言を吐かれるような場面は過去にもあったかもしれないけど、彼の言葉はその種の出まかせじゃない。机上の空論ですらない。そのことを、俺と不知火だけは知っている。

だって、現に〝成功〟している——いや、〝成功〟しているんだ。

二〇XX年三月九日火曜日、事件コードEX01《極夜事件》。才能犯罪組織《クリミナルギルド》【ラビリンス】は三年間の下準備を経て【CCC】を、そして一条さんを殺す。俺が未来を変えられない限り、彼らの勢力拡大に繋《つな》がる歴史的特異点《デスポイント》を潰し切らない限り。

その未来は〝本物〟になる。

「ひ、ぅっ……！」

——小さな嗚咽《おえつ》が聞こえた。

零《こぼ》したのは他でもない柊色葉《ひいらぎいろは》だ。ベッドの上で壁に背中を押し付けた彼女の手元が少しずつ首筋に近付いている。頬《ほお》はとっくに涙でぐしゃぐしゃになっていて、全身が恐怖で震えていて、それでも動きは止まらない。

「わたし、もう……死ぬしか、しんじゃうしか……っ」

虚《うつ》ろな声で繰り返される呪いの言葉。

【人形遣い】の《才能《クラウン》》によって強烈な呪縛を掛けられている以上、どんな呼び掛けも意味を持たない。普通のやり方ではもはや彼女を救えない。

……だからこそ、

「翠《すい》」

一言、凛《りん》とした声が響いた。

同時に一歩、ベッドの方へと歩み寄る影——それはもちろん、他の誰でもなく一条さんだ。俺から見える横顔に宿るのは鮮やかな決意の色。雑誌やニュースで何度も見た、痺《しび》れるくらい格好《かっこう》いいSランク捕獲者《ハンター》の姿。

「お願い。……許して」

穏やかな懇願が紡がれる。

「翠に反対されるのは分かってるわ。でも、他に方法がないでしょう？」

「……ですが、光凛《ひかり》さま」

「なるべくスムーズに仕留める。時間は掛けないし、増援だって呼ばせない。……そもそも私の判断ミスだもの。もっと早く動いておくべきだった」

ごめんね、と小声で付け加える一条さん。

「光凛《ひかり》先輩っ！」

それを受けて、帽子の鍔《つば》をきゅっと捻《ひね》った物延七海《もののべななみ》が全身全霊で声援を送る。

「やっちゃってください！　七海ちゃんにはちょっとだけ荷が重いですが、工藤《くどう》先生なんて光凛先輩の敵じゃありません……！　ファイトです☆」

「ええ、任せて七海」

俺たちに背を向けたままそう言って、さらに歩を進める一条《いちじょう》さん。……超が付くほど自信家の物延だけれど、師匠である一条さんへの信頼は絶大だ。相棒のハムスターと一緒にキラキラと憧れの視線を向けている。

「………………」

――もちろん。

もちろん、一条さんが《才能《クラウン》》を使えば事態は解決するだろう。《絶対条例《エンペラー》》は【人形遣い】によって植え付けられた思い込みも含めて柊色葉《ひいらぎいろは》を乗っ取れる。

不知火《しらぬい》の言っていた通り〝副作用〟はあるものの……だからって、一条さんが止まるわけはない。目の前で殺されそうになっている女の子を犠牲にして真犯人を捕まえるくらいなら、危険を冒してでも《絶対条例《エンペラー》》を使う。Sランク捕獲者《ハンター》・一条光凛はどんな時でも眩《まばゆ》い〝正義〟の存在なんだ。そうじゃなきゃ、俺はこんなに焦がれていない。

……だけど、

（ダメだ——今だけは、それが最悪の選択だ）

脳裏を過《よぎ》るのは《限定未来視《セカンド》》が見せた真っ暗な夢。

確かに、この場を収めるためには《絶対条例《エンペラー》》が最適だろう。それが一番妥当でシンプルな手に思える。ただし、柊色葉を操って終わりというわけにはいかない。何しろ彼女の後ろには【人形遣い】がいる。副作用は自《おの》ずと強烈なモノになる。

「っ……」

——それを【ラビリンス】の長が狙っていたら？

もしかすると【人形遣い】の狙いはさっきの独白の通りなのかもしれない。自身が捕まってでも柊色葉を殺すことで潜里羽依花《くぐりういか》を闇堕《お》ちさせる〝道連れ〟の一手。だけど永彩学《えいさい》園には一条さんがいて、強引に事件を解決できる。故に道連れは叶《かな》わない……ただし、その瞬間に大きな隙が生まれる。

極夜事件を待たずして全てが終わりかねない、致命的で絶望的な〝隙〟が。

（多分【人形遣い】自身も知らないんだ。【人形遣い《あいつ》】が計画通りに潜里を闇堕ちさせられるならそれで良くて、一条さんに妨害されるようなら《絶対条例《エンペラー》》の副作用を狙い撃ちにする算段……つまり【ラビリンス】が仕掛けた〝二段構え〟の周到な策！）

一条さんの《絶対条例《エンペラー》》をトリガーに発動する、極悪な罠《わな》。

真っ暗な夢も見るはずだ。未来が不透明になっているはずだ。だって俺がここで選択を間違えたら、悪い意味で世界は大きく変わってしまう。俺の行動次第でどんな展開にも繋《つな》がり得る、あまりにも重大な歴史的特異点《デスポイント》。

だから。……だからこそ、

「《絶対《エン》──》」

「──光凛！」

咄嗟《とっさ》の一言だった。

想定よりも早く《才能《クラウン》》を使おうとしていた一条《いちじょう》さんを制止するべく、無意識のうちに放った言葉。頭の中で準備をする間もなく、勝手に口から零《こぼ》れた呼び掛け。

「ふぇ!? つ、つつ、積木《つみき》くん……？」

（え……俺、なんで……？）

呼び止められた一条さんが驚いたようにこちらを振り返っているのは当然として、俺の方も自分で戸惑ってしまう。……どこか不思議な感覚だった。俺が一条さんを下の名前で呼んだことなんて一度もないはずなのに、何故《なぜ》かしっ、、、くりくるような。

（──って！）

だけど、今はそんなことを考えている場合じゃない。

不知火《しらぬい》に頼まれた通り、一条《いちじょう》さんの《絶対条例《エンペラー》》を使わせないことには成功した。ただし、これで柊《ひいらぎ》を殺されてしまったら本末転倒だ。最強の捕獲者《ハンター》を温存したいなら、他に明確な〝策〟が必要になる。そのための作戦計画書（改訂版）こそが【ミッション⑤：人形遣いを引き摺《ず》り出して捕まえること】なんだから。

つまり、ここからが【人形遣い】との最終決戦。正念場。

俺たちと才能犯罪組織《クリミナルギルド》【ラビリンス】の未来を決める歴史的特異点《デスポイント》。

（何も、一条さんに危険を背負わせる必要はない……）

だからこそ俺は、微《かす》かに口元を緩めて――

（俺だって【迷宮の抜け穴】の〝黒幕〟だ。手はもう、打ってある！）

――ぴったりと背中を預けた寮の壁を、後ろ手で〝ドンッ！〟と思いきり叩《たた》き付けた。

♭♭　――《side：音無友戯《おとなしゆうぎ》》――

ドン、と隣の部屋から強い振動が伝わってきた。

「あいたっ」

今か今かと壁に顔を押し付けていたおかげで、直接的なダメージが入る。……ライトに殴られるのは初めてかな？　なかなか良《い》い経験ができた。

まあ、何はともあれ――これは〝合図〟だ。

永彩《えいさい》学園高等部一般クラス女子寮、303号室。適当な嘘《うそ》で家主を追い払い、堂々と入り込んだ部屋。女の子の部屋へ勝手に上がり込むのは失礼な気もするけど、全部リーダーの指示だから仕方ない。文句は僕に言ってほしいけど。

……そろそろ〝素材〟は充分だ。

窓を大きく開け放つことで隣の部屋《304号室》から漏れ聞こえてきていた嫌味《いやみ》な加工音声――それを《四次元音響《エコーノイズ》》で録音し、切り貼りし、巧みに編集した音声データ。

それを今、大音量で再生した。

『ククッ――今この瞬間、柊色葉に対する《擬装工作》を全て解く!!』

#7

「え？　……きゃっ!?」

突如として《才能《クラウン》》の解除を告げる加工音声が流れた、直後。

ベランダから飛来してきた超高速の〝何か〟が、柊のカッターを派手に吹っ飛ばした。

(よしっ……タイミング完璧！)

思わずぐっと拳を握る。

俺の目では到底捉えられなかったけれど、飛んできたのは消しゴムだ。発射場所はこの部屋のベランダ、すなわち三日前に俺と天咲《あまさき》が不時着したところ。応急処置程度にしか窓の穴を塞いでいないことを思い出し、作戦計画書（改訂版）に組み込んだ。

……天下の武闘派【怪盗レイン】。

大胆不敵なお姫様からすれば、消しゴムで凶器を弾《はじ》き飛《と》ばすなんて児戯にも等しい。

『な——アッ!?』

とにもかくにも。

強制的な《才能《クラウン》》解除、およびカッターナイフの強奪。これらを受けて露骨な反応を見せたのは、柊《ひいらぎ》以上に加工音声の主だ。デバイスの向こうの凶悪犯こと【人形遣い】。追い詰められた彼は分かりやすい焦《あせ》りを声に乗せる。

『誰だか知りませんが、小癪《こしゃく》な真似《まね》をしてくれますねェ——《擬装工作《ミスリード》》!!』

もはや才能名を隠す意味もなくなったため、舌打ち交じりに放たれる大音声《だいおんじょう》。

ここで再び《擬装工作《ミスリード》》を使われたら今度こそお終《しま》いだ。《四次元音響《エコーノイズ》》を利用した強制解除は不意打ちだから使えた手であって、何度も通用する策じゃない。というか、隣の部屋の音無《おとなし》もベランダの天咲もとっくに〝撤退〟の準備を始めている。

——だから、

「っ……！」

俺は、誰よりも早く床を蹴った。

あっという間に一条《いちじょう》さんを追い越して、ベッドに足を掛ける。……これでも永彩《えいさい》学園のカリキュラムは真面目《まじめ》に受けているし、一条さんに憧れ始めてから運動は毎日欠かさずにやってきた。次の加工音声が届くよりは、早い。

「え？　待って、待って待っ――……ひゃぁっ!?」

「っ痛《て》ぇ……！」

――ダイビング。

混乱から腕を振り回す柊に向かって思いきり突っ込み、プロレス技の要領で後ろから両手を羽交い絞めにする。体勢はあまりよろしくないけれど、とはいえ袖にカッターナイフを隠していた前科だってあるんだ。拘《こう》束でもしないと安心できない。

「ふぅ……」

ともかく、これで柊が自殺を図る方法はなくなった。

一条さんの《絶対条例《エンペラー》》に頼ることなく、人質という盾を【人形遣い】から剥《は》ぎ取《と》った。

(あとは最後の大詰めだけ――頼むぞ、二人とも！)

♭♭　――《side：人形遣い》――

「馬鹿な……馬鹿な、馬鹿な!!」

ダン、と、彼の震える手が机を叩《たた》く。

信じられなかった。まるで悪夢のようだった。腸《はらわた》が煮えくり返りそうだった。Sランク捕獲者《ハンター》・一条光凛《いちじょうひかり》に計画を暴かれるだけに留《とど》まらず、謎の妨害によって人質を奪い返されるなんて。……有り得ない。そんな展開は想定すらしていない。

「なんですか、さっきの音声は……誰ですか、あのガキを殺す凶器《ナイフ》を奪ったのは！」

薄暗い部屋に怒気の籠もった声が響く。

一条光凛《Sランク》だけじゃない——明らかに、他にも厄介な〝敵〟がいた。工藤忠義《くどうただよし》に、あるいは才能犯罪組織《クリミナルギルド》【ラビリンス】に楯突《たてつ》く存在がいた。【CCC】を打倒して才能所持者《ホルダー》の天下を取り戻す……という、崇高な計画を阻む不届き者が。

「タダで済むとは思わないことですねェ……！」

そうして工藤忠義は、恨みに燃える瞳を傍《かたわ》らのモニターへ向ける。

研究室の壁を覆い尽くす無数の液晶画面。映っているのは学園各所の監視カメラ、及び彼が仕掛けた隠しカメラの映像だ。柊色葉《ひいらぎいろは》の部屋やその周辺を隈《くま》なく調べれば関係者の素性は早々に炙《あぶ》り出《だ》せる。

——が、しかし。

「!? な、んだ……これは!?」

突如として切り替わる画面。

刹那の暗転の後、一斉に浮かび上がってきたのはこの部屋の映像だ——頭上から、背後から、そして真正面から。まるで室内にある全ての電子機器がハッキングされたとでもいうように、呆然《ぼうぜん》とする彼の姿だけが画面上に大きく映し出される。

「――クソがッ！」

乱暴な手付きでモニターの電源を全て引き抜いた。

彼の息は荒くなる一方だ。……追い詰められている？　【ラビリンス】きっての才能犯罪者《クリミナル》であるワタシが？　ああ、きっとそうなんだろう。何が起こっているのかは分からない。誰に追い詰められているのかも分からない。ただ間違いなく【ラビリンス】に敵対する何者かが、別の〝影なる存在〟がこのワタシを追い詰めている。

けれど。

「残念ながら……ワタシは、ここで終わるわけにはいかないんです」

――甘い。

工藤忠義、後に【人形遣い】と呼ばれる男。彼の持つ《擬装工作《ミスリード》》の《才能《クラウン》》は主に音声を媒体とするためデバイス越しでも通常通り発揮され、頭痛が酷《ひど》くなる副作用さえ厭《いと》わなければ同時に複数の人間を対象に取ることもできる。

つまり、操れるのは柊色葉だけじゃない。

「《絶対条例《エンペラー》》を温存したのが裏目に出ましたねェ……！」

狙うは史上最年少のSランク捕獲者《ハンター》・一条光凛。

　正体を暴かれても、人質を奪い返されても、監視の目を潰されても。それでもこの時点で《裁判《ジャッジ》》を使っていないのが捕獲者《かれら》の甘さだ。まだデバイスの回線は繋《つな》がっている。一《いち》条光凛《じょうひかり》に《絶対条例《エンペラー》》を振るわせれば、室内の雑魚《ざこ》くらい一瞬で全員殺せる。

「感謝しますよ、見知らぬ誰か……！」

　薄暗い部屋の真ん中で、工藤忠義《くどうただよし》はニヤリと口角を釣り上げる。

「アナタのおかげで、あの一条光凛を堕《お》とす栄誉がワタシに――……ん？」

　――その時、だった。

　彼が捉えたのは微《かす》かな異音だ。発信源は扉の外。……足音、か？　何者かの足音が近付いてきて、やがて扉の前でピタリと止まる。大円校舎三階、体裁上は倉庫という扱いになっている彼専用の研究室。密《ひそ》かに眉を顰《ひそ》める間もなく、息を整える間すらもなく、確かに電子錠を掛けていたはずの扉がゆっくりと開かれる。

「あ……」

　扉の向こうから現れたのは――資料でもカメラ越しにも散々眺めた、一人の少女《ガキ》。

　小柄で表情が薄く、何を考えているのか分からない。明らかにサイズが合っていない制服。年齢以上に幼い容姿だが、その手に握られているのは小ぶりな短刀《ナイフ》だ。それを目撃した瞬間、彼の脳内では更なるデータが検索される。

　……暗殺者組織《マーダーギルド》【K】の至宝、隠し玉。

才能犯罪組織《クリミナルギルド》【ラビリンス】のリーダーが計画の中枢に組み込むほどの天才暗殺者《スーパーマーダー》。

「……んむ……」

こつり、と無慈悲な死神が歩を進める。

「は、ひっ……」

気配だけならどこにでもいる普通の少女だ――けれど、彼の喉からは掠《かす》れた音しか出てこない。まともに思考が回らない。……ワタシは、この少女《ガキ》を堕とすために一体どんな手を使った？　彼女を組織へ引き入れるために、その友人に何をした？

ワタシは――誰を怒らせた？

「い、命だけは……お、大人しく捕まりますとも！　それでチャラでしょう!?」

椅子から転がり落ちて無様に請《こ》う。

もはや《擬装工作《ミスリード》》による抵抗なんて考えてもいなかった。彼女がその気になれば、一瞬後には彼の首が飛んでいる。それくらい分かる。

「……いろはの、かたき」

こつ、こつ、と固い足音を鳴らす少女。

「ッ……」

冷酷な影はあっという間に彼を追い詰めて――けれど、その刃《やいば》が振るわれることはなかった。代わりに彼女は、懐から〝笛〟のような何かを取り出す。

そして、

「ん……るる、もういい？　準備ばんたん？」

「もち！　くーちゃんのご要望《ヨーボー》にお応えして、校舎中から掻《か》き集めてきたもん。こう見えてもウチ、動物には割と好かれる方なんだから！」

「……？」

意図の読めない謎の会話。

それを済ませた暗殺者が悠然と頷《うなず》いて——ピィイイイと、高らかに笛を吹き鳴らす。

「？　……なッ!?」

変化は如実だった。

笛に釣られて突入してきたのは物延七海《Bランク》が校舎内に放っていた調査隊の一部。中でもドーベルマンやシェパードといった、警察犬にも採用されている勇猛果敢な連中だ。……それが、準備万端？　要望に応えて校舎中から掻き集めた、だと？

「や、やめ……」

「むり」

ナイフでもないのに一刀両断。

武器代わりの笛を高く掲げた暗殺者は、その手を静かに振り下ろして……こう言った。

「……せーので、ごー」

＃8

『ん……？』

――永彩《えいさい》学園女子寮、３０４号室。

俺が柊色葉《ひいらぎいろは》を拘束してから少し後、一方的な消音《ミュート》モードにされていたデバイスの向こうから再び音が入ってきた。【人形遣い】が更なる手を打ってきたのか、と一瞬だけ身構えたものの、漏れ聞こえてくる声の雰囲気からしてどうやら違う。

『は、ひっ……』

『い、命だけは……お、大人しく捕まりますとも！　それでチャラでしょう!?』

『やめ……くはっ、ちょ、ぐ、いや待て……まだ増えるんですかァ!?』

『ぐ、が、げほっ……《擬装《ミス》――》ぐがっ!?　な、んッ………ど、るぁっ』

……ズゴ、ドゴ、バキ、グシャア、と。

潜里《くぐり》たちの声は聞こえないから高性能な単一指向性《ノイズキャンセリング》マイクなんだろうけど、それでも情けない命乞いに続いてやたらと派手な戦闘音が垂れ流されてくる。

（いや、つっよ……）

戦闘風景が見えているわけじゃなくても明らかに〝一方的〟だと分かる声と音に思わず頬《ほお》を引《ひ》き攣《つ》らせてしまう。やっぱり杞憂《きゆう》だったみたいだ。

さて、ネタ晴《ば》らしをしよう——。

今日の早朝、何なら午前三時ごろ。《限定未来視《セカンド》》が見せる真っ暗な夢によって【人形遣い】に〝奥の手〟があることを知った俺は、土壇場で新たなミッションを一つ追加していた。【ミッション⑤：人形遣いを引《ひ》き摺《ず》り出して捕まえること】……そしてこれを成し遂げるべく、作戦計画書（改訂版）を通じていくつかの仕込みを行っていた。

一つ、音無友戯《おとなしゆうぎ》による《擬装工作《ミスリード》》の乗っ取り。

一つ、天咲輝夜《あまさきかぐや》による凶器（またはそれに類するもの）の奪取。

一つ、積木来都《おれ》による柊色葉《ひいらぎいろは》の保護。

一つ、深見瑠々《ふかみるる》による各種サポート及び《電子潜入《シグナル》》の副作用ケア。

一つ、潜里羽依花《くぐりういか》による【人形遣い】の位置特定と襲撃。

凶悪な才能犯罪者《クリミナル》が繰り出してくる最後の抵抗を、一条《いちじょう》さんの《絶対条例《エンペラー》》に頼らず躱《かわ》し切る策。要求されるハードルは決して低いものじゃない。

（でも……）

だけどそんなの、今の【迷宮の抜け穴《アナザールート》】にとっては造作もなかった。何しろブラックリスト級の才能所持者《ホルダー》がこれだけ揃《そろ》っているんだ、手数は充分以上に足りている。

あとはもう、実行するだけだ。

（それに……潜里のやつ、今回は特に張り切ってるだろうからな）

意識を回想から現実へと向け直す。

ベッドの端——未《いま》だに俺が後ろから羽交い絞めにしている柊色葉は、他でもない潜里羽依花の親友だ。今回の歴史的特異点《デスポイント》はその柊を【人形遣い】が好き勝手に操り、使い倒すつもりで引き起こされた事件。報復する権利は充分にある。

『ぐ……ふぅ……』

——やがて。

潜里たちと【人形遣い】との戦闘はどうやら終結したようだ。気を失ったのか【人形遣い】の声が途切れ、不気味なくらいの静寂が耳朶《じだ》を打つ。

「な、何が……？」

涙で顔をぐしゃぐしゃにした柊色葉はただただ呆然《ぼうぜん》と呟《つぶや》いている。

きっと《擬装工作《ミスリード》》の影響がまだ抜け切っていないんだろう。どこまでが本当で、どこまでが思い込みで、自分が何をしでかして、一体何をされていたのか。文字通り〝操り人形〟にされていた彼女には詳しい状況なんて分からない。

……ただ。

そんな柊の声が、心細さでいっぱいの不安が聞こえていたのかどうかは定かじゃないけれど——その時、デバイスの向こうから〝誰か〟の声が流れてきた。

『ふ。これぞ、しょうりの舞い……』

『いろははもう、あんしんあんぜん。……だいじょうぶ』

「……ぁ」

淡々としていて、どこかぶっきらぼうにも聞こえる短い言葉。

そのうえ加工音声なんだから誰が言っているかももちろん分からない。……分からないけれど、その意味を正しく受け取った柊色葉《ひいらぎいろは》はじわりと目尻に涙を浮かべて。

「わ～～!!」

彼女が声を上げて泣き出したところで、事件はようやく解決を迎えたのだった――。


【ミッション⑤、および本歴史的特異点《デスポイント》における全ミッション】――完全達成《コンプリート》

#9
ボロ雑巾のようになった【人形遣い】は間もなく確保された。

既に殿堂才能《コアクラウン》《裁判《ジャッジ》》が使用され、柊色葉を操って定期試験を混乱に陥れたこと、および彼女を人質に取り自殺を強要しようとしたことが確定済み。これから【CCC】総出で更なる余罪が追及される。

ちなみに【人形遣い】がボロボロになっていた件についてはある程度の言い訳が必要なのだけど、これには予定通り物延《もののべ》の《動物言語《アニマルボイス》》を使わせてもらった。デバイス越しに彼女の声が聞こえていて、友人のピンチを嗅ぎ取った犬たちが奮起した……というストーリーだ。潜里《くぐり》と深見《ふかみ》はたまたま居合わせただけ、ということになる。

定期試験《星集め》に関して言えば、今日の捜査は完全に打ち切り。事態が落ち着いてから再開となり、中断された日数に応じて可能な限り延長処理が施される。

「……って、ことになったみたい」

デバイスから顔を上げた一条《いちじょう》さんが最後にそっと付け加える。

定期試験《星集め》四日目、夕刻――。

校舎の最も内側に当たる中庭で待機していた俺たちに【CCC】及び学園からの伝言を届けてくれたのは、穏やかにして可憐《かれん》な最年少Sランク捕獲者《ハンター》その人だ。【人形遣い】関連の話はまだ公になっていないため、校内SNSでは情報が拾えない。

「良かったです！　これにて万事解決、ですね☆」

お洒落《しゃれ》なベンチで大勢の猫やら鳥やらに囲まれている物延七海《ななみ》（代わりに俺が立たされてるんだけど）が、大袈裟《おおげさ》な仕草でほうっと胸を撫《な》で下ろす。

「捕獲者《ハンター》だらけの永彩《えいさい》学園に外部の才能犯罪組織《クリミナルギルド》が紛《まぎ》れ込んでいたのは驚きですが、七海ちゃんの調査隊《おともだち》が大活躍しちゃいましたから☆　えっへん！」

「ええ、本当にお手柄ね。宿泊研修の時は何の情報も出なかったけど……さすがに、相手が相手だもの。今回も成果なし、ってことにはならないはずよ」

小さく頷《うなず》いて保証する一条《いちじょう》さん。

……ちなみに、だけど。

俺たちの攪乱《かくらん》と暗号のせいで、一条さん——というか【ＣＣ】——は先月の宿泊研修と今回の定期試験の闖入者《ちんにゅうしゃ》をいずれも【迷宮の抜け穴《アナザールート》】だと誤解している。俺たちの暗躍がバレているというわけじゃなく、単に構成員Xと工藤《くどう》先生の所属する才能犯罪組織《クリミナルギルド》の名前が【迷宮の抜け穴《アナザールート》】だと認識している……というのが正しい。

それについては申し訳ない限りだけど、とはいえ【人形遣い】が何か吐いてくれるなら御の字だ。何故《なぜ》ならそれは、紛れもなく【ラビリンス】の情報なんだから。

「——えっと、それでね？」

と。

そこで一条さんが、流麗な金色の髪をふわりと宙に舞わせながら改めて俺の方へと向き直った。あまりにも可憐《かれん》な（いつもだけど）立ち振る舞い。一瞬で見惚《みと》れる俺に追撃をかますかの如《ごと》く、一条さんは上目遣いで尋ねてくる。

「積木《つみき》くん。……ちょっと、いい？」

「？　もちろん、何時間でも何日でも悪いわけないけど……どうしたんだ、一条さん？」

「う、うん。えっと、あのね」

　何度目かの前置き。

　照れたようにブロンドの髪を耳に掛けて、ちらちらと視線を行ったり来たりさせて。一《ひと》頻《しき》り躊躇《ためら》っていた一条さんだけど、やがて意を決したように切り出す。

「色葉《いろは》さんの部屋にいたとき……私が《絶対条例《エンペラー》》を使おうとしたとき。わ、私の聞き間違いじゃなかったら、光凛って……名前で、呼んでくれた？」

「っ⁉」

　ドクンと高く心臓が跳ねる——。

　一条さんの《絶対条例《エンペラー》》を止めようとした瞬間、最悪の未来を回避しようとした行動《アレ》のことだ。確かにあの時、俺は『一条さん！』じゃなく『光凛《ひかり》！』と叫んでいた。我ながらどうして、とは思うけれど、言ってしまったものは仕方ない。

「えっと……ご、ごめん！」

　深々と頭を下げる俺。

「咄嗟《とっさ》にっていうか、思わず叫んじゃって……し、下心とかじゃないんだけど！」

「思わず……、じゃあ」

　澄んだ碧《あお》の瞳が何かを願うように俺の顔を覗《のぞ》き込《こ》む。

「——そして、何か、思い出したってわけじゃ……ないの？」

「え？　……思い、出した？」

「……ううん、こっちの話。そうよね、だって覚えてるわけないもん」

ふるふる、とどこか取り繕ったような仕草で首を振る一条《いちじょう》さん。

（え……？　な、なんだ、何かあったか……!?）

その悲しげで切なげな姿を見た俺は、必死に脳内を検索する——〝思い出した〟？　ということは、かつて俺が一条さんを〝光凛〟と呼んでいた時期が、あるいはそれが許される関係性が存在した？　そして、それを一条さんだけが覚えている？

でも、それは、そんなことは。

「——らいと、らいと」

「！」

と……そうやって困惑する俺の元へ、馴染《なじ》みのある声が飛び込んできた。

同時、校舎の方からとっとっと駆け寄ってきたのは潜里羽依花《くぐりういか》だ——垢抜《あかぬ》け切っていない黒髪とお餅みたいな白い頬《ほお》とのコントラストが眩《まぶ》しい女の子。小柄で人懐っこくてマスコット的な愛らしさを持つ、暗殺者組織《マーダーギルド》【K】きっての落ちこぼれ。

「……ん……」

　空気を読んでくれたのかいきなり抱き着いてくるようなことはなかったものの、至近距離まで歩み寄ってきた彼女はくいくいと俺の制服の袖を引く。いつもの所作を少しだけ控えめにしたような、弱火でじっくり甘えるみたいな仕草だ。

「早かったな、潜里」

　そっと息を零《こぼ》してから思考を切り替えた。

「柊《ひいらぎ》の調子はどんな感じだ？」

「んむ。さっき、ねた……ぐっすり、すやすや。たぶん、もう大丈夫……ぶいぶい」

　さらり、と重力に従って流れ落ちるショートボブの黒髪。

　柊色葉《いろは》——彼女は【人形遣い】が起こした事件の重要参考人なのだけど、勘違いを植え付けられたり自殺を強要されたり、精神的な負担が甚だしかった。いずれ事情聴取はするとしても、しばらくは気力と体力の回復に専念する必要がある。

　潜里は柊の〝親友〟としてそこに付き添ってくれていた、というわけだ。……ついでに言えば、それを依頼したのが俺という体《てい》。【迷宮の抜け穴《アナザールート》】の仲間だとは万が一にも明かせないけれど、事件についての会話なら変に疑われたりもしないだろう。

「ん……」

　満天の星空みたいな黒白《こくびやく》の瞳がじっと間近で俺を見上げる。

　そうして一言、

「らいとには、いっぱい感謝……いろはも助けてくれたし、他にも色々だいかつやく」

ギャラリーに配慮してか曖昧な表現を選ぶ潜里《くぐり》。

多分、だけど――色々というのは、主に〝闇堕《お》ち〟の件を言っているんだろう。【人形遣い】からどんな情報が出るかはまだ分からないものの、ひとまず彼は永彩学園《えいさい》から排除された。重大な歴史的特異点《デスポイント》がまた一つ改竄《かいざん》された。

「…………」

つまり潜里羽依花《ういか》は、冷徹な暗殺者に至るきっかけを失った……の、かもしれない。

「らいとの、おかげ……」

シンプルな称賛を口にしながら潜里がこくこくと首を縦に振る。

「ご褒美、あげる。……何がいい？」

「ご褒美……？」

「ん。18禁《えっち》なやつは、きんし……だけど、それ以外なら何でもかんでも。らいとのこうかんど、急上昇中……はちくの、勢い」

いつも通りダウナーでローテンションな声音のまま淡々と言う潜里。……全員で挑んだんだからご褒美も何もない気はするけど。せっかく提案してくれているんだから〝要らない〟と突《つ》っ撥《ぱ》ねるのもちょっと違う。

「それなら、まあ……お任せでいいかな」

「？　わたしの、はいせんすに？」

「ああ、それで頼む」

軽い気持ちで頷《うなず》いておく。

すると……潜里は、夜空みたいな瞳をぱちくりと瞬《まばた》かせてから、しばし何も言わずに考え込んでいた。首が傾《かし》げられる度にさらさらと零《こぼ》れる黒髪。そうして彼女は、やがて何かを思い付いたようにもう一度こちらを見上げる。

「ご褒美、だいけってい。……ね、ね。しゃがんで、らいと？」

「？　ここで、か？」

「そう」

促されるままに両膝を折ってしゃがみ込む俺。潜里の身長は１５０ｃｍに満たないけれど、さすがにこの体勢になったら頭の位置は俺の方が低い。小柄な彼女を見上げるような不思議な構図になって、次の指示を仰ごうとして——そして、

「——……ちゅ」

「へ——」

瞬間、額に湿った感触が伝わった。

それは、もしかしたら欧米式の感謝のつもりだったのかもしれない。ちょん、と額に軽く唇を触れさせるだけのキス。肩に乗せられた両手からほのかな体温が伝わってきて、ふわりと甘いミルクみたいな香りが全身を包んで。

「えっと……」

思わず口を開く——けれど、

「……ぅ……にゅ……」

「————」

……俺が言葉に詰まったのは、潜里《くぐり》が見たこともない表情をしていたからだ。

ダウナーでローテンションで淡々とした無表情、なんかじゃない。分かりやすいくらい真っ赤に染まった頬《ほお》と首筋。自身の唇にそっと添えた手の甲。恋する乙女のようなその仕草は、きっと〝本気で照れている〟ことの証明に他ならなくて。

「びっくり、ぎょうてん……」

ふわついた声が紡がれる。

「ちょっとだけ、きゅんってなった……かも。……どきどき、かも？」

「っ……」

「わたし……やっぱり、らいとにめろめろ……？」

とろんとした目。熱に浮かされたような表情。単なる依存とも違う、甘い雰囲気。

そんな彼女を前にして、俺は——

「な、な、な……！？！！？！？！？？！！？！？」

（やっっっっっっぱ……）

——すぐ近くで混乱に目を白黒させている憧れの女の子を横目に見る。

頭の中は色々な感情でいっぱいだった。歴史的特異点《デスポイント》を書き換えた達成感はあるし、仲間からの感謝は素直に嬉《うれ》しい。だけど一条《いちじょう》さんに幻滅されたかもしれないという大問題にも対処しなきゃいけなくて、とはいえ潜里を無下《むげ》にしたくもなくて。

「はぁ……」

そんな俺を、いつものジト目で見つめながら。

「……全く、やってくれましたね」

水色のショートヘアを揺らした不知火翠《しらぬいすい》が、これ見よがしに溜《た》め息《いき》を吐《つ》いていた。

完全犯罪組織【迷宮の抜け穴《アナザールート》】の
〝黒幕〟

ESUME

積《つみ》木《き》来《らい》都《と》

誕生日：9月6日
才能《クラウン》：《限定未来視《セカンド》》

特定の人物に関わる特定の未来を、就寝時の〝夢〟として見る（自動発動）

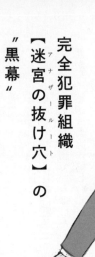

エピローグ

Shadow Game

＃＃

——夢を見ていた。

ざぁざぁと降りしきる雨。四方から聞こえる喧騒《けんそう》と爆音。世紀末みたいな灰色の空。

永彩《えいさい》学園を象徴する円形の校舎は半壊していて、建物としての機能を失っている。

暴動。反乱。裏切り者。

だけど、そんなものは……視界の端にも入らない。

「……ッ……‼」

俺の前に横たわっているのは憧れの少女だ。

憧れの少女——だったものだ。

見れば分かる、彼女は既に事切れている。青褪《あおざ》めた表情、口元から零《こぼ》れる鮮血。俺は彼女の傍《かたわ》らに膝を突いて、何もできずにただただ嗚咽《おえつ》する。……だって、今回も間に合わなかったから。俺は、またしても彼女を救うことができなかったから。

史上最悪の事件を止めるために立ち上がって、あえなく討たれたSランク捕獲者《ハンター》——。

真っ赤な血に染まる一条《いちじょう》さんと俺を取り囲むのは、三つの影だ。

天咲輝夜《あまさきかぐや》。音無友戯《おとなしゆうぎ》。そして、深見瑠々《ふかみるる》。

「っ……」

彼らの姿が鮮明になったところで、俺はベッドから跳ね起きた。……いつも通り、心臓の音がバクバクと鳴っている。きっと顔面は蒼白《そうはく》に違いない。

でも。

だけど、その理由はいつもと少し違う。

「変わった、……」

震える右手を顔全体に押し当てて。

自分の見たものを確かめるように、一つずつ丁寧に言葉を紡ぐ。

「本当に、変わった……〝未来〟が変わった」

「！　……本当、ですか？」

静かな問い掛け。

ベッドの縁《ふち》に腰掛けているのは水色の髪の協力者、不知火翠《しらぬいすい》だ。今日の夢だけはどうしても見るのが怖かったから、俺の我《わ》が儘《まま》で来てもらった。……これで何も変わっていなかったら、あるいは暗闇が続いていたら立ち直れないかもしれなかったから。

だけど、変わった。

「潜里がいない……極夜事件に、潜里《くぐり》羽依花《ういか》が参加してない」

最悪の未来であることには変わりない〝悪夢〟を何度も振り返りながら告げる。

「細かいことはもっと調べてみなきゃ分からないけど、極夜事件の発生を防げたわけでもないけど。少なくとも、潜里が〝裏切り者〟じゃなくなった……んだと、思う」

「……闇堕《お》ちを逃れて確定シロになった、と？」

「そういうことになるはずだ」

多少は希望的観測が混じっているかもしれないけど。

でも、状況証拠からすればそう判断していいだろう——潜里羽依花。伝説の暗殺者組織《マーダーギルド》に所属する落ちこぼれの暗殺者は、今回の歴史的特異点《デスポイント》が書き換えられたことで闇堕ちする理由を失った。だからこそ彼女は極夜事件に参加していない。

真っ赤な返り血に染まる冷酷な殺人鬼——。

何度も夢で見ていたその姿は、この世界線《ルート》では決して辿《たど》り着《つ》かない〝未来〟になった。

「……っていっても、まだ安心はできないけどな」

勝手に高鳴る心音を無理やり抑え付けながら、俺は静かに首を横に振る。

「一条《いちじょう》さんは相変わらず俺の前で殺される……それも、天咲たち【迷宮の抜け穴《アナザールート》】のメンバーにさ。潜里《くぐり》が無実《シロ》になったからって、最悪の未来が回避できたわけじゃない。……まあ、俺が一条《いちじょう》さんを覚えてる時点で〝完全解決《ハッピーエンド》〟じゃないんだけど」

「そうですね。……ですが、来都《らいと》さん」

「ん？　——って、うおっ!?」

ぴ、と指先で鼻を突かれた。

ベッドに寝転がっている俺の脇に手を突いて。ほとんど覆《おお》い被《かぶ》さるような格好《かっこう》で身を乗り出してきた不知火《しらぬい》が、すぐ真上から紺色のジト目で俺を見る。

——そして、

「意地を張っていないで、今くらいは素直に喜んだらどうですか？　……潜里さまは、正式に【迷宮の抜け穴《アナザールート》】の一員になりました。本物の仲間になりました。あの方が人を殺さずに済んだのは来都さんのおかげです。暗殺者組織《マーダーギルド》【K】の潜里羽依花《ういか》は〝今はまだ〟無垢《むく》、なのではなく〝今後もずっと〟殺人鬼にはなりません」

「ッ……」

「お疲れ様でした、来都さん。そして、ありがとうございます。来都さんのおかげで、光凛《ひかり》さまの危機はほんの少しだけ遠ざかりました」

「や、でも、それはまだ全然——」

「でもじゃありません」

ぴしゃりと一言。

そうして不知火は、微《かす》かに唇を尖《とが》らせながらぐりぐりと俺の鼻を弄《いじ》って——続ける。

「わたしは、こんなに嬉《うれ》しいんですから。……来都さんが素直に喜んでくれないと、独りぼっちなんですけど？」

「あ……」

気遣いに満ちた抗議の言葉にそっと声を零《こぼ》して。

「……そっか、そうだよな」

今度こそ素直に口元を緩める。

——《限定未来視《セカンド》》が見せてくる〝最悪〟の未来は、今なお〝最悪〟のままだ。

だけどそれでも、才能犯罪組織《クリミナルギルド》【ラビリンス】の勢力拡大に関する歴史的特異点《デスポイント》を潰したことで潜里羽依花の闇堕《お》ちが回避され、極夜事件の経緯が少しだけ変わった。もちろんまだ安心はできないけど、少なくとも〝変えられる〟ことは分かった。

……だから、間違ってなかったんだ。

完全犯罪組織【迷宮の抜け穴《アナザールート》】。俺たちのやり方は間違っていなかった。このまま一つ一つ前進していけば、いつか——いつか、いつか未来を変えられる。

「はい。……ところで、来都《らいと》さん」

俺がそんな希望に胸を膨らませた辺りで、不知火《しらぬい》の髪がさらりと揺れた。

「来都さんが潜里《くぐり》さまにキスされた件について、事後処理を考えましょうか」

「あっはい」

……何というか。

俺たち【迷宮の抜け穴《アナザールート》】の前途は洋々にして多難みたいだ。

♭♭ ――《side：潜里羽依花《ういか》》――

「――そういえば。ういちゃん、何かいいことあったの？」

深夜、永彩《えいさい》学園女子寮304号室。

いっぱい寝て少し元気になったいろはが、わたしの顔を見てとつぜん尋ねてきた。

「……？　なんで？」

首を傾《かし》げて訊《き》き返す。

少なくとも自覚はない、けど……いろはは当然のように言う。

「だってういちゃん、さっきから嬉《うれ》しそうな顔してるもん。それにほら、揺れてるし」

「ゆれてる……むねが？」

「じゃなくて、身体《からだ》が。……そりゃまあ、おっぱいも揺れてるけど」

肩の高さよりも少し長い髪を揺らして唇を尖《とが》らせるいろは。《擬装工作《ミスリード》》の影響は完全に抜けているみたいで、表情もいつも通りのいろはに戻ってきている。

「んむ……」

それはともかく、手近な鏡で自分の顔を覗《のぞ》き込《こ》んでみる。……嬉しそう。よくわからないけど、いろはが言うならそうかもしれない。何しろ、いろはは大の仲良しだから。わたしが気付いていないことでも、いろはなら見抜いてくれる。

でも、いいことって……何だろう？

『——……ちゅ』

「ふにゅ！」

瞬間、頭の中に蘇ってきた鮮烈な光景と感触に、わたしは思わず両手を唇へ触れさせながら立ち上がっていた。

ベッドの上ではいろはがポカンとした顔をしている。

「ど、どうしたの……？」

「なんでも……ない。……お気に入りの、ぽーず。日光東照宮《にっこうとうしょうぐう》の、おさるさん……」

咄嗟《とっさ》の嘘《うそ》で誤魔化《ごまか》す。

でも、いろはは頭が良くて勘も鋭い。ははーん、とメガネを光らせる真似《まね》をして、それからこっちに人差し指を向けてきた。

「さては……男の子、だね？」

「！……ひゅー、ひゅるひゅひゅひゅー」

「ういちゃん、誤魔化《ごまか》すの下手だよね……いくら何でも騙《だま》されないもん、それ」

くすくすと笑ういろは。寝転んだまま枕元にふわっと髪を広げて、さっきよりも楽しそうな顔で訊《き》いてくる。

「もしかして、前にも言ってた〝らいと〟くん？　わたし、多分知らないけど……」

「ん……知らなく、ない。らいとは、この部屋に二回も来てるじょうれんさん」

「えっ」

「……っていうのは、じょうだん。ぴーす、ぴーす」

本当は冗談じゃないけど。

一回目は窓を破った不法侵入で、二回目は【シークレットマーダー】の捜査中だ。いろはの記憶も曖昧なことだし、蒸し返さない方がいい。

「もくひけん……それか、しゅひぎむ」

「……？　よく分かんないけど……えっと、それで」

いろはがもう一度首を傾《かし》げる。

「ういちゃんは、その人のことが好きなの？」

「……ん、む」

返答に困ってしまう。

いや。好きかどうか、ということなら間違いなく〝好き〟だ。何しろわたしは、らいとの趣味も、癖も、人柄も、性格も、好きな人も、好きな曲も、好きな本も、全部知っている。何もかも知っているから、安心して甘えられる。依存できる。

（でも……）

たった一つだけ、自分でもよく分からない感情がある。

定期試験《星集め》──未来を変える、大事な歴史的特異点《できすぽ》。らいとはいろはを、そしてわたしを助けてくれた。無茶《むちゃ》な作戦だったのに、それでも手を伸ばしてくれた。わたしの未来を、きっと無理やり捻《ね》じ曲げてくれた。

ドキドキした。うれしかった。……でも、それ以上に。

『──……ちゅ』

あのキスは、多分〝わるいこと〟だ。

らいとが一条光凛《ひかりん》にメロメロなことは知っている。分かっていて、でも身体《からだ》が勝手に動いた。ご褒美と称して、むしろ偽って、らいとを独占しようとした。

つまり、あれは。

（……しっと？）

すとんと腑《ふ》に落ちたような感覚があった。

そうだ——やっぱりあの時、わたしはひかりんに嫉妬した。らいとの視線がわたしに向いていないから、ちょっとだけ悔しくなったんだ。自分でも気付かないうちに。

「ん……」

だからわたしは、触り心地の良《い》いいろはの髪を弄《いじ》りながら。

人生最大のおどろきを親友とも共有するべく、おそるおそる口を開く。

「いろは……今分かった、しょうげきのじじつ」

「うん？　なになに？」

「……もしかしたら、わたし。らいとのこと……男の子として、意識ばりばり？」

「わ、わ！　やっぱりそうなんだ！」

ぼふん、と掛け布団を跳《の》ね除けて身体《からだ》を起こし、わたしの手にぎゅうっと全部の指を絡めるいろは。つい何時間か前のボロボロに憔悴《しょうすい》した雰囲気はどこへやら、大きい目はワクワクと光り輝いている。

「それで、どういう人なの？　ういちゃんとはどんな関係？　脈は？　カッコいい⁉」

「うにゅ……」

「——って、わわ、ごめん！　いきなり色々訊《き》いちゃって……まさか、ういちゃんと恋バナができるなんて思わなかったから」

えへへ、と照れ臭そうに笑って、いろはが（がくがく揺らされていた）わたしの身体を抱き留める。……恋バナ？ そういえば、いろはは恋愛モノの少女漫画が大好物だ。わたしの知らないことを、きっとたくさん知っている。

つまり、だ。

（いろはは、恋愛マスター……あの手この手で、わたしもらいとの恋人に立候補？）

──相手は一条光凛《ひかりん》、史上最年少のSランク捕獲者《はんたー》。

女の子としての魅力が凄《すご》いのも知っている……けど、相手にとって不足はない。

「……ん。それじゃあ、いろはにも色々手伝ってもらう……らいとを、めろめろの骨抜きにするだいさくせん。どどん、ぱふぱふ……」

「うん！ 任せて、ういちゃん！」

目の前でぱぁっと明るく笑ういろは。

（……おぉ……）

らいとが守ってくれた大切な親友の大好きな笑顔は──……今日も、わたしの世界をキラキラやさしく照らしてくれていた。

♭♭ ──《side：？？？？》──

「……ふぅん」

捕獲者統括機関《CCC》本部、とあるSランク捕獲者《ハンター》の居室──。

永彩《えいさい》学園定期試験《星集め》の経緯を確認し、[redacted]は静かに息を吐き出した。

報告書を見るに色々とあったようだが、結果は失敗。潜里羽依花《くぐりういか》を闇堕《お》ちさせることは叶《かな》わず、どころか【ラビリンス】の構成員《メンバー》が一人捕まった。……あのBランク捕獲者《ハンター》は前回のような使い捨ての駒じゃない。今回ばかりは紛《まご》うことなき敗戦だ。

「【迷宮の抜け穴《アナザールート》】……それが、敵の名前かぁ」

内部情報から掬《すく》い上《あ》げた組織の名をポツリと呟《つぶや》く。

宿泊研修のメッセージカードで堂々と名乗りを上げ、定期試験《星集め》では暗号という形でその関与を匂わせた謎の才能犯罪組織《クリミナルギルド》。これまでの立ち回りから考えて、彼らが【ラビリンス】に敵対的なスタンスを取っていることは間違いない。

「…………」

何をどこまで握っているのかは[redacted]の知るところではないが——少なくとも、世界を変える作戦の〝障害〟になることだけは間違いない。

「ちなみに、君の意見は？」

「——ううん、そうだなぁ。怪しいのは、やっぱり来都じゃない？」

部屋に響いたのは、中性的で穏やかな声。

Sランク捕獲者《ハンター》、もとい【ラビリンス】リーダーの質問に、少年は淀《よど》みなく答える。

「何しろ《限定未来視《セカンド》》の所持者《ホルダー》だし、一条《いちじょう》さんを崇拝してるし。ボク目線では動機も実力も申し分ないよ。別に、それ以上の根拠はないけど」

「なるほどねぇ。……君、積木来都《かれ》とは友人だったよね？　簡単に売っていいのかな」

「？　確かに、来都《らいと》はボクの大事な友達で一番仲の良《い》いクラスメイトだけど……でも、それがどうしたの？　物事には優先順位ってモノがあるでしょ」

悪びれることなく告げる少年。

それに「相変わらずだね」と返してから、[redacted]は片手で頬杖《ほおづえ》を突く。……工藤忠義《くどうただよし》が優秀な駒なら、こちらの彼は〝ジョーカー〟だ。中立であるが故にどちらにも転び得る危険なカード。彼を【ラビリンス】が拾えたのはまさしく幸運と言う外ない。

「まぁ、どっちにしても……」

微《かす》かな溜《た》め息《いき》と共に、[redacted]は手元の資料を捲《めく》った。

「次の照準は、夏休みに設定されている永彩学園の特別カリキュラム……かな。【迷宮《アナザー》の抜け穴《ルート》】の黒幕が誰だとしても、計画の邪魔になるなら消しておかなきゃいけない」

「あはは。そうだね――だって、この〝事件《ゲーム》〟の勝者は最初から決まってるんだから」

視線の先の主《あるじ》に向けて、少年は無邪気にそんな言葉を返す。

――彼の名は、御手洗瑞樹。

コアクラウン02《解析《アナライズ》》に掛からない〝洗脳〟の《才能《クラウン》》を持つ、才能犯罪者《クリミナル》だ。

あとがき

こんにちは、もしくはこんばんは。久追遥希《くおうはるき》です。

この度は本作『黒幕ゲーム２　学園の黒幕ですが最強暗殺者の未来を救ってもいいですか？』をお手に取っていただき、誠にありがとうございます！

いかがでしたでしょうか⁉　１巻の怒涛《どとう》のスカウトを通じてついに始動した完全犯罪組織【迷宮の抜け穴《アナザールート》】！　秘密結社モノとしてはここからが本番、というところで、今回は定期試験の事件を舞台にした暗躍劇です。【迷宮の抜け穴《アナザールート》】メンバーは全員クセが強いので、作戦会議だけでも一苦労！　究極スリル志向の輝夜《かぐや》、いつでもダル甘で絡んでくる羽《う》依花《いか》、ドＭで嘘《うそ》つきな友戯《ゆうぎ》、唯一の良心である瑠々《るる》……黒幕・来都《らいと》は仲間たちにも思い切り振り回されることになります。

そんなこんなで組織メンバーとの関係が深まっていく部分はもちろん、２巻は一条《いちじょう》さん陣営との急接近も目玉です！　翠《すい》との密《ひそ》かな協力関係、一条さんとのチーム結成。一見クールビューティーで完璧超人な一条さんですが、１巻ラストで明かされた〝本音〟が滲《にじ》み出てきてからが本番です。来都と一条さんのじれったい関係はここからどんどん加速していきますので、ぜひニマニマとお楽しみください！

（本編とは関係ないですが、プロットなんかを作るとき『黒幕ゲーム』のキャラはほとんど〝輝夜〟や〝羽衣花〟のように名前で表記しているのに、一条さんだけはずっと〝一条さん〟で固定になっています。やっぱり一条さんは凄《すご》い）

ちなみに！

ご存知《ぞんじ》の方もいるかとは思いますが、現在カクヨムという小説投稿サイトにて『黒幕ゲーム』の連作サイドストーリーを展開中です。

単発のSSではなく、本編の各シーンと対応した時系列順の裏話（的なもの）。スカウト前の調査報告や組織名を決める会議の様子などなど、会話劇やラブコメ中心の短いお話になっていますので、お暇なときにでも覗《のぞ》いてみてください。

また、このあとがきの数ページ後ろには、メディアミックスの情報もあるとか……!?

今からワクワクが止まりません。コミック版で大活躍する来都たちの姿を楽しみにお待ちいただければと！

続きまして、謝辞です。

1巻に引き続き最高のイラストで物語を彩ってくれた、たかやＫｉ先生。一条《いちじょう》さんも輝《かぐ》夜《や》も羽依花《ういか》も瑠々《るる》も翠《すい》も全員可愛《かわい》い……最強……と、挿絵や表紙を眺める度にひたすら悶えております。本当にありがとうございます！

担当編集様、並びにＭＦ文庫Ｊ編集部の皆様。お忙しいタイミングだったとは思いますが、今巻も大変お世話になりました！　改稿がスムーズに進む指摘をくださるので激烈にありがたいです……今後とも、どうぞよろしくお願いいたします！

そして最後に、この本をお読みくださった皆様に最大限の感謝を。
『黒幕ゲーム』原作＆コミック共々、引き続き応援していただけますと幸いです……！

久追《くおう》遥《はる》希《き》

MF文庫J

黒幕ゲーム2
学園の黒幕ですが最強暗殺者の未来を救ってもいいですか?

2024年7月25日　初版発行

著者　久追遥希

発行者　山下直久

発行　株式会社KADOKAWA
〒102-8177 東京都千代田区富士見2-13-3
0570-002-301（ナビダイヤル）

印刷　株式会社広済堂ネクスト

製本　株式会社広済堂ネクスト

Printed in Japan　ISBN 978-4-04-683794-3 C0193

【ファンレター、作品のご感想をお待ちしています】
〒102-0071 東京都千代田区富士見2-13-12
株式会社KADOKAWA　MF文庫J編集部気付「久追遥希先生」係「たかやKi先生」係

【朗報】
学園の黒幕が未来を改変する
学園暗闘劇
黒幕ゲーム

ドラドラふらっとｂで
待望の
コミカライズ
決定！
こうご期待！
※2024年6月末時点の情報です。

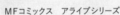

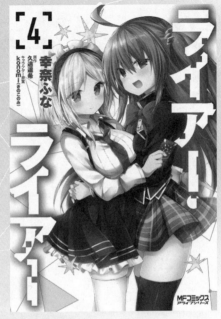

ライアー・ライアー
絶対に負けられない
学園頭脳ゲーム＆ラブコメ！
久追遥希
ILLUSTRATION
konomi
（きのこのみ）
本編全15巻　短編1巻
大好評発売中！

絶対に負けられない
学園頭脳ゲーム＆ラブコメ
ライアー・ライアー
liar liar
Blu-ray 第１巻～第３巻
大好評発売中！
ＴＶアニメ各種配信サイトにて好評配信中！

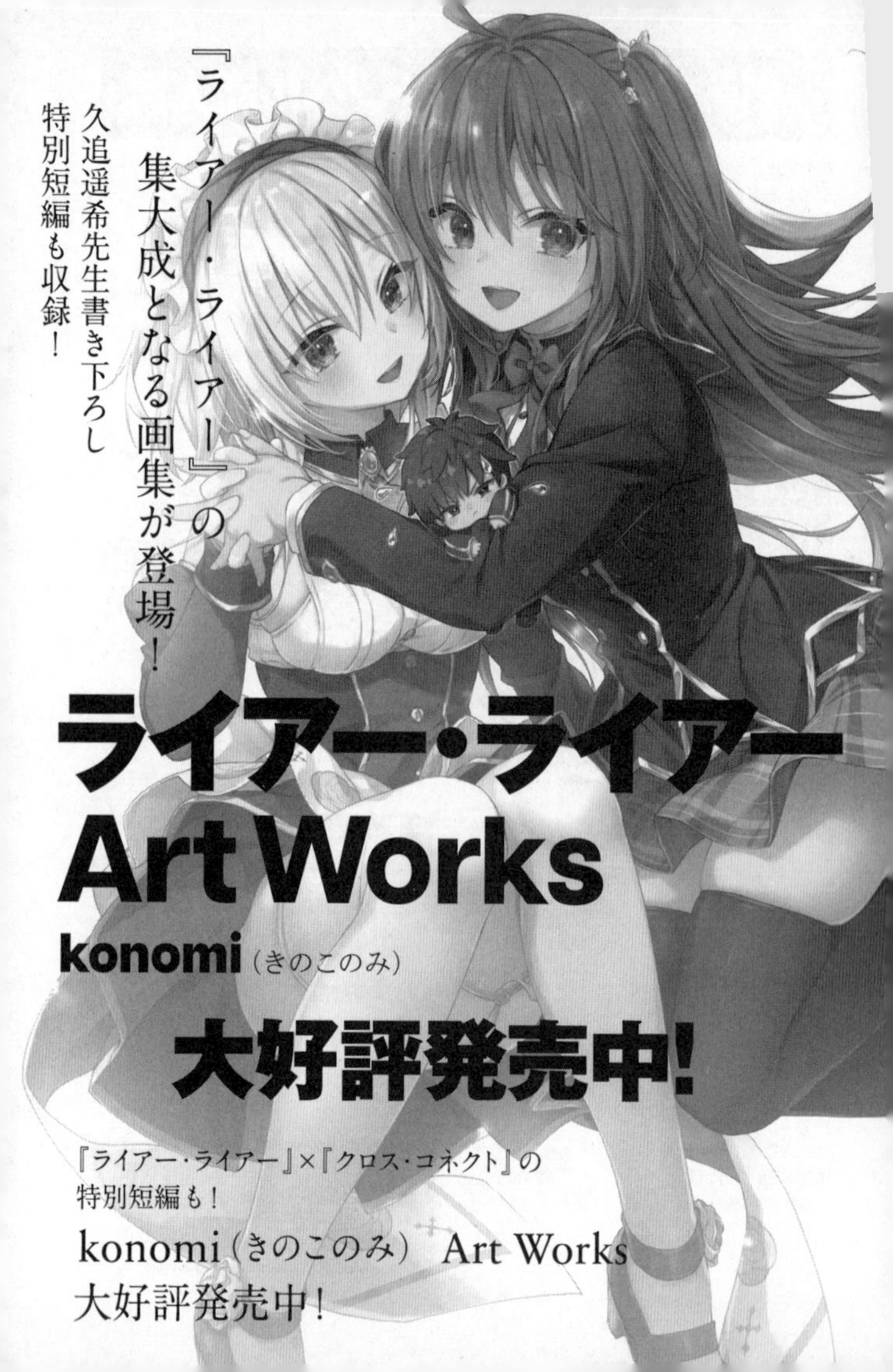
『ライアー・ライアー』の
集大成となる画集が登場！
久追遥希先生書き下ろし
特別短編も収録！
ライアー・ライアー
Art Works
konomi（きのこのみ）
大好評発売中！
『ライアー・ライアー』×『クロス・コネクト』の
特別短編も！
konomi（きのこのみ） Art Works
大好評発売中！